新思維・新體驗・新視野

PUBLICATION

新喜悅・新智慧・新生活

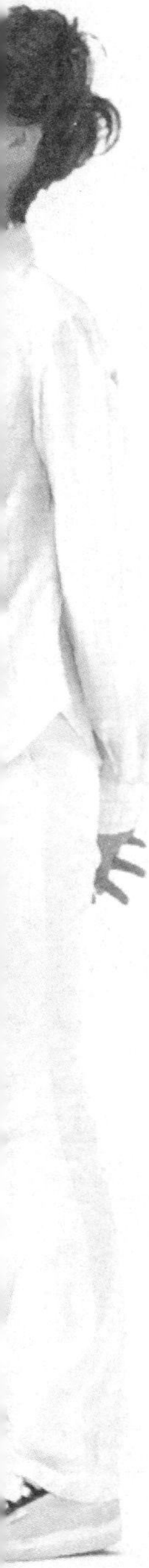

鳳凰

p hoe ni xes

作者◎九丹

鳳凰

作　　者：九丹
出 版 者：生智文化事業有限公司
發 行 人：宋宏智
企　　劃：陳裕升・汪君瑜
責任編輯：林淑雯
文字編輯：王雅慧
美術編輯：Atelier ZERO 零・工作室
封面設計：視覺設計工作室
印　　務：黃志賢
登 記 證：局版北市業字第677號
地　　址：台北市新生南路三段88號5樓之6
電　　話：(02)23660309　　傳　真：(02)23660310
服務信箱：service@ycrc.com.tw
網　　址：http://www.ycrc.com.tw
郵撥帳號：19735365　　戶　名：葉忠賢
印　　刷：鼎易印刷事業股份有限公司
法律顧問：北辰著作權事務所　蕭雄淋律師
初版一刷：2004年3月　　定　價：新台幣250元
ISBN：957-818-580-4

總 經 銷：揚智文化事業股份有限公司
地　　址：台北市新生南路三段88號5樓之6
電　　話：(02)23660309
傳　　真：(02)23660310

鳳凰／九丹著.
初版.--台北市：生智, 2004〔民93〕
面：　公分.--（大陸新生代作家系列;D9011）
ISBN 957-818-580-4（平裝）

857.7　　92020230

※本書如有缺頁、破損、裝訂錯誤，請寄回更換

謹以此書獻給

我終生想嫁卻嫁不成的、早已在九泉之下的

郁達夫

有病的女人

新加坡有的心理醫生在看了《烏鴉》以及電視臺對我的採訪之後，斷然說我應該去看心理醫生。他們認爲我是一個有病的女人。我知道他們是受到了某一類知識份子的暗示才這麼說的，但是還有一類知識份子，他們卻在暗示我讓我永遠以這種方式寫作，以區別於別的女作家。我認?，無論是哪一種暗示都對我很重要，該看病看病，該吃藥吃藥，該寫書寫書。

在我寫完這本書的時候，那天恰恰是巴金的生日。我想把這本書送給巴金作?生日禮物，卻又不好意思。因爲他寫出了我喜歡的《家》、《春》、《秋》，尤其是他的《寒夜》更讓我愛得無法抑制。他把一個瘦弱的男人在動盪時期的矛盾和軟弱寫得那麼仔細，眞是了不起。

可惜巴金在很長時間再沒有寫出好的東西，他的生命比郁達夫更長久，於是他的痛苦就理所當然地比郁達夫要長久得多。郁達夫在我的記憶裡永遠是個年輕人，那張照片上的灰色把郁達夫照耀得永遠那麼年輕，可巴金眞的是一個老人了。

這本書開始寫的時候，我老想著郭沫若的《鳳凰涅》那首詩，結束的時候卻又趕上了巴金近百歲的誕辰，這使我不得不去想經歷了一百年文化演進的中國的「文化」男人們。我是一個女人，純女性的情緒總是在影響著我，我不是想嫁這個人，就是想嫁那個人，可惜他們不是死人，就是老人，留下我一個人孤零零地寫下去。

——九丹——

目錄

第1章 白色聖誕夜

鏡子重新變得清晰起來，我又一次看到了我（蒼白的？）（白淨的充滿著青春的？）裸體。我在這裡連續用了兩個問號，是對於自己身體的再次懷疑。但那時的燈真的又開了，強烈的色彩使我在一瞬間忘了自卑，於是我認出了白色和黑色的差別。在那一刻我像是回到了北京，重新發現了自己的皮膚。

赤裸

燈又一次被打開了，那是比陽光還要燦爛的還要讓我心酸的色彩，二十二歲的我，是一個什麼樣的女人呢？蒼白、虛弱，有時心跳得很快，還曾經渴望在詩歌中尋求激情和勇氣，比如說那快被我遺忘了的金斯伯格老頭，據那些成功的去了美國的同學說，他們曾在紐約街上看過他的朗誦，那是一個人個性的全面爆發，他旁若無人，就像是生活在沒有任何人去過的某一個星球上。

但是，在此刻想起了這個詩人的同時，鏡子裡出現了我的裸體，她無疑是蒼白的，像所有那些怕見陽光的生物一樣，她沒有力量去表現，有的只是恐懼和怯懦。

如果二十二歲的我還沒有老的話，或者說，我如果承認我在二十二歲就已經老了，就已經比杜拉在七十二歲時都老了，那我是不是還有繼續洗澡的權力？

我迅速地在鏡子裡看著自己，我由於內心的慌亂，又總是感到自己看不清楚自己。從到了新加坡以後，我似乎忘記了自己皮膚的顏色，因為我的目光總是匆忙地掠過我的身體，即使上邊還有記憶裡的潔白和光滑，但那一定是我想像中的，而且，我肯定想錯了，那是我對於自己的自戀，是讓你們男人也讓我自己羞愧無比的自戀。我的皮膚應該是殘缺的，那上邊有疼痛，有我在某些人的音樂裡經常能看到的傷口。

在新加坡，在麥太太的家裡，像我這樣的女孩，真的有權力洗澡嗎？但是，如果我真的徹底被剝奪了這種權力，那我身上的罪惡，會不會使整個世界從此烏雲密布，污垢遍地？連胡姬花的色彩都變得骯髒？

潔淨的水沖在我的身上，你們可能已經懂了，我之所以用「身上」這個詞，而沒有用「皮膚」這個詞的用意，那是因為我在麥太太家裡，那是因為我沒有自信，那還因為我對於人的美麗處處懷疑，而我的懷疑首先是從自己的皮膚開始的。

麥太太已經按滅了兩次沐浴間的燈，我又開亮了兩次。每一次都聽到麥太太充滿著怨恨的聲音：新加坡的熱水都澆到你身上了，告訴你，我肯定是完了，這個月的水費我又得多繳……你快點啊，今天可是耶誕節。

我仰著臉迎向那煙霧一樣的水，水是甜的，新加坡的水沒有雜質，沒有任何白粉的味道，可以直接喝。我忽然想到過去一個朋友曾對我講過的一句話，他說在英國在美國讓我去掃大街我都不在中國呆待下去。那麼在今天這個晚上讓麥太太、讓芬、讓所有人去過耶誕節，而能讓我在外面掃大街嗎？如果有一個叫上帝的神的存在，那麼我請求你，讓我去掃新加坡的大街吧！直到掃到了有工作簽證以及那張居住證為止。

可是明天，或者後天、或者大後天我就要離開這兒了。

叫芬的女孩

我關掉水龍頭，立即聽到芬彈鋼琴的聲音，我彷彿看到了那一如白蝦的纖長的手指和那微微揚起的玉頸。芬是幸福的，她比我幸運，她過完耶誕節，就搬走了，她拿上了這兒的居住證。我們曾經是特別好的朋友，然而今天，或者從明天開始，我們就不再是了。我們是兩種人了。她是成功者，而我是失敗者，她是一個淑女，而我是一個下賤的女人，她在天上，我在地下，她在新加坡永遠永遠地待下去，甚至於她的骨灰都可以在有一天灑在新加坡的河流和土地上，灑在新加坡的淨海裡面，而我注定還是要回去當一個中國鬼了。

芬又彈錯了，麥太太又在用她那沙啞的聲音指責她，說：「我跟你說過多少次了，不是技術，而是精神，是蕭邦的精神，這個地方的難度不是在於完成這些氣氛和節奏，是氣息，是連續性，氣息，氣息，我跟你說了一百次了……」

我彷彿看見了芬的膽怯的目光，彷彿寒風中的枝葉輕輕搖晃。每當這時，她的臉都會騰地紅起來，她不敢看麥太太，但是麥太太儘管年紀大了，儘管她的聲音和她的皮膚一樣鬆弛，但她知道應該對誰去談氣息，談精神，對誰去談水費，談電費……當然，平心而論，我怎麼能指責麥太太呢？誰讓我非要去新加坡？誰讓我去用她家的水洗澡？如果，今天有一個女人（不是某個吸引我的男人），在北京我的家裡洗澡，她不停地洗，當我時時刻刻想著北京的水費已經漲到了兩塊五毛錢時，我能讓她（這個因為受到我的壓抑而委屈的女人）從容不迫地照鏡子嗎？

這時客廳裡忽然傳來了時鐘響亮的打點聲。我濕漉漉地站著，聽到麥太太和芬幾乎是在同時跑過來，在浴室門上敲起了很響的聲音。同時，燈又再次滅了。我知道那是麥太太按的，那是她對我的無聲的抗議，我的頭立即被慌亂充滿了。

芬伏在門上，說：「即使你難過，即使你恨我，但也要過了今晚再說，麥太太讓你參加W先生家的晚會是要讓你快樂一些。請不要再折磨我們了，那邊已經打過兩次電話來催了。」

芬一點都沒有指責的意思，我感到她靜靜站立著等我的回話，但我的喉嚨被塞住了。我用一條浴巾擦著身上的水珠，然後抬頭望著鏡中的自己，我看不見自己。許多次我都和芬站在這裡一同望著，相互比試著，有一次，我們甚至都把自己的衣服脫了，她說她的乳房是蘋果型的，我的乳房是鴨梨型的，女人天生就是不一樣。我當時想有什麼不一樣的呢？無論是蘋果還是鴨梨，它們都是水果，是水果就逃脫不了做為水果的命運。

可是此刻我深刻地體會到我真是那種讓所有幸福的人都蒙受不祥之感的禍水。我的表情使她們厭煩，可是我真的很不想這樣，在別人笑的時候，我用哭泣去掃他們的興，這不人道，但是，我在今天為什麼就是控制不住呢？要知道，我這樣的女人是不會撒嬌的，在中國都是這樣，更何況是在新加坡呢？

我又用毛巾擦去了鏡上的水汽，一邊低低應答著門外的芬：「快了，快了。」

鏡子重新變得清晰起來，我又一次看到了我（蒼白的？）（白淨的充滿著青春的？）裸體。我在這裡連續用了兩個問號，是對於自己身體的再次懷疑。但那時的燈真的又開了，強烈的色彩使我在一瞬間忘了自卑，於是我認出了白色和黑色的差別。在那一刻我像是回到了北京，重新發現了自己的皮膚。

麥太太說過，在今天的晚會上，有很多男人，還有一個是從英國回來的。我想無論是從英國來的還是美國來的或是月球上來的，跟我又有什麼關係呢？水蒸汽重又聚攏過來，像模糊一個廢品一樣模糊了我的裸體。

赴約

ST好像長得沒有盡頭。ST離麥太太所住的這所公寓很近，實際上應該是下了樓就是。可是今天它似乎被濃重的迷霧籠罩著，我儘量睜大眼睛，只見前方只是隱隱綽綽地閃現著幾個路人的影子。再前面我就看不清了。可是在這樣的傍晚裡，麥太太居然打著一把花傘。她怕曬，可是哪有陽光呢？

我望著天空，走得很慢，我的雙腿像是得了一種很怪的病，我知道這個病就是虛弱，虛弱使我喘息，虛弱使我又一次渴望哭泣。其實在今天晚上，我真是想讓全世界的人都知道我哭泣，儘管我知道不會有任何人會同情我，他們只是覺得我的表情怪異而已，但即使是這樣，我也想哭泣。

麥太太像是完全看透了我的心思，她一邊小心地邁著碎步，一邊不耐煩地說：「你不應該那麼愛哭，其實回到中國那又怎麼了？而且今天先不要去想那些事情，今天晚上能高興就要高高興興的。」

麥太太說完忽又說道：「可是你臉上的妝還是畫得很精細啊……」

麥太太還沒有說完，走在另一旁的芬就笑開了。她似乎也聽出了麥太太的弦外之音。她細細地觀察著我，說：「對啊，誰說你對今天的晚會不是抱著希望的呢？」

我的臉紅了。也許為了掩飾我的窘態，芬又笑著對麥太太說：「你說我今晚在晚會上彈的這首曲子選得好嗎？是不是太簡單了一些？我可是在八歲時就過了九級啊！」

麥太太說：「曲子很重要，但更重要的是那兒的男人，看他們喜歡什麼，男人們通過音樂去理解女人，這不僅僅在新加坡，就是在古典時期的英國、法國也是如此。其實說這樣的話，你們也不要不高興，你們也不要覺得我已經老了，你們這些中國女孩比我更知道，女人的意見從來不是很重要的，我們可以表現自己，但是都是表現給別人看的。」

芬捅了捅我的胳膊肘，對麥太太說：「你確實老了，你最後一句話應該這樣說，其實我們應該是表現給男人看的。」

芬說完以後，她的笑聲開始在整個ST街道回響。腳下五顏六色的路面，在兩旁樹枝的輕薄的霧氣中比以前更加濕潤了。我用手撫著被芬捅過的胳膊，突然感覺那兒很疼。芬捅得太狠了。可是她笑的餘音還在迴盪。她的笑聲真是很美，美得如同新加坡的一個海面上蔚藍的早晨，又像是我不止一次地獨自欣賞過的新加坡的國花胡姬花。

胡姬花就在我的前方，和芬的聲音溶匯成一起，裡面還夾雜著鋼琴的清脆的聲音。然而這一切被一種海潮漫漫地給蓋過了。海潮就是男人的說話聲和男人的笑聲。

第2章 英國回來的男人

男人是什麼?男人是如果沒有他們的存在，那這個世上所有的女人的生命就變得沒有任何意義。他們與女人共同行走在路上，不知道從什麼時候走來，也不知道要朝什麼地方，走到什麼時候去。

新加坡森林

麥太太是不是在撒謊？那真的有從英國回來的男人嗎？從英國回來的、從法國回來的、從義大利回來的真的就和從北京來的或從上海來的不一樣？他們身上果真有著和大海一樣的蔚藍的色彩嗎？可是，在這個ST的大街上，那就是即使有從英國回來的男人，他跟我這個化名為海倫的中國女孩還有什麼關係呢？即使我在懷疑這個問題的時候，我也覺得我這種懷疑是毫無價值的。我不應該在臉上塗上白粉，不應該刷上長長的睫毛，不應該穿我平日不怎麼捨得穿的白裙子。我不應該對那些男人提問題。在我提出的任何句子後都不應該打問號，而是打一個完整的句號，打一個感歎號。這些英國男人，這些從英國回來的新加坡男人，這些高貴的男人們，他們已不應該跟我有任何關係了。

很快，我們都看到了一座被青草和樹木包圍的低低的老宅。看到它時，我首先像是看見了森林，是新加坡的森林，密密的樹叢像是夜色裡的光和影像，幽雅而詭祕，似乎像是從窗內傳來了音樂。

音樂，還是音樂，我是那麼痛恨這個詞。

還有，森林，新加坡的森林，新加坡真的有森林嗎？

我們緩緩地走上了用花崗岩砌的臺階，還沒有開大門，就似乎感到了熱氣和喧嘩聲。

麥太太望了我一眼，說：「海倫，虧你還叫海倫，馬上就要進屋了，你笑一笑，你不會笑嗎？你母親從沒有教過你，讓你不要掃了別人的興嗎？」

我說我儘量笑了，我知道我不應該掃別人的興。

這時，麥太太站住了。她轉過身來，正對著我，說：「你呀，你看著我的眼睛。」

我有點不敢看她的眼睛。

「你告訴我，是不是現在就想回我家？你如果總是這種表情，那你就回去，就別待在這兒，就別進這個門。」

我沒有看她。

她說：「你現在就必須做出選擇。要麼回去，要麼別這樣。」

我先是低著頭，漸漸抬起了頭，我看著麥太太，我知道自己的眼睛裡沒有淚水，我們互相看著，然後我小聲說：「我，我不回去。」

聚光燈下

這就是新加坡人有錢人居住的地方嗎？我站在臺階上又一次看了看四周，好大啊！好綠啊！

宅內有十五、六個人，W夫婦以及客人，他們向我們微笑著，寒暄著。他們的笑是那麼有節制。他們在用英語交談。幾乎是在客廳的中間放著一架深色的三角鋼琴。可是還沒有站穩，麥太太就興奮地把芬推到了鋼琴邊。芬的臉紅了，但是馬上她便鎮定下來，端坐著。她今天穿的是一件粉色的短裙，潔白而頎長的雙腿此刻彎曲著，形成了一個好看的弧度，透過那個弧度，我看到了端坐在那兒的陌生的男人們的面孔。究竟誰是那個從英國回來的男人呢？

當芬的琴聲開始回響時，我開始以平靜的心態來觀察這所據說已經有一百年的老宅。宅內有非常漂亮的旋轉的木樓梯，屋內有一個很大、很高的挑空，在這個無限深遠的高空正中央，有一盞燈，燈已經顯得舊了，我仰著頭久久地盯著它看。在我沒有來過這座宅子之前，麥太太就不止一次地對我說過這盞燈的歷史，說這盞燈即使是在英國也已經有二百年的歷史了。哦，生存了二百年之後，它又在新加坡生存了一百年，最早的幾十年還是和馬來西亞合二為一的時候。我凝視那燈，心裡在想，我要突然能夠變成這盞燈該多好，我即使是不太能發出很亮的光，即使是我顯得很破舊，但是我也能夠使這些人意識到我的存在，而且我能夠以我自身的能力給他們發出餘火，使他們愉快，那該多好。

宅內的四面牆壁被一種發出黯光的木板覆蓋了，而木板被琴聲震顫著。琴聲比剛才更響了，就像是新加坡海岸邊的月亮下的晚潮。芬彈得很仔細，她的手指飛快地在琴鍵上劃動著。我無數次地把她此刻的手指比作剛剛從海裡撈起的活蝦。白白的，做長時間的活靈活現的跳動。

啊，已經快到了，快到了那個平常老愛出錯的地方了。這首曲子在麥太太家不知道彈過了多少遍，以至於我連在睡夢中都出現這樣的曲子。馬上就要到她總是彈錯的地方了，我心裡在想，這一次她一定還會彈錯。

這一剎那我閉住了眼睛，可是芬很順利地通過了。我睜開眼睛，看到她露出了燦爛的笑容。這時，通過她的臉，我在人群中發現麥太太在和坐在他身邊的一個男人談論著什麼。而那個男人正看著芬，但他沒有看芬的手，他在看芬的臉，在看她的眼睛。他的目光裡流溢著水晶般的光彩。確實，芬真是太好了，太可愛了，她真是一個很好的女孩，今後她即使成為我的敵人，我也要歌頌她，我就是回到了北京或是回到了上海，如果我和那裡的朋友談起芬這個人時，我一定要說她的好話。因為她太美了，正像她的名字一樣。

我突然意識到芬的眼睛跟那個男人相對了，閃開，又相對了。我內心裡產生出某種空洞洞的意味，我阻止不了這一切，我不可能有任何作為，我只是在內心裡意識到，一個男人和一個女人，他們在互相看著，在眼神的深處，有我們熟悉的東西，而這一切，竟然與我無關。

這些年來，我經常思考這樣的問題，每當碰到那些跟我談女權的我的同類們，看到那些說我即使長得醜了不化妝給男人看的女人們，我聽她們說著那些話，真想抽她們的耳光，如果我有力氣，我一定會反駁她們，我不信她們說的話，我從她們看男人的眼神裡，看到了她們也跟我一樣地需要男人，有時是因為愛情，有時是因為金錢，可是她們卻能連續幾個小時地對你說，我們的生活跟男人無關。可是，你仔細打量一下她的生活和她的臉，那上邊處處刻著明顯的印跡：與某些男人曾經有過的經歷。

男人是什麼？男人是如果沒有他們的存在，那這個世上所有的女人的生命就變得沒有任何意義。他們與女人共同行走在路上，不知道從什麼時候走來，也不知道要朝什麼地方，走到什麼時候去。

這個客廳裡的燈光顯得比剛才暗淡了，似乎我剛才沒有意識到的四周的壁燈已經打開了，男人們深色的西裝變得比任何時候都有歷史的感覺，它與我剛才想的問題交織在一起了。我悄悄環視著他們，想，男人們為什麼要走進這個客廳，在他們的西裝裡邊，在他們的內褲裡，男人的那個叫做陽具的東西現在正擺放在什麼位置，它們是平靜的，還是亢奮的？他們面對女人的臉和屁股，會有什麼樣的反應？即使是在這樣一個古老的客廳裡，女人們為什麼要走進這個客廳？芬現在為什麼要彈鋼琴？麥太太為什麼要化妝？我為什麼仍然要賴著臉皮待在這兒，而不是回到家裡最後一次坐在麥太太的沙發上獨自哭泣？對了，蕭邦當年為什麼要寫這首曲子，他是不是可以不寫？他是為誰寫的？是為男人，還是為女人，還是為他自己？他第一次彈奏時，是為高貴的人，還是為窮人？蕭邦當時也是坐在這樣一個古老的客廳裡嗎？他在彈琴時，有沒有與某一個當時在座的女人的目光對視？那個女人是一個平靜而純潔的女人嗎？她對於蕭邦來說，最渴望的是他的什麼？

男人的目光打斷了我的思路，像是某個角落裡突然開啓的燈一樣，客廳變得比剛才亮了。

那個坐在麥太太身邊的穿著深色條紋T恤的陌生男人，他的眼神在這一刻顯得那麼年輕，我突然意識到我自己的視線有些模糊。我連忙低下頭，幸虧在這個時候沒有任何人注意到我。我知道我因為嫉妒，或者說我因為對自己的失望，我的眼淚出來了。而在這個尊貴而古老的宅子裡，我的眼淚是不值錢的。我知道這個，可是眼淚還是出來了，並且拚命地往外湧著。我低著頭，讓淚水直接落在深藍色的綿綿的地毯上，而不能讓他們從我的面頰上通過而留下痕跡。我悄悄用手拭了拭眼睛，抬起了頭，看到麥太太已停止了說話，也在看披著長髮的芬，看著她和那個男人交流著目光。所有的人都在看著，分明在等待什麼。

我心亂如麻，深怕自己失去自制力。我的裙子白得像一座蠟像。突然，頂上的那盞燈滅了。

也許是停電了吧？新加坡怎麼會停電呢？是不是保險絲燒了？老宅裡的設備可能老化了……

回想起來，當時這一切都不重要，我沒有可能去想這些，我只是知道黑夜使我的淚水不被人注意，它保護了我，不被麥太太更加厭惡。黑暗使我的內心漸漸平靜。在黑暗中，我感到了某種祥和，我想起了平等，公平，正義，尊嚴，以及很多類似的辭彙，對了，還有民主，自由，溫暖。

整個大廳裡先是有一點喧嘩，接著又靜了下來。芬的琴聲使大家安靜下來，她彈的是另一首曲子，好像是貝多芬的。在她的十分安靜的琴聲中，我聽見了有緩緩的腳步聲。這個腳步聲像是摸索著慢慢地朝鋼琴邊走去。我的眼睛很快地適應了黑暗。是不是像我這樣的失敗者才總是在黑暗中能比別人看到更清楚的東西？不管怎麼說，我看到那個男人漸漸地朝芬走去。然後我突然感覺到琴聲比剛才更加豐富了。

當一個菲律賓女傭端著蠟燭出現在門口的時候，我看到在鋼琴邊坐著兩個人，就是那個男人和芬，他們在共同完成著這一首我一時不知道名字的曲子。琴鍵上的四隻手，在跳著它們共同的舞蹈。而對於芬那白蝦似的手指我是再熟悉不過了。我凝神望著那個男人的手，在芬的白色的襯托下顯得黑而深沉，它快速地躍動著，有時又像遺失了什麼而在遲疑，但一瞬間又躍動如初。我想，他為什麼會這樣去處理這首曲子呢？

恰恰就在這時，那盞滅了的燈突然又神奇般地亮了。全場的掌聲都起來了。

他們在掌聲中繼續彈著，我更加地注意到了那個男人的手指，以及他對一連串快速連音和那幾個大誇度和絃的遲緩。他們的激情達到了高潮，直到最後一個音符結束。

大家的掌聲再次響了起來，就像是真的在某一個音樂廳裡，他們雙雙站起來，接受所有人對於他們的謝意。

麥太太滿面笑容的走過來，拉著我站起來，走到了芬的跟前。麥太太緊緊摟著她，並吻了她的臉頰一下，然後她望著我一眼對大家說：「海倫就要離開新加坡了，她就要走了，回中國了，可是她今晚也有節目。」

所有的人都看著我。我一時又有些緊張了，剛才在黑暗中所獲得的平靜，再次被打破。

麥太太說：「你們想知道，海倫有什麼節目嗎？當然，一定也很精采。」

我在極度的無助中，看著麥太太，她是我在一片搖擺不定的大海中，最最可以依靠的礁石，也許應該說是一根木頭更貼切些。女人與女人往往是在這種時候，最可能互相依偎。

掌聲和目光像是熱浪一樣向我湧來，麥太太的笑聲和面容比春天更加燦爛。

我猶豫著，不知如何是好。

麥太太說：「我有許多學生，可是海倫是其中很有特點的一個，有時，我也教她彈點琴，在這點上她不如芬，不過，她有天份，一種說不清的天份。」

她說完，看著我又說：「海倫，你也彈首曲子，讓大家感覺一下。」

我說：「我彈不好。」

「來吧，不要這樣，讓她們看看，經我隨意地點撥之後，你的那種小感覺。」

我說：「我現在一點感覺也沒有。」

麥太太的臉一下子就有些變了。

我的內心裡更加恐懼，但是，我看看麥太太的臉，坐在琴前了。我想彈的是莫札特的一首小曲子，那是我從小彈過的，可是因為緊張，我卻幾次下不了決心，最後，我又站了起來。這時，我聽到了掌聲和笑聲。

麥太太的微笑在掌聲中浮在了我的面前。

第3章 鳳凰

我這樣的女人就是這麼容易被周圍的情緒，被周圍人們對我的態度所打動。當沒有任何人注意我時，我就像是臭蟲一樣，連自己都看不起自己，可是當大家把掌聲對著我的時候，我突然開始騰雲駕霧了，笑容和掌聲可能讓一個女人在瞬間裡幸福而死的。

麥太太

我發現麥太太今天比以往任何時候都要漂亮。看著她興奮的樣子，我突然想，應該對麥太太進行一份總結。我跟她一起生活了一年的時間，她究竟是一個好人還是一個壞人呢？她喜歡在眼皮上塗藍色的眼影，她喜歡穿豔麗的衣服，她喜歡深夜把我們叫醒講鬼故事，她喜歡不斷地檢查她的冰箱裡少了哪些食物，她有時整天不講一句話光是彈琴，她希望我走，而芬留下……

她究竟是好人還是壞人？我又一遍地問著自己。可我對她的總結有價值嗎？麥太太能夠代表新加坡的女人嗎？她能代表新加坡的六十歲還是三、四十歲或是更年輕一些的二十多歲的新加坡女人嗎？麥太太今天無疑是漂亮的，她的眉，她的眼，還有她的彎彎的嘴唇。一個六十歲的女人都能這麼漂亮，使我心裡突然充滿了慚愧。

大家仍在為我鼓掌。大家的眼睛裡充滿著善良，他們絲毫沒有任何敵對的意思。芬從鋼琴旁走過來，摟了摟我的肩說：「海倫，大家挺喜歡你的，從掌聲裡能感覺到。你要真的不想彈琴，就唱歌吧，要不你就唱那首歌，我幫你伴奏。」

芬說完，獨自開始彈了。這是一首老歌，是我上初中時唱的：如果你是那海，我願是那沙灘，如果你是那陣煙，我願是那輕風……

這時那個男人也走過來，站在鋼琴的旁邊。他把目光投向我，我想這是他第一次將目光正面投向我。他說：「唱吧！即使你今晚沒有說話，我也覺得你有一副好嗓子，因為在我的印象中，中國來的女孩都會唱歌。」

當芬彈完了那首歌的前奏之後，就在那一霎那間我突然改變了主意。我對芬說我還是彈支曲子吧！

我坐下去，琴凳上的熱度混合著他們倆個人的體溫。我知道我彈得不好，但是我還是要彈完莫札特的這首小曲子。當我抬起手時，所有的人都看著我。

我的琴聲響了起來，我感覺到自己把莫札特歪曲得一塌糊塗。但是，我堅持著彈下去，在我的琴聲中，似乎北京的風雪出現了，爸爸背著我去中央音樂學院上課的情景浮現出來。

我不知道自己是怎麼彈完的，當大家的掌聲響起來的時候，我甚至想哭了。

我真丟人。

但是全場的掌聲很熱烈。

掌聲中，我站在那裡，臉頰燒紅了。有一刹那，我幾乎忘記了剛才彈得糟糕的曲子，也忘掉了我快要離開新加坡的現實。我的心中只有突然產生的快樂。我發現人的情緒轉變得這麼快，我這樣的女人就是這麼容易被周圍的情緒，被周圍人們對我的態度所打動。當沒有任何人注意我時，我就像是臭蟲一樣，連自己都看不起自己，可是當大家把掌聲對著我的時候，我突然開始騰雲駕霧了，笑容和掌聲可能讓一個女人在瞬間裡幸福而死的。

杜雨

接下來，有人開始唱歌，還有人開始朗誦郭沫若的「鳳凰」。

那是個胖男人，皮膚很白淨，臉上架著個眼鏡。麥太太說他是大學裡的文學教授。

他念得很有感情：

除夕的夜空裡，
飛來飛去的一對鳳凰，
唱著哀哀的歌聲飛去，
銜著枝枝地香木飛來，
飛來在丹穴山上。

山右有枯槁的梧桐，
山左有消歇了的醴泉，
山前有浩茫茫的大海，

山後有陰莽莽的平原，
山上是寒風凜冽的冰天。

天色昏黃了，
香木集高了，
鳳已飛倦了，
凰已飛倦了，
他們的死期將近了。

鳳啄香木，
一星星的火點迸飛，
凰扇火星，
一縷縷的香煙上騰。

鳳又逐，
凰又逐，

山上的香煙彌散，
山上的火光彌滿。

夜色已深了，
香木已燃了，
鳳已逐倦了，
凰已扇倦了，
他們的死期已近了。

聽潮漲了，
聽潮漲了，
死了的光明更生了。

春潮漲了，
春潮漲了，
死了的宇宙更生了。

生潮漲了，
生潮漲了，
死了的鳳凰更生了

我們更生了，
我們更生了，
一切的一切，更生了，
一的一切，更生了。
我們便是他，
他們便是我，
我心中也有你，
你心中也有我。
我便是你。
你便是我。
火便是凰，

鳳便是火。

翱翔，翱翔，

歡唱，歡唱。

我看著他，臉上竟然露出了笑容。心想，這個男人說的鳳凰是誰呢？會是我嗎？我有可能會成為更生的人嗎？我留在了新加坡，成了這兒的人，我真的成了鳳凰，這都是可能的嗎？

他朗誦完時，我走到他的身邊，問：「你為什麼要念這首詩？」

他不好意思地笑了一下，扶了扶臉上的眼鏡，說：「我喜歡。而且，我們的文化需要新生，我渴望人文精神的復歸。」

我說：「你的朗誦，給我留的印象很深，我甚至想到了自己……」

這時，麥太太來了，說：「你們說什麼呢？」

他說：「海倫喜歡我的朗誦。」

麥太太說：「她喜歡的東西多著呢！」

我說：「我喜歡這首詩的名字叫『鳳凰』。」

麥太太說：「走，我們上那邊去。」

我看看教授。

他說：「好的，我叫杜雨，麥太太那兒有我的電話，你有事找我了，可以從她那兒要電話。」

我點頭。

麥太太說：「電話都在我的本子裡呢！」

我隨著麥太太走到了另一個角落裡，她突然對我說：「少跟這個人來往，他是個很花心的人，你還聽他念什麼鳳凰。」

我沒說話。

她又說：「聽見了沒有。」

「我只是喜歡鳳凰的意境，沒有想他這個人。」

「你想他也沒用。」

聖誕燈閃起

這時，有人吹起了薩克斯。客廳裡的整個氣氛是那麼熱烈和隨和，剛開始的那種拘束已經完全沒有了。麥太太也已把那個英國男人向我和芬正式做了介紹。她說這是在英國倫敦皇家音樂學院的鋼琴教授郁先生。這時，在門口，我看到了老宅的主人，那對中年夫婦燃起了一座高大的聖誕樹。芬驚歎了一聲，跑過去，火光印照了她的笑臉。

我忽地把視線投在我身邊的這個鋼琴教授身上。可他並沒有看我。他約莫五十多歲，一頭黑髮柔順地覆在腦後，皮膚黝黑，從那雙時而沉靜時而嚴肅的富於表情的眼睛裡面，透出一種傲慢與高貴。我似乎還聞到一股從他身上發出古老的恍如從十九世紀傳來的淡淡的香水味。麥太太走來了，她對他說：「你剛才和芬彈的〈月光曲〉真是美極了，這讓我想到了貝多芬，他也是在一個有月光的晚上和一個少女一起完成這首曲子的。」

英國男人抬起他的雙手抱在腰間，說道：「實際上貝氏在創作這首曲子時並沒有什麼少女的出現。」

芬回過頭來，俏皮地望著我們。我意識到他們的目光又一次相遇了。芬轉身走來，臉上掛著鈴噹般的笑容，她的步伐是那麼輕盈又那麼柔軟。等芬走來時，英國男人又說：「我最喜歡的是〈月光曲〉第二樂章，像一個人在徘徊，有很多心事，實際上人在創作音樂或是聆聽音樂時，心境一定要很複雜，真正平靜的人是不能夠真正感受音樂的。」

老宅的兩位主人也走過來，還有其他幾位客人，包括那位叫杜雨的教授，他們都想聽聽大師對於音樂對於鋼琴的闡述。英國男人把兩隻手從腰間放開，疊在一起，燈光下，我看見他手指的骨節隱了起來，像小動物似的躲在草叢中開始它們短暫的睡眠。英國男人還在說著什麼，他的眼睛看芬時也順帶著在我的臉上停留片刻。

也許是受了他的目光的鼓舞，在他一句話說完時，我望著他，對他說：「剛才，我注意您在彈鋼琴時，您的手有些猶豫，這種猶豫有些病態。」

我說著，停了下來，想看看他的反應。

他卻沒有任何反應，顯得有些呆滯。

我一時沒有感到有人會反對我，就繼續說：「或者說你的手指有一種殘缺，在那時，音樂本身就顯得有些猶豫，跟我原先聽的不太一樣，您是有意這麼彈的嗎？」

他沒有說話，只是他的臉在剎那間變得紅了，像是有人猛地摑了他一巴掌。

所有人都在看我。

麥太太輕輕「啊」了一聲。我以為我的感覺的細緻與敏銳使他們全體驚訝了。而從客廳的一側發出濃濃的香味，主人已經為我們準備了自助西餐。

可是大家僵立著。

麥太太的臉也漲紅了，她說：「海倫，今天把你帶來是個錯誤，現在你向郁先生道歉，說對不起。」

我一時腦袋轟地響起來，我說錯什麼了？我為什麼要說對不起？

芬害怕地看了我一眼，扯我的裙子示意我向這個男人說對不起。

但是我卻辯解說：「因為手指的遲疑，這首曲子就更是完美了。他彈奏的方式，特別是那幾個和絃的處理真是跟我過去聽的一張CD不一樣，有另一種意味，我沒有絲毫的惡意呀！」

麥太太的聲音忽然大了起來，她說：「你向郁先生道歉。」

我沉默地站著。

只見麥太太又走過來，拍拍我的肩，說：「你聽到了嗎？」

我搖頭。

麥太太真的有些憤怒了，她大聲說：「讓我再說一遍，道歉。」

我的眼睛裡迸出了淚水。我絲毫不明白我怎麼傷害了那個男人。淚眼中我看到他依然紅著臉，似乎一副落魄的樣子。

麥太太看到我哭，更氣憤了，說：「要我跟你講一百次嗎？讓你說對不起就那麼難嗎？」

主人卻在一旁勸說：「算了算了，她年輕不懂事，就算了，吃飯吧！今天是聖誕夜啊！」

麥太太說：「只要她不道歉就不讓她吃飯。我過去年輕時在英國，也是住在人家家裡，自覺多了，跟林黛玉初到大觀園一樣，哪像現在的人，看起來像個淑女，可是說起話來那麼放肆。本來帶她來是想讓她開心開心，沒想到……海倫，你是真的不打算道歉嗎？」

我囁喃著低著頭。麥太太又要說什麼，這時，只見身邊的這個英國男人，把臉轉向麥太太，用一種微弱的略帶沙啞的聲音說道：「實際上她剛才的話說得很對，很準確。只是幾十年來從未有人像她這樣直接說出來。我的手指就是有些殘缺的。」

我沒有留下來吃飯，芬和主人們都在挽留我，在出門的剎那，我甚至看到了那個英國男人向我投來的友善的一瞥。我是多麼希望他能突然站起來，走到我面前說：「別走，儘管你是從中國來的，你說了一些不該說的話，但是，請你留下來。」

男人沒有說話，他的目光與我的目光相視後，又滑走了。

我在換鞋時，留著短髮的女主人站在我身邊，用走了調的普通話說：「你讓郁先生難堪了，但是，你沒有錯，你的音樂感覺是對的，可是，你不該說。看，麥太太真的生氣了。」

我說：「對不起，我真的沒有想到會掃大家的興，我錯了，要是在我中學時代，我會寫檢討書的。」

女主人笑了，說：「你們中國女孩子都聰明，但是，你們沒有用在應該用的地方，再見。」

這時，麥太太的聲音傳來，她說：「讓她去吧！明天她就得回中國了。」

殘缺的美

黑夜給了我黑色的眼睛——我想起了這個詩人，有人曾經給我們講過這位詩人的心情，那是在大學裡的一個講座上，當時，那人以很小的聲音唸過自己的這首詩，他還沒有唸到光明這個字時，掌聲就淹沒了光明。可是今天，當我離開了那個客廳裡，我卻那麼懷念有詩歌的年代。

我是真的懷念，就像是那些飄泊在紐約、巴黎的同學對我說，他們是真的懷念祖國一樣，他們說他們是真的懷念。

而我呢，我也想對他們說，我是真的懷念大學裡的有詩歌的年代，真的懷念。

離老宅很遠了，卻還沒有走出那片柔軟的草坪。草坪上零零散散地豎著發出光的聖誕樹。我抹去臉上的淚痕，心想我怎麼就這樣走出老宅了？走出了我最後的機會？走得離那個男人遠了，走出了他的視線，走回了過去詩歌中的失落。

麥太太確實是好心，她希望我在新加坡度過的最後一個晚上能夠快樂一些。為了安排今天的這個晚會，她從昨天就開始聯繫了，她不斷地拿起她那早已破爛的電話本，從這一頁打到那一頁。然而從她打電話起，從我洗澡、化妝、穿衣許多細節的安排起，到最後就落入了這樣的一種結果？是不是所有的快樂都已與我無關？對於昨夜的我來說，儘管我在哭泣，可是一想到在今天有從英國回來的新加坡男人的晚會，全身都有一種隱隱的快感。

空中傳來的彌撒的音樂聲加重了，甚至有歡笑聲。在這一剎那我斷定是身後的老宅裡發出的。我回過頭向後看去，大約十五公尺外的地方，有一個人正向我走來。

我睜大了眼睛，吃驚地盯著這個人——這個英國男人。

他走到我面前，燈光下我看到他的眼睛已全然不是冷漠與高傲的神情。

但是，我覺得我看錯了，奇蹟不會這樣發生的，它們不會出現在我的身上。他剛才沒有留我，他沒有說話，他和他們一樣是厭煩我的。

「你真的就出來了，連一句話也沒有說？」他邊說邊走到我面前。

我不敢直視他，只是倉促地回答說：「我不知道該說什麼。」

「幸虧你還沒有走遠。」

「我沒想到你會出來。」

我向別處看去。看到了那個燈火通明的老宅，與那裡相比，儘管這兒有閃著亮光的聖誕樹，但這兒仍屬於黑夜。只聽他說：「你真的不想對我說什麼嗎？我沒有想過要傷你，真的，我沒有想過。你只是說了一句實話。看到你走，我心不安。」

我的眼淚再次出來了。它們泉湧地通過我的面頰。

「你看，我出來是想讓你不要一個人哭泣的。」

「我，我不想哭的，不過，請不要相信我的眼淚。」

「為什麼？」

「因為我是一個中國的女孩子。」

他顯然驚訝了，只聽他先是笑了一聲，說：「我還是第一次遇上一個像你這樣說話的女孩子。為什麼不能相信一個中國女孩的眼淚呢？如果一個女孩哭了，那她一定有委屈，那她就應該受到照顧。不論這個女孩是中國的，還是紐約的，倫敦的，或者是新加坡的。」

我低頭無語，只有更多的眼淚。只聽他又說：「對不起，在今晚讓你一個人走了，是我不好，我是來向你道歉的。」

我一邊擦拭著淚水，一邊說：「郁先生，你說這話跟你高貴的身分不太相符，道歉的當然應該是我，是我掃了你們所有人的興。」

他微笑著，搖頭。

他看著我，向前跨了一步，離我更近了，我的心突然撲撲跳起來。他伸出手輕輕摸了一下我的頭髮，說：「今天，全新加坡人，或者說大半個地球上的人都在狂歡，而你卻獨自在這裡偷偷地哭。」

他的聲音是低沉的，甚至我能聽得出隱在裡面的溫情。我禁不住透過淚眼看他。我心裡想道，也許我的不幸正是明明知道此人與我無關，但是我的眼睛卻又在看他。

他又說：「你的怪想法都是從哪兒來的呢？你很柔弱，我在英國時也接觸過中國來的女孩子，有好的，有不那麼好的，你為什麼會那麼自卑？你覺得自己不好嗎？你為什麼不像芬那樣快樂？你們不是一樣的嗎？你們都是從中國來的。」

我搖頭。

他說：「那你怎麼會對自己如此苛刻？」

說著他笑了一下。我囁喃著嘴唇，依然說不出話。我要跟他說我沒有芬那麼好，我不能留在新加坡，我明天就要走了，這些話還有意義嗎？

「好了，我們可以說點別的，能一起走走嗎？這裡的空氣比屋裡新鮮。」

他身上的英國男人的味道，讓我陌生，讓我感到了那個詩人的另一句——我卻用它尋找光明。是光明真的來了嗎？

他走到了我的前邊，回頭看我。

濕潤的空氣中帶著一股節日特有的味道，還有從這個男人身上傳來的香水味。看我不動，他又站住，他的影子靜靜地擱在草坪上。

「聽麥太太說你明天就要離開新加坡了呢。」

我抹去眼淚向他笑了笑。

「你明天真的要走嗎？」

我點點頭。

「你明天可不可以不走？明天是簽證到期日嗎？」

我搖搖頭，說：「明天可以不走，但是明天走跟後天走有什麼不一樣呢？既然必須走，我就一天也不想在新加坡待下去。」

「明天我想請你吃飯。」

說著他的手又習慣性地交叉在一起，而他的那個讓我犯下大錯的手指正朝上翹著，在暗淡的光亮下佈滿了陰影，有些老，有些神秘。我想，那裡一定藏著難懂的文字。

他說：「你能答應我嗎？我希望今後去北京，最少能多一個像你這樣的女孩子當朋友。」

我說：「我不好意思跟你一起去吃飯，我怕又說錯了什麼話。」

他又一次無聲地笑起來，說：「你是一個挺有心計的女孩子，對嗎？你老是在認錯，可是你內心裡，卻有著一種固執，對嗎？」

我的眼淚沒了，我的眼睛裡肯定也有了笑意。

「真的，明天一起吃飯。」他又說道。

「麥太太會生我的氣的。」我說。

「只要我說你好，她就不會說你壞，知道為什麼嗎？」

我搖頭，眼中充滿迷惘。

他笑了，說：「藝術。」

他又抬起腳往前走。我說：「你該回去了，他們都在等你，沒有你，他們就沒有藝術。」

「你很有意思，我們說定了，好嗎？明天我會給你電話。」

我點頭。

他轉身朝回走去，由於腳下是草坪，他走得沒有任何聲音。他的身體有一種像是雲的感覺，在夜色裡飄著，他漸漸地走到了老宅那兒，然後，他站住了，回頭向我招手。

我看著他，也想對他招手，可是我感到胳膊很重，抬不起來。在他身後，燈光閃爍，客廳裡的人影綽綽。

直到他進了門，我還看到他那伸在空中的手在晃動，其中就有那個殘缺的手指，可是，我感到他的手很溫暖，是這個晚上我唯一可以相信的東西。

第4章 光明來了

那個郁先生，他也只能使我推遲一天的行程而已。他不過是請我吃頓飯，這頓飯能改變我的局面而讓我在新加坡留下來嗎？我苦笑著搖搖頭。我的紅皮箱，一年前我就是拎著它來的。

一只紅皮箱

郁先生在我的眼前晃動，直到黎明時，他的目光才跟星光一起移走。我失眠了，有著這種男人目光的陪同，在新加坡這樣的地方，我肯定會失眠的。

然而直到第二天中午也沒有這個男人的電話，昨晚他是不是隨便說了一句話而我就竟信以為真？窗外的陽光灑在了我的那個紅皮箱上，我望著它，突然意識到了自己就要走了，我的心在那一刻突然疼痛起來。

我起身後，坐在床邊楞了會兒神，然後就不得不開始收拾行李。

那個郁先生，他也只能使我推遲一天的行程而已。他不過是請我吃頓飯，這頓飯能改變我的局面而讓我在新加坡留下來嗎？我苦笑著搖搖頭。我的紅皮箱，一年前我就是拎著它來的。我拎著它走向北京首都機場的情形至今記憶猶新。途中經過一大片田野，那時正值深秋，正是中午時分，刮著風，一些孩子和老人在放風箏，四、五隻大小不一且顏色不同的風箏緊貼著藍天飛著。我覺得我就是其中一隻。我自己把自己拋到空中，被風吹著，上了天，我以為我再不回來了。

芬裹著一條白色浴巾濕漉漉地從浴間走出來，走到我身旁，她髮上的水不斷地滴落在我的衣物上。她說：「海倫，回到中國你一定要給我寫信，別忘了我們曾是最好的朋友。」

「我們還是最好的朋友嗎？」我抬起臉問。

她蹲下身子摟住我的肩難過地望著我。她的難過使人覺得她頭髮上不斷落下的水就是她的眼淚。無意間我看到她浴巾裡的乳房，而在她乳房深處的心裡究竟是什麼樣的呢？真的像她臉上所表現的難過？我無法知道。

她幾乎把臉靠在了我的臉上，沐浴過的體香游浮著。她說：「難道你會把我忘記嗎？今天我也將從這個房子搬出去，我的行李已收拾好了。」

「可是你只是從這個房間搬到另一個房間，你仍在新加坡，而我得回中國。」

「可是那不是我的過錯。」

我的臉紅了。是的，那不是她的過錯，而是我的命不好。

她的兩頰也微微紅了起來，恍如輕輕鼓起的花蕾。只聽她又說道：「你還記不記得我們曾在一起發誓『苟富貴勿相忘』的話？」

我低下頭去，沉默地擺動著箱子裡的衣物。我曾把我最心愛的書借給她，以後，跟她要過幾次，她都以沒有看完而推託著，並且反問你不是都已經看過了嗎？她以為我看過了就應該像丟拉圾一樣把它們丟掉。現在我要走了，我是不是應該跟她把書要回？對了，還有一把雨傘，那個白色的雨傘，因為她喜歡，所以我要了幾次她都沒有給我。

我鼓足勇氣抬起頭，剛要張口，她卻說：「海倫，你放心，只要我在新加坡，只要有機會，我就會想辦法幫你到移民廳申請就業准證。你還會回來的。」

我不禁伸出手臂摟住她濕潤的肩頭，思忖著，既然她這麼說了，那書還有那把雨傘還是不跟她要了吧。

「明天我送你去機場。」

「不用。」

「不，我一定送你。」她堅定地望著我。

我笑了。

她也笑了。胳膊更緊地摟著我。我望著她閃亮的眼睛又一次覺得芬是美麗的，她是我的朋友，而不是我的敵人。我說：「昨晚你和那個英國回來的男人彈鋼琴彈得真好。」

「可我彈得一點也不好，雖然我明天可以成為南洋藝術學院的老師，但是直到昨天我才知道什麼叫做音樂。你知道嗎？昨晚你走後郁先生又獨自彈了一首曲子。是蕭邦，我還沒有親眼見過像他這樣一個大鋼琴家彈琴時在身上所湧動的激情。我這才知道什麼叫做英國的紳士了。」

「真的？」

「真的。後來我們一起唱『歡樂頌』，又來了幾個人，大家一起唱，簡直把房子炸出了頂。」

芬說著笑開了，我望著她，心裡又一次湧起了羞愧。憑什麼我就不能在新加坡待下去？我比她更差嗎？比她更沒有腦子嗎？比她更缺少容貌嗎？比她更缺少學歷嗎？為什麼她能和別人一起合唱『歡樂頌』而我就得要明天滾蛋？

這時，電話響了。我神經質地猛地放開芬站起身來。可是芬比我快，她跑到前面的客廳，一會兒又回到我面前，說：「找你的。」

她的臉上明顯地浮起失望的表情。

客廳窗外的牆壁上像趴著壁虎一樣趴著幾個做清潔的馬來西亞工人。他們探過頭，看著在客廳裡的我和跟在我後面的芬。

我的心突突跳起來，我不知道是不是真的就是那個英國男人？我拿起聽筒。芬卻在旁邊拿起茶几上的報紙，把它弄得嘩嘩響，但我感覺她的耳朵正警覺地捕捉著。

我側耳諦聽，果然是他。只聽他說：「對不起，今天的約會取消，因為我有另外很重要的事。不過，明天，我將去機場送你。」

我沒有說話。

他問：「飛機是幾點的？」

我仍然沒有說話，在他輕聲地「喂喂」了幾聲後，我掛了電話。我站在那裡，心裡卻體味到了一種徹底的害怕和絕望。

看來我是不得不回去了。我回去了，還要你送什麼？

我的眼淚霎時溢了出來，芬注意到了我的臉色的變化，並問我是誰的電話。我紅著臉說是章先生的。

「那個章先生？你做家教的那家先生？」

我點點頭說是。

「他會約你幹什麼呢？」

「他請我吃飯。」

為了圓我這個謊，我不得不在臉上化了妝，又換上了一條很短的裙子。我想也應該去看看章先生，去跟孩子們告個別，也許這一輩子都不會再見到他們了。

在一輛公共汽車上，我從窗口盯著路邊的建築，那一座座聳立的高樓，飄散著淡淡的陽光氣味，如同直立在山上的野獸顯出凜然不可侵犯的樣子。

過去我也想過假結婚的問題，麥太太都幫我打聽了，說要給對方一萬坡幣。在這期間，我見過無數男人，他們像流水一樣湧向麥太太的家。但都沒有一個是我要找的人。什麼人是我要找的，其實很簡單：為我做一切事情。曾有一個七十歲的男人用他的豪華車把我帶到一個偏僻的旅館裡。我們坐在旅館店堂的沙發上，我問為什麼到這裡來？他說你願不願意跟我包一個房間，我會負責你每月的學費和生活費，每月給你六百新幣。我低下頭想，才六百塊錢。只聽見他解釋道：「我七十多歲了，下面早就不能勃起，我頂多就是看一看或者摸一摸，我不能做其他別的了。」

我獨自從旅館裡走了出來。前面的道路正在施工，挖出一個約有一米寬的豁口。我當時的裙子緊緊地裹著臂部，無論如何也跨不開，於是我雙腿彈跳了過去，那姿勢有點像在飛。我仰著頭，又一次發現新加坡的天空實在是太藍了。

後來我去做了家教，教兩個兄弟華文，這使我暫時有了落腳點。我像一隻鳥落下來開始尋覓地上的食物，這樣我每月便有了五百塊錢的收入。每次結帳時，孩子的父親，那個眼睛很大的男人——章先生都把一張嶄新的支票鄭重的放在我手上，然後聲音低低地說謝謝。這使麥太太有了一個確切的證據：中國人做傭人做不過菲律賓人，太懶……中國人做建築工做不過馬來西亞人，沒有力氣……所以中國人最適宜的就是做家教，叫人認字。

離別前夕

待我輾轉著從公共汽車上下來時，已是午後，日光像是被蒙上細紗，不再發出灼人的光芒。我按了按門鈴，開門的照例是菲傭馬莎。我看到客廳裡，章太太正坐在沙發上打電話，她的眼睛掃過我時沒有任何表情。在電視機前擠著兩張小臉，他們正在打遊戲機。一個是九歲，一個是十一歲，小點的男孩看到我立即說：「我們已經有了新的老師了。」

馬莎把我讓在章太太對面的沙發上，章太太仍在打電話，談笑風聲。客廳的地面閃閃發亮，我清晰地看到了映在裡面的自己的影像，我不禁問自己……人家需要我的告別嗎？

馬莎又回到廚房裡幹活。自從我到這家做家教，無論是早上來晚上來還是星期天來，馬莎都在幹活，兩隻黑咕咕的手看了叫人害怕。每次當她穿過客廳時，她都是像貓一樣彎著腰走過，好像傭人只能是這樣走路。

馬莎給我端來了水，我拍了拍她伸過的一隻手，馬莎眼裡閃出友好的光。過去有一次在沒人時，她用手比劃著說每天天不亮就起來，直到深夜十二點才睡覺，所以她現在最大的心願就是好好睡一覺，睡它三天三夜不起來。我曾給在北京的一個女朋友打電話說你應該讓你家的小阿姨不停地幹活，不要讓她白天黑夜都睡覺。那個朋友不解地問我家哪有那麼多活啊。

章太太終於打完了電話。她問：「海倫，有什麼事嗎？」

我解釋說我明天就走了，來看看你們，看看孩子。她立即鬆了一口氣說：「我還以為你是來要費用的，我剛才還想，章先生不是把這個月的支票跟你結了嗎？怎麼又來了？」

說著她笑了起來。

章太太長著非常年輕，皮膚白晰，眼睛很大，周圍也沒有太深的皺紋，而且她喜歡笑，每說完一句話她都要笑。

我心裡也為此行懊惱不已。我看著地面，只聽她說：「不好意思，待會我要帶著兩個孩子去看電影。」

我急忙站起來，心想正好可以溜走，以挽回這個局面。這時門外響起了門鈴聲。

章先生回來了。

章先生身材略高於中等，長得很瘦，臉蒼白，平時不苟言笑，衣裝也從未隨便過。他見了我滿臉驚詫。

我的臉不禁紅了。他也許跟他太太一樣以為自己忘記把那張支票給了我了。否則都結了帳了，為什麼還來？幸好章太太把我的來意很快說了一遍。

他點點頭，一邊換拖鞋，一邊脫下身上的灰色西裝。馬莎拿到一個妥當的地方去。我補充說……「也許一輩子再也見不到你們了。」

「哪裡。」章太太尖著嗓門說：「我們早就想去北京旅遊一趟了，北京是一個文化古都，我想應該讓孩子受受中國古文化的薰陶，這是我們作為炎黃子孫應該做的。」

「在這方面我倒是可以給你們當嚮導，你們放心好了。」我說。

章太太說：「我最喜歡的是北京天安門，那種氣勢真讓我不得不驚歎中國五千年的文化……」

可是兩個孩子開始鬧了，他們已經關掉了電視，說是再不走就趕不上這一場了。章太太不得不停下話頭。我說我也走了。

可是章太太用手擋著我，堅決地說道：「你在這坐一會兒吧，那麼遠過來，晚上讓馬莎弄幾個菜，我們請你吃飯。確實以後要見面也不知是什麼時候了。」

說著她又走進廚房交待馬莎幾句，便匆匆地領著孩子走了。臨走時她說道：「很快我們就回來，你先看電視啊。」

最後把目光飄在他的丈夫臉上。這時的章先生沉默著，面無表情。

關門的聲音終於停息了。一切靜落下來，章先生已經坐在剛才章太太坐著的地方，我只得在他的對面坐下來，那裸露在裙外的雙腿無處可藏。

我們東聊西扯了好一陣，中間不免有像飯裡的沙子一樣的突然出現的沉默。雖然通過談話，對章先生有了一些瞭解，他已不是那個我所認識的拘謹和不苟言笑的人了。但是，無論如何，和他以及他的太太和孩子在一起吃飯都是讓我或者讓他們啼笑皆非的。於是我鼓足勇氣，站了起來。我說我走了。

他略為遲疑了一下，便說：「好吧，我送你。」

當他站起來時他又問……不多坐一會兒了嗎？

他的盯著我的眼睛裡似乎閃過一絲光。我說不了。

第5章 過客

他笑著望著我。我也笑起來。但是我的笑聲是窘迫的，因為從我的眼睛的餘光裡看到了這張向我逼來的老臉。

飛禽公園

後來的日子裡我無數次地想過這樣的問題，那天究竟是什麼原因讓我跟章先生居然一起逛起了公園。在車裡他只是問你去過飛禽公園嗎？我說沒有。

「明天你就離開了，想不想去看一看？」

「也想，也不想。」

「你究竟想不想看嘛？」

「我說了，我也想，也不想。」

他看看我，有些奇怪我的回答。

我沒有看他，把目光移開。

他說：「你們中國來的女孩子說話有意思，你們都這麼說話嗎？」

「不，中國女孩子都跟我不一樣，只有我才這麼說話。」

「你跟她們不一樣？你是說，你跟她們哪些地方不一樣？」

「她們都比我好。她們是天使，而我，不過是一個最差的中國女孩子。」

「哈，你在說氣話呢，我不信在中國所有女孩子裡邊你是最差的。肯定也有比你好的，但肯定也有比你差的，這才對。你剛才是說氣話嗎？」

「我沒有說氣話，我經常就是這麼看的。」

「有意思，好玩，你們中國女孩子就是挺好玩的。我問你，你想不想去？我真是挺想和你一起去的。你肯定沒有去過，要不，你也不會這麼說話。你去嗎？」

我沉默著，心裡覺得好笑，過去我怎麼會獲得他平日不苟言笑的印象？

我怎麼沒來過飛禽公園呢？我還在鄧小平栽過的那顆崎形的榕樹旁照過許多張照片。那是和幾個同樣來學英語的同學一起來的，我們把買膠捲沖膠捲的錢聚到一起，然後實行AA制。有一個女同學一直鬱鬱寡歡，雖然我們也跑到山上去大喊大叫，但是她的眼睛裡掠過一陣陣憂鬱。她的照片比我們都少了幾張，在合影時她也一直沒有成為中心，每次都是站在最邊沿或者是後面，只露出一張不甚分明的小臉，但卻交了同樣的錢。

再一次就是和那個七十歲的老頭。那還是我認識他的初期，在還沒有把我帶到那種小旅館去之前的一天。那天他生氣勃勃地領著我四周轉圈，我們聽到了清脆的鳥鳴聲和各種各樣的怪叫。我因為臉上長多了幾粒青春痘，所以他一路上都在說著充滿猥褻的話：「你臉上的小痘痘，只有一個方法能治，那就是KISS，因為男性的唾液裡面充滿了雄性荷爾蒙，這樣就能和你身上的雌性荷爾蒙有一個平衡。」

我說我不相信。

「那你要不要試試？」

他笑著望著我。我也笑起來。但是我的笑聲是窘迫的。因為從我的眼睛的餘光裡看到了這張向我逼來的老臉。他當然是看上了我，我想。不過，那時我並不知道他每月只打算給我出六百塊錢，因為他就是那輛賓士車至少還得要三十八萬坡幣。繼而他又摸了摸我赤裸的胳膊，說：

「你真嫩啊。」

身邊的章先生也許是有同樣的感覺，他望著周圍的一切，眼睛裡顯現出我從未見過的歡欣，那張平日嚴謹的臉此刻如同掉了扣子的衣服，讓人看見了他的裡面。公園裡人很多，吵吵嚷嚷。在路過一個飲料店時，我們進去，一人捧著一個椰子喝，間歇，他那渴求的眼睛盯著我不斷張開的嘴唇上。他問：「在新加坡這一年來，你覺得它是花園還是監獄？」

「不管它是花園還是監獄我都想留在這裡，但是我明天不得不離開。」

「很抱歉我不能幫助你。其實新加坡是一個花園的說法是一種騙局，這是更加沒有民主的國家。過去我是一個學理知識份子，但是我以後不這樣了，我變成了反對黨，因為一個國家真正地民主政治是要靠學理知識份子在學園裡保持自己的那種極積保守的個人主義態度，但是同時當社會上的時機成熟時，為了使新加坡民主政治更進一步，我們一定要與現在執政的行動黨對抗。新加坡獨立以來一直崇尚英文教育，而忽略中文在本土的推廣。你看為什麼我會堅持不懈地請中文家教為我的孩子們補習中文。我是堅持中文教育的。為此我進過監獄。」

「進過監獄？你？」

「不止一次。我的幾個朋友也都是反對黨。經常是一起進去。說到這，你不要生氣，我的太太給了我很大的支援，我在監獄裡時，給我寫過詩。」

我笑了，問：「什麼詩？能不能背誦給我聽聽？」

「生命誠可貴，愛情價更高，若為民主故，兩者都要要……」說完他自己也笑開了，繼續說，「這是跟你開玩笑的，實際上，她是這樣寫的：你在那邊默默等待，我在這邊悄悄招手，雖然我看不見你，你看不見我，但是目光永遠永遠在天上，在我們頭頂有民主的太陽。你覺得這首詩這麼樣？」

我更是笑得前翻後仰。他說：「你別笑，我還給她寫了詩——黑夜永遠只是暫時的，陽光將是永恆的，並不是我們人類討厭黑夜，喜歡陽光，而是因為陽光永遠有不可戰勝的力量。」

「你們真可愛，這也叫詩嗎？」

從飲料店出來，他領著我走上被草叢覆蓋的陡峭的山坡。我光著的雙腿被草撫弄著。漸漸地，嘈雜的歡笑聲像細密的沙子開始向下沉，變得沒有了。我朝下望去，路上的人明顯變成了蠕動的蟲子。

章先生的手緊緊握住我。然後他把俯向地面的頭抬起來，靜靜望著我，全無了剛才談笑風聲的樣子。我窘迫地低下頭，看山下的光景，這時他把臉湊過來。我看到那睫毛在抖動，一會兒，他讓我坐在高一點的地方，他的手從我的腳面開始向上游浮。

我的裸露的膝蓋緊夾住他的手。但一會兒，我的膝蓋鬆垮下來。然後，就像有一條魚游進了我的身體。

身下的草濕漉漉的，發出了新鮮的光澤，這也許是我在新加坡做完的最後一次愛了。我的眼睛久久地望著飄在天上的雲彩，心想，這是新加坡的天空，我以這樣的形式把這樣的天空和雲彩永遠地凝固在了我的心裡。我不禁呻吟著。

在他的喘息聲平靜時他懇求我再來一次。望著他睫毛抖動的眼睛，我問：「中國女人和新加坡女人不同嗎？」

他仔細想了想說：「不同。」

「哪裡不同？」

「中國女人軟。」

我笑了，說：「那可能是新加坡的太陽太曬了，所以把人烤乾了，讓女人沒有了水分。」

「可能你說得對，不過，她們那裡即使有水也還是硬的，我說你們軟不光是指身體，中國女人有點像CHANCE LAKE——中國湖，你去過那個地方嗎？那種柔軟是無邊無際的。」

我又一次向他敞開著。他像一隻小貓弓起身子。如果不是看見有人向我們走來，我想我會和他醇暢地一遍遍做下去。我望著天空想，今天那個英國男人所帶給我的絕望和不快已經完全沒有了，它已蒸發掉了，到了我眼前的天空裡了，再也看不見。我也忘記了我將要拎起的那個紅色的皮箱。我只感到身下的草沾滿了露珠，也隨著節奏搖晃著，像跳著優美的舞蹈。

但是有人向我們走來了，發出腳步的響動聲。

章先生猛地回過頭去，他嚇得撥出來，白色的精液射了我一臉。

沉落的太陽

那是公園的管理人員，穿的衣服是青色的，在領子上還有幾道小橫槓。我們在他的注視下把衣服穿好，然後跟他下了山。

章先生在路上摔了兩次，他的腿已經抖得走不動了，似乎已經預料到他的這一生將要完蛋。他已不再是那個仔細分析新加坡女人和中國女人哪裡不同的男人，而是一個將要上斷頭臺的罪犯。他也忘了中國湖是怎樣柔軟和廣大的了，而離我很遠地走著。自從他穿上衣服之後他再沒有看我一眼。我只得自己用手抹淨臉上的他的精液，並且很想對他唸著他剛才的詩：黑夜永遠是暫時的，陽光將是永恆的。

但是我不僅從他身上感染了害怕，也感染了冷漠，我只想請管理人員把我放了，至於他，要關多久就關多久吧。

我們被帶到了一個辦公室。那是一個光線黯淡的屋子。因為在屋子的前方，是沉落了一半的太陽，夜燈還沒有點亮。在這交替時刻，我看見章先生像一隻剛剛從水裡打撈起來的落湯雞。他依然在發抖。管理人員向他發出一連串的問題：「你叫什麼名字？你在哪裡工作？你家住哪裡？你有沒有太太？」

他只回答了最後一個問題——我有太太。

對方又問：「那麼誰能證明你的身分？」

章先生無言。

沉默了一會兒，我蠕怯地張著嘴唇說：「我能證明，我在他家做家教，我曾是這兒的留學生，明天我就離開新加坡回中國了，飛機票都簽好了。」

管理人員看了看我身上被青草弄髒的短裙說：「那麼誰又能證明你不是妓女呢？」

我抬頭看了看這個無禮的管理員，他一臉嚴肅地等著我的回答。我渾身發抖可能是出於氣憤，我說：「我不是妓女，他是可以證明的。」

我指了指章先生。

對方說：「可笑，他連自己的身分都無法證明呢，而且你們恐怕也不是第一次吧？」

他開始跟他用英文說著什麼，似乎在討論我究竟是不是妓女。我咬著嘴唇聽著，章先生得天獨厚地說了一些辭彙：唐詩，宋詞，漢字，普通話，國語，京戲，中國文化……我忍受著，我能聽出來，他是在介紹我的知識面，以證明我不是一個妓女。

我開始覺得好像要從這裡逃脫是很難的。我充滿了這種預感，便等待著他們繼續糾纏下去。外面的太陽已完全沉落，只留幾塊腥紅的雲塊飄在天上。

最後我也聽清楚了，管理員讓他自己拿主意，是讓他公司的人來領他回去，還是讓他的太太來。

章先生先是憤怒然後是沮喪。最後他向管理員攤出雙臂，幾乎是哭著說：「那麼就讓我太太來吧。」

管理員向他要了電話號碼，然後到另一間房裡打電話。只剩我們單獨在一起時，他看了我一眼，向我做出一個短促的微笑，然後把目光緊緊盯著透明玻璃那邊的管理員。只見管理員的眼睛瞪得圓圓的，正張合著嘴唇向電話那頭陳述一切。

章先生回過頭來說：「我一生中最辛苦的恐怕就是這一次。」

「那麼只要她一來，我們是不是都可以走了？」

他卻說道：「你不知道我和我的太太是一種什麼樣的關係，全世界的人都不理我，只有她像影子一樣地跟著我。我在監獄時她給我整頁整頁地寫詩。」

管理員出來了，他說打通了，她馬上就來。我急忙走到他跟前說：「可不可以讓我先走，因為我明天一早要回中國去，我沒有時間站在這裡。」

然而這個管理員像沒有聽見似的看著遠方的某一點。我繼續說著。也許被我逼急了，只見他向我翻起白眼：「要不然把你關起來，關個十天二十天的，看來你還想在新加坡待下去。」

我說：「是，我是想在新加坡待下去，最好你們把我關個十年二十年的，這樣我就可以不回中國了。」

管理員仍然在翻白眼。

我又一次向他哀求可不可以先放我走。我心裡想，章太太一會兒來了我怎麼面對她？夜來臨了，剎時間所有路燈都亮起來了。我不知道自己為什麼會這麼倒楣。我想今天我如果不是因為那個英國男人我便不會發生這樣的事情。我的腿站得發酸，此刻，我不僅痛恨郁先生，也痛恨我面前的章先生，他為什麼要讓我跟他一起去公園？如果麥太太看到我此刻的模樣，她一定又會得出結論說：下賤的女人永遠是下賤的女人。

章太太進到這個小屋時，看到了我和章先生。她沒有向她正羞愧無言地站立在一旁的丈夫多看一眼，而是直徑走到了面前。我的臉上飄起霧一樣的汗粒。不容多說，她一把抓住我的頭髮，然後揚起手臂用力摑了我幾個耳光。唇邊立即有什麼流了出來，癢蘇蘇的。

章先生驚詫地看著這一切，然而他站在原地，身子連動也沒有動，只有管理員上來拉住她。只聽她說：「你這個不要臉的女人，你還好意思天天跟我的孩子講孔子，講道德經，講你們中國的五千年文化。你到我們家做家教就是想著脫褲子的事嗎？」

我垂著頭立著，章太太又要撲過來，但是管理人員緊緊拉住她。她說：「就在這個公園裡，就有一顆你們鄧小平栽的樹，他把你們這些不要臉的女人栽到了這裡來是想讓你們當娼婦嗎？」

我抬起頭來說：「我不是娼婦，我沒跟他要錢。」

「那麼你連娼婦都不如，你比娼婦還要髒。」

我說：「如果我髒，你男人也髒，他髒，你也不會乾淨的……」

我的話音還未落地，章先生上前給了我一個重重的耳光。我捂住臉望著他，他居然也在打我。可是，我永遠也不會忘記他打完之後眼睛裡露出的膽怯的神態，好像生怕我一頭撞過去。

我回頭又看了看正注視著這一切的管理員，平靜地問：「我現在可以走了嗎？」

他點點頭，臉上卻有一種完成了任務的表情，彷彿一場戲終於讓他看完了。

我立即從他們的身邊衝出去。與其說是衝出去，不如說是逃出去。

我在一條路的拐角處從包包裡掏出紙巾抹了抹剛從嘴邊流出的液體，輕輕安撫著傷口。

這時，章先生和他太太從身後追上了我。

我有些緊張，我真的很怕他太太或是他再打我。

可是，他們在離我不遠的地方，兩個人打了起來。他們在對打。

我站在那兒看著。

他們撕扯著，在草地上來回衝撞，最後，他們雙雙躺在了草地上，打滾。

我看著，一時忘了自己的不幸。

終於，兩人起身了。

我也開始朝前走。

這時，聽到章太太說：「你不要走。」

我站住了，心想，如果她要再動手，我就還擊。

她走到我身邊，說：「你們這些中國來的，給我們新加坡帶來了多少災難，你知道嗎？」

我沒有說話。

她說：「當時你在我們家，我對你不錯吧？從沒有欠過你的錢，還把自己過去的一條裙子給了你，有一次你生了病，還給你藥，你忘了？」

我說：「我真的沒有找他要錢。」

「但是你不該這樣對待我。」

「是他在求我，他有些可憐，而我今天也有些絕望，但是不能全怪我。好在我明天就走了。」

她看著我，半天才說：「你呀，明天去死吧。」

第6章 移民廳

當車終於在移民廳的門口停下時，當我突然感到我能在新加坡還可以繼續生活下去時，我抓住郁敬一的手，眼淚流了出來。我不知道裡邊有沒有更複雜的成分，但是女人的眼淚之所以讓男人在相當多的時候懷疑，甚至厭惡，那是因為她們的眼淚常常是和邪惡一起流出來的。

迷途

麥太太的家寂靜無聲，客廳裡喝剩的咖啡和煙蒂狼籍一片。我不知道這房間裡到底有沒有人，便踮著腳，心想，明天一早也這樣悄悄地離開，像章太太說的那樣去死吧，像空氣一樣消散吧……

芬在我的房間裡留了張紙條。上面寫道：「海倫，我已約了車明早六點一起送你去機場，我有話要跟你說。」

這樣我不得不在早晨五點鐘就離開了麥太太的家。

早晨五點鐘要搭上一輛出租車，在新加坡不是件容易的事。每晚九點以後到次日六點以前，司機是不開車的。在ST大街上，我回過頭尋找著麥太太家的窗口，但是不一會而兒我便放棄了這個念頭，在模糊的晨曦裡，我確實不知道自己是在哪個窗口整整守望和掙扎了一年。

我拎著箱子朝前走著，不一會兒，我便鑽進一家通宵營業的小吃店，要了咖啡和漢堡包。我已忘記了嘴唇裡的傷口，所以當我盯著那塊誘人的漢堡包而準備大口享受時，一陣刺痛鑽進了我的心，唇邊又滲出了血液。

我放下漢堡走了出去，煩惱又一股腦兒罩住了我。我站在路邊，直到頭髮已經被霧打濕，才有一輛閃著光亮的計程車滑到我的身邊。

一群烏鴉從東邊飛來，掠過一座座高聳的大廈。轉瞬即逝的劈啪聲，像一根一根樹枝被折斷了，然後一切又安靜下來。

天已經完全大亮。

在新加坡機場裡，在某個偏僻的位置上，我縮身坐著。徹夜不眠使我雙眼乾澀，發疼，雖然昨天的電話中那個英國男人也許是一句玩笑話，但我還是生怕他真的來到機場。我只想一個人儘快離去，不要見任何人。只要到了北京，所有的都是過去的事情。

我從箱子裡拿出一本書，強制自己看著，等待時間。對面的空椅子上很快坐滿了人。這是我唯一沒有給芬發現的書，我一直放在皮箱裡，留著，這是法國人烏洛貝克的《基本粒子》。每次我打開這本書，隨便一個片言隻語，我都強烈的感覺到在這個世界上也許只有這個烏洛貝克才是和我心心相通的，有一天如果遇見這個男人，他希望他用那細長的手指撥弄我的身體，在那一刻我想我是幸福的，是乾淨的，而不是齷齪的。但是看著看著，我又想起了芬，芬看見我的房間已空無一人沒有留下任何隻言片語，會作何感想？我甚至都沒有和麥太太打一個招呼就走了。想到這我突然站起身去電話間給她打電話，但呼叫了很多次沒人出來接。

我無奈地回到了原來的位置上，本想繼續看書，卻感到有些困乏了，我想，就讓我在新加坡做最後一個夢吧。

在隱約的夢境裡，似乎有一個男人，他從很遠的地方走過來，他的腳步踩在雲裡霧裡，他周圍全是音樂的聲音，裡邊有我熟悉的一些名字，比如蕭邦，比如海菲茨或者海汀克……

他問我能不能坐在我身邊。我頭也沒抬說可以。當然可以。這兒是北京也可以坐人，這兒是新加坡也可以坐人。為什麼不能坐人呢？我的夢境裡漸漸地出現了太陽，是北海上空的藍天，裡邊的小船都在走著，太陽把歌聲從遠處拉近了，那是我童年的記憶嗎？

這個人似乎坐了下來，他明顯地發出了喘息的聲音。他挨得我很近，於是我向相反的方向挪了挪，但是，我仍然閉著眼。突然，我身邊發出了笑聲。好像是這個人笑了，他的笑聲把我從遠方拉了回來。我迷朦的睜開眼，然後抬起頭一看，原來正是那個英國男人。

他正對著我笑，我發現他的牙有些黑，是被煙燻的，有點猙獰。

我說：「郁先生，你，你真來了？」

「當然。男人說話從來都要算話。」

「真的嗎？」

「什麼時候有人告訴你，男人說話可以不算數了？」

「不少男人都說過，任何人說話都可以不算數。」

「任何人？」

然後，他想著什麼，過了一會兒，又嚴肅地說：「不，不管他任何人，但是，我說話算數。」

可是你答應我昨天請我吃飯的，為什麼不——我沒有把這話說出口，只是望著他，感覺他像是一片海洋裡的陸地，是新加坡海邊的岩石，是貝多芬鋼琴曲裡最低的那些音符，是一隻男人有力的手，對了，是我求生時的一隻手，可是這種聲音我聽到的太晚了，這隻手伸過來時，我已經在海裡漂著，像是一片羽毛，隨著浪，我已經不需要任何手，包括男人的手了。

英國男人看我沉默和一臉的頹廢樣，問：「你在想什麼？」

我說我想得挺多。

「你是不是在想，我來得太晚了？」

我看看他，沒有說話。

「我的確叫郁敬一。」

「我已經知道了。」

「麥太太告訴你的？」

我不記得麥太太是否告訴過我，便又一次沉默著。看我茫然，他從口袋裡掏出一支筆，示意我把手遞給他。

我猶豫著，伸出手去。

他翻開我的一隻手掌，在上面寫道：郁敬一。他的細細的筆尖弄得我發癢，我不由得笑了。

他又解釋說：「是敬愛的敬，一二三四五的一。」

我說我知道。

「哦，對了，你的中文是很好的，聽麥太太說你一直在一個人家做家教？」

我點點頭，臉卻紅了。

「他們對你好嗎？」

「很好。」

「我們走吧。」

「我說現在時間還早，還有差不多兩個小時呢。我怕見任何人，所以提前來了機場。」

「為什麼怕見我？還怕我讓你道歉？」

我突然感到自己又想哭，但是怕他想：女人的眼淚？別相信女人的眼淚，那都是沒有意義的東西，跟蟑螂一樣。可是，我現在想，女人在絕望中，她除了有眼淚以外，她還有什麼呢？即使她是一個很壞的女人，即使她是妓女，她是一個女破壞者，可是她哭了，她的眼淚流出來了，她無法控制，她沒有什麼目的，她只是想起自己就讓它流了出來，那又該怎麼辦呢。

郁先生看著我，再次說我們走吧。

我說我哪兒也不想去，就在這兒待著，直到上飛機。

「你真的很固執呀。」

「你回去吧，好嗎？謝謝你來看我，我現在只是想一個人最後品嚐一下我最後的新加坡。」

他看到了我嘴邊的傷，說：「怎麼了？」

我的臉又一次紅了，心酸與羞愧交織在一起，我說是被撞了一下，我當時頭暈。

他卻不容多說地拎著我的皮箱，拉起了我，說：「我們先離開這裡。」

我說：「去哪兒？」

「反正今天不是你最後的新加坡。」

一線曙光

他帶著我向機場外走去。在機場門口，我看見嘈雜的人群中芬的那張急切的面孔。她額前的頭髮有些濕，像打了慕斯似的緊緊貼在臉頰上，勾勒出一張輪廓柔和的臉形。郁敬一也看見了，他下意識地把我拉到了一邊。

我說：「那是芬，她來送我了。」

「別說話，聽我的。」

「我們可以叫她。」

「讓你聽話，你就要聽話。」

我笑了。

他也笑了，說：「讓她慢慢地找你，然後，有一天，你突然站在她的面前，她會吃驚的。」

「你在跟她開玩笑？」

「我這人不愛開玩笑。」

我們從另外一個門走出去之後，來到停車場。我不知道他要把我帶向哪裡。於是在他為我打開一輛車的車門時，我說：「我的簽證到期了，今天是最後一天，我今天如果不走，我會被移民廳查出來挨鞭子的。」

「沒聽說女人要挨鞭子。」

「那就得進看守房。」

他看著我說：「上車吧，在他們還沒有把你關進去之前，我想先把你賣掉去。」

「別開玩笑了。你會把我賣到哪兒？」

「新加坡，反正是新加坡的地方。」

「真的？」

他看出了我的興奮，就說：「新加坡果然有那麼重要？」

我點點頭。

「那你真應該到英國，到倫敦去看看。」

「倫敦？」

「是，倫敦。」

「有的同學去了。」

「你也會去的。現在上車吧，海倫小姐。」

我沒有說什麼，上了車。我把頭移向了窗外，倫敦太遠，而新加坡就在眼前。透過窗戶我重又看到新加坡的一座座威嚴的大廈。那密密麻麻如同格子一樣的窗口在太陽光下泛著燦爛的光波。藍天天上飄著白雲，從那裡傳來嗚嗚的飛機的聲音。

我說：「這可是個法治國家，我一定完了，我要被這兒的大報小報報導個夠了，我的照片說不定還會登在報紙上，然後我還會被送到監獄裡，還要罰款……」

「如果發生了這樣的事，那你會怎麼辦？」

我突然哭了，說：「不行，你還是送我回機場。」

他看我這樣，有些慌張，便減速，慢慢地把車開到路邊上，停下來。他說：「可是我看你這個樣子也並不是真的要走啊？」

「為什麼？」

「你注意到沒有，機場裡的乘客只要是去一個冬季國家的，手上不是拿著大衣就是腰上紮著一個毛衣，你呢？光禿禿的，只有這麼一個紅皮箱，還穿這麼一條短裙子。」

我低下了頭。一個人在失魂落魄的時候還會有冷的感覺嗎？這是處於幸福和溫暖中的人難以理解的。只聽他問：「昨天你去哪裡了？我在麥太太家等了你一個下午，跟她們東扯西拉的，抽了整整一包煙，一直到了晚上，你還是沒有回來。你去哪了？」

我扭著頭看著窗外，我去哪了跟他有什麼關係？心裡雖是這麼想著，昨天的一幕還是像黑霧一樣向我壓來。我想如果不是這個姓郁的男人，早在昨天，我就上了飛機回中國了。他又說：「聽芬說你去看家教的家長了，看來你是個有眷戀心的人。」

車又開了，我深深吸了一口氣，正當我要轉過頭來時發現他在笑。

他的笑容感染了我，我說：「你也有說話不算數的時候，昨天你說請我吃飯，然後，你又改變了主意。」

他說：「是，我是說話不算數，我可以向你道歉。」

我想起自己昨天的境遇，感歎說：「我已經不需要任何道歉了。」

「為什麼？」

「不為什麼，很多時候，道歉無論是我對你，還是你對我，都沒有意義。」

「那，那什麼才是有意義的呢？」

我沉默著，看著窗外，心想，他會把我帶到哪兒去呢？

一會兒，他突然說：「我已經向移民廳幫你起訴了。不管結局如何，你都可以至少在新加坡待半個月，沒有人，沒有任何人把你關進看守所。」

他又把頭轉過來繼續說：「你認為這有意義嗎？」

我的手心一下子被汗水模糊了，但嘴上仍說：「沒有意義。」

「為什麼？」

「因為我覺得你在跟我開玩笑。」

他穩穩地握著方向盤，說：「其實昨天我在辦這件事，一直在找一個朋友商量對策。你說這事是不是比吃飯重要？」

「有時吃飯更重要。」

「想不到你也有幽默感。」

我說我沒有開玩笑，我說的是真心話。

他想了想，說：「對，不是幽默，而是哲理。」

我說我餓了。

「現在把你的一切證件拿出來，我們去移民廳，剛好來得及。」

我側臉看著郁敬一，我的目光像是新型的數位化的照相機，在變焦的過程中突然一下把他給排斥到了很遠的地方。只聽他說：「我剛才所說的事情你沒有聽清楚嗎？我說的不是中國話？是不是我的英國人的習慣，使我連說國語讓你都聽得不明白了？」

我笑了，我說我不相信。

「你對我怎麼可以不相信？」

「我覺得你在騙我。你不要說這種讓我高興的話了，你對我這樣的人到現在為止，還跟我開這種玩笑，沒有意思，我現在肚子真的很餓，我想去吃一碗肉骨茶，你知道嗎？在某某街某地方有最正宗的肉骨茶，我還要一碗上面撒著香菜的紫菜湯。」

這時，郁敬一隻手開車，另一隻手搭在我的肩上，他說：「我們現在這樣，你跟著我去移民廳，你到移民廳去看看我究竟在做些什麼事情，這樣你就會相信我所說的話並不是在騙你的了。」

我仍然把目光面對著前方。我像是被壓抑了太久，而使我的聽覺、我的目光包括我的一切都變成了一個遲鈍的老人。我下意識地重複道：「你說什麼？」

這時候他似乎感覺到了有些疲倦，便用不耐煩的口氣說：「我真不想再重複了，你沒有聽清楚嗎？」

我不吭氣，仍然把目光看著前方，一會兒我又問我們現在真的是去移民廳嗎？

郁敬一把視線從前方的路移向了我，先是停留在我的眼睛上，然後順著滑下去，通過鼻子停留在我的嘴上。恰恰在這個時候，他的方向盤開始有點跑偏，前面有一輛賓士迎面開過來，「刷」地一下，他在瞬間把目光移回道路，挪動方向盤，才使他跟賓士車擦肩而過，沒有發生那種可怕的一幕。

他突然大聲地發起了怒：「你真是一個討厭的女孩。」

他緩緩把車停在了路邊，臉上嚇得脫了色。這時那輛賓士在對面的路邊上也停了下來，我向後看去，只見賓士的車窗慢慢搖下來，隱約有一個人伸出一隻手臂向我們搖晃著。郁敬一說：

「快走，這種人不好惹，我們還有重要的事要辦。」

當車終於在移民廳的門口停下時，當我突然感到我能在新加坡還可以繼續生活下去時，我抓住郁敬一的手，眼淚流了出來。我不知道裡邊有沒有更複雜的成分，但是女人的眼淚之所以讓男人在相當多的時候懷疑，甚至厭惡，那是因為她們的眼淚常常是和邪惡一起流出來的。

第7章 奔馳

當我真的可以重新呼吸新加坡的空氣的時候，我的眼前立即出現了芬那雙漆黑的眼睛：吃驚，嘲諷，和不可思議。是的，確實有那麼點不可思議。我怎麼又從新加坡機場回來了呢？也許她也能跟我一樣，有時也思考一下有關女人眼淚的問題？

一份懸念

我是坐在車裡嗎？郁敬一的車裡？是的，我被他用車帶著仍然走在新加坡的路上，我有可能在這兒多賴幾天？也許會更長久，也許因爲身邊這個男人的出現我將留在這兒一輩子，就跟幸運的芬是一樣的？

芬究竟是我的什麼人？她是我的朋友，同胞還是敵人？

我是一個什麼樣的人？是好人，壞人，還是一個獨特的人？我為什麼今天會出現在這兒？我的一切是有人安排好的嗎？

我的磨難是不是我一生更大的災難的開始？那麼我將面臨的更加恐懼的事情應該是什麼？

當我真的可以重新呼吸新加坡的空氣的時候，我的眼前立即出現了芬那雙漆黑的眼睛：吃驚，嘲諷，和不可思議。是的，確實有那麼點不可思議。我怎麼又從新加坡機場回來了呢？也許她也能跟我一樣，有時也思考一下有關女人眼淚的問題？有一天當她面對我時，我會像一個哲學家一樣對她說，女人的眼淚說明了女人的善良、女人的絕望，也說明了女人的罪惡。

但是只是一會兒我就把芬的形象從我腦中趕出去了，因為一個更加現實的問題擺在了我的面前，我不知道今晚會棲息在哪裡。

車飛馳著，我不知道他開往哪裡，隨他往哪裡開，我確實無所謂。路邊總有像幽靈一樣的黑色的菲律賓人探頭探腦，大概是做著有關養路方面的事情。

郁敬一不說一句話，下巴低著，臉孔朝前看，陽光照著他的額頭，好像照著一塊花崗岩。

不知道為什麼我開始有點怕他了，完全不像剛才來時的情景，但是在這個世界上總是得要怕一些人的。我心想：在今夜他打算把我安排在什麼地方住？

他不說話，只是開車。現在他的任何動作對於我來說，都是懸念，我等待著結論：我能跟他去哪兒？

他將怎樣處理我？

我發現他駕駛汽車的樣子有些特別，一般的人駕駛汽車的時候右手都是握著方向盤的右邊中間，左手在左邊方向盤的左側的偏上一點，而他是把兩隻手都放在方向盤的下邊，這使我想起他那只有些傷殘的手指。是不是為了掩飾自己手上的傷殘，連開車的動作都和別人不一樣呢？我真想問他這個問題，但是我不敢開口，在那個聖誕夜的他的蒼白的面孔又一次浮現在我的面前。而且，他只是陰鬱地開著車，不再跟我說一句話。這使我又一次想道：他是一個有著高貴血統的男人，一個有力量的男人。可是他為什麼要幫助我？他也和那個章先生一樣嗎？章先生為了他自己才帶我去飛禽公園的，他呢？他是不是也為了自己才帶我去移民廳的？他們都有著自己的目的，比如說，他們喜歡我，比如說他們想把他們的陽具插入我的身體，比如說他們也總是以這樣的方式把自己的陽具插進其他中國女孩的身體。

澄亮的天空一片片向後滑去，又一片片迎面而來。我明顯地側過臉去看他，而不是偷偷地看他，我希望他能跟我說話，或者哪怕僅僅是一個笑容。然而他的眼睛看著前方，我想，他肯定看不見藏在黑暗處的眼淚，那些由女人的哭泣堆積成的眼淚，因為我相信他也和別的男人一樣蔑視女人的眼淚。

時間沉默地隨著車輪的飛馳，向前穿梭著。他仍然一言不發。我為我側頭注視的姿勢有點難堪。在這明亮的空氣中，望著那花崗岩似的灰褐色，我的眼前出現了幻覺，我似乎看見那灰褐色逐步變白，他已經不是一個具有華人血統的以後在新加坡出身的一個中國人式的英國人，而是純粹的英國人，他的臉白得像是用石膏做的雕塑，他的鼻子堅挺著，他的眼睛很深，從他的眼神深處透出藍藍的像海水一樣的顏色，他的頭髮也是金黃色的，我不知道真正的純種的英國人是什麼樣子，但是我想像他的眼睛就應該是真正的純種的英國人的眼睛，他也應該像是英國人那樣，生殖器像奶油一樣的白色，而不是跟其他華人一樣呈現那種灰黃色，就像他們臉上皮膚的顏色一樣。芬跟我說過她有過一個英國血統的男朋友，是一個真正的白種人，他的生殖器白白的，沒有一點雜色，沒有一點異味，乾淨得像一個少女的臉。她當時嚇呆了，她幾乎是在一瞬間明白了西方古文化中為什麼會崇拜男性生殖器。

「因為那確實美得無以倫比，那才叫真正的一個男人的陽具呢。」芬最後對我說：「當這樣的陽具進入我的身體時，我不覺得骯髒。」

麥太太家

幻覺消失了，在我眼前的還是郁敬一，還是他灰褐色的皮膚，他肯定沒有那白白的乾淨得如同少女的臉的生殖器。但是我想，他沒有讓我回中國去，我會愛他的生殖器的。我會一邊用口吮著它一邊會留下感激的眼淚，即使這樣的眼淚是充滿著罪惡的。

我回過頭看著窗外，那裡已經是一片大海，從遠到近，一片海岸的礁石和一片綠色的植物到了我的面前，透過綠色的植物我看到在海岸邊上遠遠地有一處房子，這個房子是深紅色的，頂上的瓦卻是藍色的，那藍色在陽光下閃亮著螢火蟲般的光芒。我想，住這個別墅的人究竟是什麼人呢？他們是不是純正的英國血統的人？住在裡面的女人也會有眼淚嗎？如果她們也有眼淚的話，那麼她們的眼淚僅僅是一種情緒呢？還是也包含著罪惡？

我們很快從那兒過去了，天空稍稍陰暗下來。我不禁想，今天晚上我會在哪一張床上睡覺？陪伴著我的是燈光？還是月光？車開得飛快，漸漸地我發現我們又回到了市區，並且緩緩地轉上了那條我所熟悉的ST街道。

我想起聖誕夜裡我和芬和麥太太一起走過這條街的情景，我彷彿又一次聽到芬像樹葉一樣紛落的美得如同胡姬花的笑聲。很快我又看見了麥太太的公寓。我心裡一陣緊張，難道說郁敬一還要把我送回麥太太那裡嗎？我終於忍不住地轉過頭膽怯地問他：「郁先生，我們總不會還是去麥太太的家吧？」

他終於轉過頭來望著我，他說：「那你想去哪裡？」說完他的嘴角掠過了一絲絲笑容，這是我一路上看到的他的頭一次的笑。

麥太太家到了，他真的把車停到了麥太太樓下的停車場，麥太太可能因為貧窮，她沒有自己的停車位。當他把車停在一個有樹蔭的地方的時候，立即有人跑過來說：「對不起，先生，你的車必須停到那邊。」

他生氣了，從車裡走下來，我也走下來。那個人說：「你停的車位是別人花錢買了的，你必須停在那邊。」

「停在那邊得曬太陽啊，我希望把我的車停在有蔭涼的地方。」

「對不起，先生，我們只能要求你把車停在那，否則我要報警了。」

聽完管理員的話，郁敬一沒有看他，卻只是盯著我看。我慚愧而又心虛地望著他，無言以對。好像是因為我的緣故使他的車受了委屈。當他把車停好帶著我走向麥太太的家時，我又一次聽到了從我腳下發出的尖利的聲音，於是我抬起身子，儘量使自己像貓一樣悄無聲息，我沒有權利發出這樣的聲音。

在麥太太的家門口，我突然拉了拉他的袖子，說：「我不想進去。」

他回頭詫異地問我為什麼。我說反正我就不想進去。

「你是可以進他們家的，我就是想把你安排到他們家。」

「我不想住在他們家。」

我固執地說道，他頓時顯得不耐煩了，伸手按響了門鈴。

我不知道為什麼自己竟大膽地阻止他，難道說他把我從機場上帶回來僅僅是把我再送回到麥太太家裡去嗎？難道說我對他的這種舉動心存另外的幻想嗎？我的臉紅了。

麥太太把門打開的時候，當她看見郁先生時臉上露出了笑容，可是轉眼看見了我，她愣住了。她的嘴微微張著。我強作笑容，可她並不報以微笑，而是說：你還在新加坡？

我因為害躁臉上發著熱，真是不知道該怎麼麼回答才是。我抬眼求助於郁敬一。

郁敬一說：「我們兩個人可以進去坐一會兒嗎？」

麥太太不慌不忙地把門完全打開，說：「當然可以。」

我們走進去，還是我所熟悉的客廳，和過去沒有任何不同。黑沙發上零亂地放著幾張《聯合早報》。從鋼琴房裡傳出叮噹的鋼琴聲。從敞開的門裡，看見一個陌生的青年正彈著鋼琴。麥太太走過去對他說：先不要彈了，我跟你說了多少次了，你的那個手指，你的右手的中指力度不夠，跟你說了多少次，從你到我家的第一天起，我就在對你說右手中指的力度，力度，人家不像你這樣，誰中指沒有力量呢，人家都是小指沒有力量，你中指就沒有力量，跟你說了半天都是癡人說夢話，等於我說的都是廢話。先停下，真是的，今天怎麼這麼煩啊。

我知道最後一句話是對我說的。

郁敬一這時變得溫和起來，他對走來的麥太太說：「怎麼就那麼煩呢？」

麥太太笑了，把沙發上的報紙攏在一邊，說：「坐啊坐啊。」

她也在我們對面的沙發坐下，說：「煩，煩，今天有些煩，就是個煩——你有沒有聽到過這首流行歌曲？」

郁敬一卻板起臉說：「我從來不聽流行歌曲。」

麥太太說：「其實我也不愛聽。是有的時候，有的場合，你進了餐廳，或是莫名其妙地去見某些人時，這種流行歌曲就會傳入你的耳朵裡面，讓你不得安寧，真是煩死了。」

郁敬一的目光先在我的臉上停留了片刻，又對麥太太說：「我們說正題，我還是想讓海倫住回你這，時間不長，也許十天，也許二十天，也許一個月，不過最多一個月。」

麥太太的表情立即變了，像一堵牆上的白漆從上面脫落下來露出了裡面陰暗的部分。

我知道麥太太在想什麼。

她微張著嘴說：「那，那……」

她看看我，我立即把頭稍稍低下了。

郁先生說：「怎麼了？就算你幫我的忙。」

麥太太看看我，又對郁先生說：「你的忙我肯定肯幫了，跟你還有什麼好說的，我們是這麼多年的老朋友，我到英國去的時候不也還是住在你們家嗎？這算得了什麼的，這當然是應該的。」

這時麥太太停了停又突然對我說：「海倫，你去，到裡面的房子裡面，我和郁先生想單獨說說話。」

我一時沒有聽清楚，我只是關心著郁先生在對麥太太說什麼，以及麥太太對郁先生的態度，我沒想到麥太太會突然對我說話。這時候郁敬一也回頭看著我，對我說：「海倫，你去吧。」

我起身向某個房間走去，路過琴房裡我看到那個小夥子歪著頭琢磨著什麼。我的出現把他嚇了一跳。

麥太太卻從後面趕過來幫我打開了最裡面的一個門，那是芬過去住的房間。她側過身子讓我進屋，隨即又猛地關上了門。我整個人倚在門上，心想肯定是麥太太不要我。

芬的殘存的氣息立即傳來，她搬到哪裡了？是搬到公寓房還是邊緣的組屋？牆壁立著的那個白色的櫃子，櫃門半敞著，還看見一些衣服零散地堆著，化妝桌上還有她用過的一支口紅。我看了看貼著牆面的鏡子，裡面的臉是那麼地荒蕪。於是用那支剩下的口紅在唇上抹了抹，然而這紅色卻異常地鮮豔，我又用紙巾抹去了一部分。然後我打開抽屜找出了一個粉餅。我記得芬在那個聖誕夜裡就是塗著這樣的白粉和這種異樣的口紅，在那座古老的宅子裡和郁敬一一起彈著《月光曲》。芬現在在哪裡呢？她如果知道郁敬一已把我從機場上救了回來，在驚訝的同時，會不會為我高興？可是我心裡知道一個明確的答案，她是不會為我高興的。我把頭慢慢抬起來，看著鏡中的化了妝的自己，心想，芬，你能留在新加坡，我也能，而且我不會只在這裡僅僅待一個月的。

此刻，客廳裡的郁敬一在和麥太太正在說些什麼呢？我忍不住把耳朵貼在門上，有一片嗡嗡聲，但我一句也聽不清楚。當我剛剛回身子要在芬的床上躺一躺時，突然聽到郁先生提高了嗓子說：「那麼說這個忙你幫不了了？」

「不是我不想幫。」麥太太的聲音也提高了，「這樣做也實在太危險。」

郁敬一說：「沒有什麼好危險的，你不用考慮那些問題。」

我怔怔地聽著，危險？什麼危險？為什麼危險？

只聽麥太太說：「不行，除了危險以外，我討厭海倫這個人，我不喜歡她住在這。我也不知道你為什麼要去幫她。」

郁敬一說：「可是現在你得要給我幫這個忙。」

「我說過了，這間房子已經租出去了，新來的女孩的父親是中國一家最著名的一個公司的常務副總經理，她的母親是國務院下屬單位的頭。這個女孩我見過，很懂事，也很有禮貌，儘管沒有考上大學，可是她到這裡來，憑著她父母的關係可以很輕鬆地進入南洋理工大學，我已經答應了這個女孩，所以你說晚了，你要說早了的話也還可以……」

我突然把門推開了走出來。

他們兩個人都看著我，我也看著他們。

麥太太說：「海倫，不是說讓你在裡面待著嗎？」

我說：「我現在想出來，而且我想出去。」

麥太太嘴上露出了笑容，她說：「其實你可以在這多坐一會兒，你還沒有喝茶呢。」

我渾身上下不知道哪裡來了勇氣，說：我是不會喝你的茶的，我不渴。

她說：你不必客氣。

我說：我不是客氣，我是厭惡，我並不想住在你這兒，如果有人肯為我出錢，或者給我借錢，讓我挑選的話，我絕不會住在你這兒。

麥太太笑了，轉臉對郁先生說：看，我剛才沒有說錯吧？

只聽郁先生欠了欠身子說：「好了，我們不喝茶了，你繼續教學生吧，其實他不是中指的問題，他的中指沒有力量，那是他的大臂或者是小臂有問題，他的大臂沒有幫他的忙，因此你應該仔細注意他的肩和臂尤其是他的手腕，這些也許可以解決他的中指的力度。好了，海倫，我們走。」

今晚我會在哪兒？

下了樓，我們走著，都沒有說話。

我內心突然很後悔，也許真是不該對麥太太說那些話，我有什麼尊嚴可言呢？一個在中國活得好好的女孩子，她只要是想出國，那麼她就不要想什麼尊嚴，那片土地本不是你的，你的前輩，你的先人付出了很多嗎？沒有，他們把創造留在了中國。另外的土地只屬於另外的人，他們把這兒變成了比中國好的情景，你來到這兒只是一個要飯的，或者說是搶別人飯的，或者說是你沒有權力在這兒吃飯，因為美好的吃飯的環境是別人創造的，與你沒有任何關係，可是你一知道別人那兒是花園，你就來了，你也想住在花園裡，你真不要臉呀，你為什麼這麼不要臉呢？因為你感到年輕的時光太短了，生命太短了，你想在活著的時候能進入花園，能看乾淨的天空，能聽文明的語言，能吃有品味的飯，能聽好的音樂，能拿更多的錢，能隨時睡在世界各國的床上。

「想不到你挺勇敢，竟真對她說出那些話。」

郁先生突然這麼說，他看著我，像是頭一次發現我，在他的眼神裡面並沒有責備，似乎有很多溫存。

我說：「我有些後悔這麼說了，其實麥太太也是不錯的人，她有她的困難，我住在這兒時，她經常帶我們出去吃飯，參加活動。」

他說：「你真的以為她作那些事是出於好心嗎？」

我說：「難道她有別的目的？」

他笑了，說：「你真單純。」

我的臉紅了，我覺得他說我單純，簡直是在罵我，如果要是在國內，一個人說我單純，我可能還會發點嗲，可是現在我只能臉紅，我是那麼的不要臉，我還單純，麥太太不讓我住，我就那樣對她說話，這其實是粗野，是本能地傷害，是一個不要臉的人的最後底線。

我說：「我不單純，我從小就老了。」

他笑了說：「那時你幾歲？」

我說：「忘了，可能七歲，可能是十歲，也許是五歲呢。」

他笑得更厲害了，說：「你身上的這種勁，別的中國女孩子少，她們不像你這樣，說些真話，誇大了自己的弱點，她們比你裝得厲害。」

我說：「我也想裝，可是你不是都看出來了嗎？」

他說：「男人有時喜歡女孩子說真話，有時喜歡猜猜她們，這是沒有辦法的事情。」

我們朝車走著，他顯得挺高興，沒有因為被麥太太拒絕而發愁，我們上了車，他把車發動，開始慢慢走上主路，混進了車流裡，我突然問郁敬一：「麥太太所說的「危險」是什麼意思。」

這話似乎提醒了他，讓他臉上浮出焦燥的神情，說：「她就是怕移民廳批不下來。」

我沉默了，不再說話。

他也沉默。

我想：是不是他內心正在後悔，扯上了我這個麻煩，他在想什麼呢？

他還是不再說什麼，只是開車。

一會兒我問：「那我們現在去哪？」

「我也不知道。」

他居然也不知道。他不知道為什麼還讓我在新加坡留下來？我們穿過市區，又來到了海邊的公路，我們似乎在朝回走，我們是去哪呢？我不敢再問他。我想也許我們真的會到那片海上的礁石去。可是當我站在海邊的礁石的時候我會跳下去嗎？那我不會的，我為什麼要死在新加坡呢？既然我能回到北京，我為什麼要死在新加坡？

我是不會死的，我也不會回北京的，當車真的在海邊停下時，我竟有點神情恍惚，我又看見了大海，看見了綠色的焦葉和沙灘、鵝卵石，聽見風在吹動以及海浪的啪打聲。天邊的夕陽照在遠處的海邊上，粼光閃閃，讓人不免有點眼花繚亂。

我下了車，熱烘烘的空氣浪一樣包圍過來，我那穿著短裙的雙腿立即感到一陣難以忍受的熾熱。我想這種熾熱有點像我目前的無所適從，因為它們幾乎是一樣地在我的四周湧動著。

郁敬一走到我的前邊，他時不時地回頭看我，顯出平靜、憂鬱和嚴肅的樣子。

我跟在他的身後，像隨時要等待著他的宣判的罪犯。

走了一陣子他問：「你累了嗎？向前走吧，一會兒就到了。」

我說：「我不累，一點都不累。」

眼前的天空發悶，樹林的色彩讓人頭暈，其實我已經很累了，但是我知道，我這樣的人是沒有權力累的。

這時郁敬一竟拉住我的手，低著頭慢慢地領著我朝由礁石組成的山上走去。他的手好像一棵捲動的植物把我緊緊裹住。我心裡知道，他握我的手沒有別的意思，僅僅是怕我摔倒，僅僅是一個朋友的手。

橙色的光線穿插在熱浪中。我們一直走到山坡頂。在一塊很大的石頭上，我們鬆開手，各自找了一個地方，坐著，一起看著下面的海岸。海浪一次一次地碰撞著礁石，碰得粉身粹骨，然後哼哼嘰嘰地又一次向礁石撞去。我低頭傾聽著它們的聲音，同時我的身體、頭髮以及向著大海張開的裸露的雙腿在向它們作無聲的尋問：「今晚我將會在哪裡？」

這時的郁敬一突然轉過頭來，溫和地一笑，問：「海倫，你在想什麼？」

我說我沒想什麼。

「你看這海浪像不像眼淚？」

他的話使我吃驚，使我根本沒有想到。我覺得我聽錯了。他看我沒有反應，於是又問了一下：「你看這海浪像不像眼淚？」

我轉過頭看他，他也盯住我，又說：「因為它們都是鹹的。」我的眼淚在這時候「刷」地出來了。我說我知道麥太太是不想讓我住在她家的，你為我也已盡力爭取了。我沒有給她留下一個好印象，我不是一個好女孩。

郁敬一看著我，看著我的眼淚，說：「實際上我的心裡也不好受，但是作為一個男人不能老哭吧，小時候在英國，那個時候我在跟一個有爵位的英國貴族家庭學鋼琴，非常努力，而這位爵士是孤身一人。」

「一個貴族？」

「對。他年齡也很大了，我認識他的時候他已經七十歲了，可是他的鋼琴彈得非常好。」

郁先生沉靜在自己的回憶裡。

我看著他說：「我在大學裡，教師常說，成就一個貴族得幾代人，而成就一個暴發戶，只要一夜就行了。」

郁敬一笑笑，說：「你覺得老師說得對嗎？」

我說：「我不瞭解貴族。」

他說：「你也不瞭解暴發戶，你們老師也不瞭解暴發戶，所以他才把暴發戶說得這麼簡單。」

我說：「你跟貴族學琴，難怪你身上有種氣質，是我在其他新加坡男人身上沒有看到過的。」

他搖搖頭，繼續說：「我是一個苦孩子，我可能沒有天份，但是只有一點，就是我的毅力和我身上所有的一種刻苦的精神。我感動了他。他曾經在新加坡待過很長時間，在他快死的時候他告訴我，在新加坡他有一幢老宅，那是他爸爸留給他的，他爸爸是一九四五年到新加坡去的一個軍人，置了產業。不過，那個房子已經荒蕪了，已經很久沒有人去了，但是這個軍人的兒子我的鋼琴老師還是把那幢房子送給了我。他說如果有一天你回到你的祖國新加坡的時候，說不定那個房子會幫你的。你知道我現在為什麼要提到那個早已死去的勳爵嗎？」

我愣愣地看著他，搖搖頭，他用手又輕輕地把我的眼淚擦了擦，當看到我的眼淚再次湧出來時，他微笑著說：「那是因為你，我想起了他。」

說著他用那濕潤了的手，指了指遠處的那個紅磚藍瓦的房子，說：「就是那個房子，今天晚上你將會住在那，在那裡有燭光陪伴你，如果你不害怕的話，還會有月亮。」

第8章 命運是什麼東西？

下到山後，來到海邊，我回望著我們剛才坐過的那塊礁石，那麼高，那麼陡，在我未到達它之前，我還想著我會從那上面縱身跳進海裡。真的會有這樣一天嗎？

海崖上的別墅

他的手向著那幢別墅指去，手臂微微顫動。我的心臟也狂跳不已，頭髮被海風高高地吹著，從下面傳來陣陣海濤聲。在這奇妙的瞬間我覺得整個世界都隨著他的手臂微微顫動。我說我從來沒有想像自己會有一天能夠住進新加坡的別墅裡，你真的會讓我這樣的一個從中國來的女孩住進去嗎？

「為什麼不？」

「我從來沒有做過這樣的夢，總是芬在跟我一遍遍地說，她說她一生最大的心願就是在一座屬於自己的花園裡彈鋼琴。」

郁先生似乎楞了一下，他沈吟片刻，說：「你們這些女孩子真有趣。」

「她一說起這些，臉、脖子、肩膀全都會發紅呢。」

「你為什麼在這個時候跟我說她？」

「沒有什麼的，我只是突然想起了她，我覺得她挺幸福的，她總是能得到別人對她的好感。」

「那你現在還跟她有聯繫嗎？」

「她去了哪兒我不知道，她也不想跟我再有聯繫，因為她成功而我失敗了，我們之間不對等。」

「你對她印象如何？」

「我？」我望著遠處的海面，說：「雖然她這輩子也許不可能在一幢屬於自己的花園裡彈鋼琴，但無論如何她是屬於成功的女人，而我是失敗的女人。」

郁敬一笑笑，說：「這樣說太哲學了，你就說你喜歡不喜歡她？」

我竟猶豫了起來，去問一個女人，說她喜歡不喜歡另一個女人，那不是逼著她說假話嗎。

我說：「我，我挺喜歡她的。」

他笑了，說：「這麼勉強？其實，她不如你，你別這麼自卑，說不定，你會比她成功。」

我說：「真的嗎？這可能嗎？不，我還是覺得她是一個成功的女人，而我卻是一個失敗的女人。」

他好一會兒沒有出聲，伸手在地上撿了一塊石子朝大海裡扔去。一會兒，他說：「好了，去吃飯吧，我已經餓得前胸貼著後背了。」

我們從岩石上站起身來向下走去。我問：「你覺得我說得對嗎？」

他驚訝地回身凝視著我說：「你的話？你的什麼話？」

「芬是成功的女人，而我是失敗的女人。」

「你這人真怪，有時真煩人。」他說：「不過，我再說一遍，你會比她更成功的。」

聽了這話，我在濕潤的礁岩上時而滑一下，時而絆一下，我突然覺得自己不會走路了。

他回過身，把手重新伸向我。我握住他，突然感覺到類似於「命運」這種東西，像他這隻有些傷殘的手委婉地牽著我。

下到山後，來到海邊，我回望著我們剛才坐過的那塊礁石，那麼高，那麼陡，在我未到達它之前，我還想著我會從那上面縱身跳進海裡。真的會有這樣一天嗎？我微笑著，在那礁石的背後是接近傍晚的夕陽，一層金黃色的薄紗掩著它並籠罩著整個海面。海面遠處停泊著幾艘船隻，有幾對男女在海邊漫步，有笑聲隱約傳來。還有一隻狗在海邊悠閒地踱著步。只聽身邊的郁敬一彷彿醒悟到了什麼，說：「我知道吃什麼了，附近有個巴剎（小販中心），裡面有一個店是做魚丸麵的，特別好吃。」

說著他露出了笑容，我發現在這張皺緊的棕褐色的臉上，這種笑容是那麼地可貴，尤其是當他可以操縱另一個人的命運的時候。我跟著他上了車。我們在靠近海邊的公路上駛著，此刻他又重新變得嚴肅起來。可是我想即使他臉上沒有笑容，我也要想像那個在紐約街頭朗誦詩歌的金斯伯格老頭那樣非得去朗誦點什麼了。

魚丸麵

巴剎裡面人很多，亂哄哄的，整個大棚裡混雜著海腥味和食物的味道。大家都悠閒自得，倦慵怠惰，像頭頂嗡嗡作聲的蒼蠅一樣。郁敬一熟練地把我帶到一個店鋪前坐下，向店主要兩碗魚丸麵。我試探著說我不想吃魚丸麵，我想吃一碗肉骨茶。然而他當作沒聽見一樣不容分說還是替我要了一份魚丸麵。

白色的魚丸浮在上面，我用筷子夾著，很滑，我想起過去曾要和我一起去包旅館的那個老人，他也曾把我帶去一個店鋪吃魚丸麵，不，是魚蛋麵，他習慣把魚丸說成是魚蛋，這使我怎麼都難以下嚥。加之巴刹那骯髒的地面使我想起以往在北京的生活。坐在這樣的地方跟在北京或中國的其他地方有什麼差別呢？在我來新加坡之前，朋友說，趕快去吧，那兒的垃圾堆都比這兒的廣場乾淨。

魚蛋麵竟是真的好吃嗎？只見郁敬一吃得額頭上沁出了汗。他為什麼不像那個人把魚丸說成魚蛋？這時，他抬起頭說：「其實我在童年的時候，少年的時候，在英國讀書的時候，都覺得新加坡的麵是最好吃的。飯店的高與低是無所謂的，菜餚的美味也是無所謂的，重要的是人的心情，和這個飯本身做得怎麼樣，比如說這個魚丸麵就做得非常地道。當年我和我的老師就吃這種麵，我們經常過來。幾十年過去了，這個店不知道換了多少主人，但是這個麵的味道始終沒有變。」

他抬起頭望著我，又瞭望外面空曠的天空，說：「這個麵就相當於我們新加坡人的精神和新加坡人的良知，不管是過了多少年，它和我們的精神我們的良知永遠都不會變。」

我若有所思地點著頭，不知怎麼回答才好，只好埋頭吃著。心想不管他說得對不對，一個人能把這碗不管是魚丸麵還是魚蛋麵延伸到這樣的話題，說明他肯定不是一個乏味的人，如果是那個要跟我包旅館的人，在跟我一起吃魚蛋麵的時候說出這樣的話，我是不是還會多少考慮一下跟他去旅館呢？想到這我不禁笑了。

郁敬一拿著桌上的紙巾抹著嘴。我放下筷子，這時候從遠處的海邊上面竟然傳來鋼琴聲，不知道是誰家放的CD。郁敬一聽了一會兒說：「蕭邦的瑪祖卡確實給人一種很靈動很高貴很活潑，有一種在宮廷裡歡笑的感覺，而霍爾唯茲他彈蕭邦的瑪祖卡應該算是唯美完缺的，但是我認為還是有些地方應該把它處理得稍微憂鬱一些，在這點上傅聰倒是有我們東方文化裡一種悠長的韻味，這種韻味在我看來，是對於蕭邦的一種補充。」

提到傅聰，我興奮地說：「當時在北京上學時曾經聽過傅聰的演奏，你覺得他彈得好嗎？」

他沒有回答，而只是仍然不緊不慢地抹著嘴。

本來我想說我對鋼琴不太懂而且聽不出來你所說的霍爾唯茲和蕭邦有什麼差別，但是我想了想接著又說：「我更願意聽你彈琴，我希望有一天在盛大的節日裡，在一個光輝燦爛的音樂廳，你在臺上彈琴，並且你是在為我彈，一曲終了，我為你獻花，那個時候，我將會問你。」

沒等我說完，他就笑了，扔掉紙團，把手伸過來，我也把手伸向他，他輕輕握住我，說：「你真是一個富有幻想的女孩。」

我盯著他的眼睛，隨即說道：「一個女孩的幻想還有價值嗎？」

我的眼睛不禁膽怯起來，只見他的臉上重又掠過一絲笑容，說：「昨天、今天、明天，一個女孩的幻想永遠是最有價值的東西。」

老房子的故事

這是一座看起來年久失修的古堡，我猜想它的歷史至少要有一百年了。郁敬一開了門以後，我看到在很高的拱頂下面刷地飛去一隻鳥，劈哩叭啦的翅膀的搧動聲嚇了我一跳。郁敬一回頭看了看我說：「不用害怕，這間屋子從來都是這樣。」

窗外只看見一絲晚霞的餘輝，室內很暗很暗。郁敬一從口袋裡掏出一個打火機，點亮了燭臺。光線中，裡面的一切猶如島嶼一樣隱約浮現在我的眼前，好像一個寬敞的被廢棄的馬廄。在這空曠中，靠左邊的簡單的餐桌和一套圍在一起的沙發顯得那麼渺小。腳下的地毯在微弱的燭光下幾乎看不出顏色。在我的正對面是一褐色的旋轉樓梯。郁敬一說：「每次進這個房子，我都會想起我的青年時代，我第一次到這個房子也是在這樣的夜晚到達的。從英國倫敦到新加坡，那時候交通遠遠沒有像現在這麼方便，我的老師帶著我，在水上走了一個月才到達新加坡。他的最後時光是在這兒度過的，是死在這兒的，是我把他安葬在這裡。來，跟我來。」

我跟著他穿過大廳向窗口走去。他推開窗子，遠處是大海，它現在已不像下午那麼溫順，而在奔騰著，咆哮著。夜是黑的，下了幾點小雨，一些濕潤的空氣吹進來。

「今天在的那個懸崖上，我經常是獨自一人一待就兩個小時，或者是整整一個下午。離那不遠的地方就有一片墓地，那不是一片高級的墓地，裡面埋的都是普通人。但是唯一有一個不普通的就是我的這個鋼琴老師，這個有爵位的後裔。你知道嗎？他死的時候，是新加坡人對英國人最厭惡的時候。所以他進不了那些高級的墓地。他就草草地躺在那裡面，一晃好多年過去了。」

他回過頭來望著我，他的眼睛閃亮，我不知道那是蠟燭照的，還是往外湧出的淚光。窗外的海風貫穿地吹進來，吹得燭火變形。他又問：「你想在這個屋子到處轉一轉嗎？有浴室，有臥室，還有陽臺，樓上還有房間呢。」

我不禁抱起雙臂，搖搖頭說：「我不想轉，我一直覺得很冷，渾身上下都很冷。」

「那你稍微等等。」

說完，他獨自上了樓梯，樓梯居然發出很響的吱吱聲。其實我想對他說的是我害怕，我是怕得發冷。眼前的一切真有點像是一件遺物，居然連電也沒有，好像時光倒退了一百年。我顫抖地走著，向著燭臺走去，不過很快從樓梯上傳來了他的腳步聲。

他手上拿著一塊披肩，燭光在他的臉上飄著，像是颳了一陣輕微的風。他親自把披肩抖開披在我身上。不知道為什麼，我很害怕他又一次提起那個死去的老人。只聽他說：「要不然我們在沙發上坐坐，新加坡很乾淨，很少有灰吹進屋子裡來。」

我跟著他向著沙發走去。這時，我害怕聽到的聲音卻又再一次響起。他說：「為什麼到了這時候我會非常懷念我的英國老師？那個英國人。可是當時我實在是太窮了，除了他送給我的房子，當時他臨死前寫了遺囑，說這個房子的財產不屬於任何人，屬於我的學生郁敬一。可是為了安葬他，想買一塊上等墓地，除了要通關係，還應該賣這個房子，可是這個房子就賣不出去，我想著無論如何也要在他的晚年，在他和他的妻子和兒女都格格不入時，讓他有一個比較好的葬禮。當時我也託了人，甚至登報紙想賣但是賣不出去，於是我的老師就委屈的和一些雜七雜八的窮人待在一起。」

我說其實跟窮人在一起是很快活的。

「不錯，有時候我也這樣想。可是你跟窮人跟沒有教養的人在一起快活嗎？」

他目光咄咄地逼向我。我不禁躲閃著，覺得自己真是蠢透了。他身體沉重地坐在了沙發上。

「這些年我不只一次想把他的墓遷一下，可是我又那麼害怕驚動死者，這麼多年了，也許他也習慣了。」

他的聲音漸漸低下去，彷彿有著無窮的感歎。我小心地坐在他對面的沙發上，問：「那麼你還賣這個房子嗎？」

他搖頭說：「不了。」

「為什麼呢？它對你又沒有什麼更大的作用。」

「我還是不願驚動死者，到了我今天這個歲數，我明白了一個道理，其實人在身後有一個什麼樣的葬禮並不重要，重要的是他生前屬於他精神上的和物質上那部分東西，能夠一直不斷保管下去。」

當他說到這裡時，透過燭光，我發現他露出了笑容，他的笑使我重新放鬆起來。他看著我。我也望著他，不禁在心裡面說：「那麼，等你死了以後究竟由誰保管呢？」

我沒有這樣說，把眼睛避開了，朝下看著。一會兒，他問我在想什麼。我說我沒想什麼。

「我知道你在想什麼。」他說。

我抬起頭來，只見他臉上的笑意加深了。

「你一定在想，在我今後，這房子究竟能夠屬於誰？」

我慌忙地搖著頭。我感到我的臉刷地紅了。他說：「其實，這是我最大的難題，我在英國我的妻子跟我的三個兒子他們都視我如仇敵，因為我愛上了另外一個女人，那是個醫生，熟悉我的人都知道我的這段歷史。你還記得我們第一次見面的那個聖誕夜嗎？」

我點點頭。

「為什麼你一提我的手指大家都緊張了起來？」

他從沙發前的茶几底下掏出一盒煙，然後四處找火柴。我又看見了那被燭光照得發黃的手指，那有些細長的像是女人的手指，除了觸摸過琴鍵還觸摸過怎樣的女人呢？待他嘴上叨了一根煙，說：「說起來故事也很簡單。在我三十歲的時候，我的手指彈鋼琴彈壞了，而我的妻子叫我轉行，別再彈琴了。對我來說這是不可能的事情。然後就去醫院，然後就遇見了那個醫生。她說她可以治好我的病。然後我們相愛了。她是我一生很重要的女人，可是當我離婚要跟她結婚時，她一直分居的丈夫回來了，所以完了，手也沒有治好，婚姻、感情全都失敗，這象徵著我這個人一生的失敗。這個故事幾乎是人人皆知。所有的人都在迴避，大家都知道我是忌諱這個話題的，可是在那個耶誕節，你在那麼多人面前說我的手在彈琴時有著殘缺的美，你不知道你是多麼地冒失。」

我侷促地說道：「對不起，真的，非常對不起。」

「……以後又有一個像你這樣從中國來的女人，她叫鄭琳，不過，她和你不一樣，她是一個作家，她非常有名，幾年前她寫了一部小說以後，在英國就是個文化名人了。其實她的背景和出身也和你不太一樣，她來自中國的一個非常古典的大家族，而你僅僅是一個普通知識份子家的女孩。」

我抬起眼睛盯著他。他是不是有點唐突無禮？他好像也感覺到了什麼問題，連忙說道：

「扯遠了，我現在就可以回答你的那個問題，這個房子我想把它保留著。」

「保留著？」

「我現在覺得自己非常孤獨，我想娶一個我中意的女人，我希望她能夠溫順，能夠善良，能夠在我老了以後照顧我，而且就在這幢房子裡。」

我猶豫著拭探地看著他說：「可是這個房子已經年久失修了。」

「我有能力把這個房子修整好讓它金壁輝煌，我有能力讓這個房子的未來的女主人感覺到十分幸福。」

我不知道他是不是在看我，但我沒有勇氣和他對視，一時間我的目光在他後面的牆壁、在他左側的窗口以及面前茶几上游移，然後再一次低下頭，看著地面。在燭光的照耀下我發現地毯是那種深藍色，但是也已是很舊很舊了。

只聽他說：「我突然想喝酒，你在這兒等著，我到下面的酒窟裡面看看還剩下些什麼。」

他招滅手中的一小截煙蒂，站起身往前走了幾步。我心想，酒窟？他還有酒窯？我也站起身，說：「郁先生，我能和你一塊到酒窟下面去嗎？」

他停下腳步回過身。

我說我害怕一個人留在這兒。他點點頭溫和地看著我一眼，便一手拿著另一個剛剛點著的另一個蠟燭，一手攙著我。就在靠海的窗口邊，向左有一個通道，上面也仍鋪著深藍色地毯，地毯盡頭，有一扇厚重的橡木製的房門。他抽回手，讓我端著蠟燭，自己從腰間取出一串鑰匙，他想開鎖，卻發現那鎖已經是開的了，他立刻有些緊張，說：「這門怎麼會有人開呢？不應該呀。我記得幾年前，我是鎖了這兒走的，回英國的。」

他推開這個門時，發出沉重的聲響，像是有人在歎息一樣。裡面是一個狹窄的樓梯口。郁敬一重新拿回蠟燭，一隻手又攙著我往下走。我跟著他一級一級走下去。借著燭光，我看著裡面有木頭做的酒桶，有佈滿蜘蛛網的高大的酒架。酒架上是各種各樣的酒瓶，有玻璃的，有木頭的，還有金屬的，他把蠟燭放在我手上說，說：「不對，酒窖有人進來過，而且還喝過這兒的酒，沒錯，真是的，新加坡很久沒有賊了，我不是說沒有小偷，是說沒有人進到這兒來偷酒喝的，這兩年太亂了。」

我有些不好意思，因為這兩年中國人來的多了，是不是他在暗示中國人偷人的酒喝呢？幸虧我是個女孩子，要不也在他的懷疑物件之中，這一點我可以自信：我不會跟任何偷酒喝的中國人來往的，那是非常下流的事，離我遙遠。

我借著燭光看著裡邊的一切，心裡又想，這個偷酒喝的人也真可笑，他竟然能摸進這樣一座古堡中充分享受人生，他肯定是一個窮人，是不是真的就是一個中國人呢？他肯定是個男的，女人不會偷這些的，女人會偷別人的老公，但是絕不會偷酒喝。

「你在想什麼？」

「我在想偷酒的人是什麼人？」

他笑了，說：「這個人是個君子，他偷酒喝，並不把裡邊的酒都拿走，而且，他不是第一次進到這裡邊，可是他對酒很小心，就好像這是他們家的酒窖一樣，真奇怪。」

我也笑了，說：「你真大度，碰上這樣的事，竟然不生氣。」

郁先生說：「碰上這樣的人，你怎麼會生氣？你對誰生氣？只能是又氣又好笑。」

我點頭。

「不過，也許是我那個該死的兒子。」

「你兒子？」

「對，一個被寵壞了的孩子。」

他繼續仔細地察看著，說：「今天是個好日子，得要開一瓶好酒，慶祝你不覺得今天是個好日子嗎？」

彷彿受到了某種觸動，我舉著蠟燭突然說：「是的，今天不僅對你是個好日子，對我也是個好日子，可是不久我就得要離開新加坡了。你的好日子可以無止境，而且與我無關。」

「我說過你是個挺怪的女孩，你看，你說話就是那麼極端。其實你可以稍稍平靜一些，在這個世界上，你不要光想著有苦難，有仇恨，有淒涼，有陰雨，你首先要想有陽光燦爛，有善良，有美好，有親和。」

說到這裡他又說：「看你這樣柔弱的樣子，你一個人住在這裡會害怕嗎？」

我茫然地搖著頭，心想：「今晚就我一個人住在這裡嗎？」

「每天我母親都在家裡等我，可能是我出去得太早，你想想，我十一歲就去英國了，很少和母親在一起住。一有機會，母親就天天在家等著，她一定要在我回家之後才睡覺，在這個世界上只有母愛才是無止境的 你等等，我去拿一瓶酒，在酒架的高處有一瓶銀色的瓶子裝著的酒，那是一瓶很多年前的酒了。」

他掂起腳伸手去搆，但是還差一點。於是他拿來身邊的一個木椅子，可是當他踩在木椅子上取下那瓶酒時，木椅子的腿折了。他「啊」地一聲摔倒在地上。

可是即使是摔在地上，他也是緊緊地把那瓶酒抓在手裡。他的臉痛苦地扭曲在一起。我嚇得驚叫一聲，跑過去要把他扶起來。但是手中的蠟燭一下傾斜，蠟油滴在我的手上。他躺在地上說：「你先把酒拿著。」

我把酒拿著放在一邊。

「千萬要放在一個安全的地方。」

我笑了，說：「難道這酒比你的傷還重要嗎？」

我仍然把酒隨便放在一邊的架子上，並且放下蠟燭，扶他。他站起來拭著自己的腿，似乎覺得有些難於走路，他說：「你不要扶我，你拿著蠟燭拿著酒，我自己可以走。」

「你真行嗎？」

「你不要管我，我可以走。」

然後我慢慢放開他，過去拿起那瓶酒和那根蠟燭。我們慢慢地又朝門口走。不知為什麼我又有些怕，我怕身後突然鑽出個什麼東西來一把把我勒住。這時，走在前面的郁敬一突然回過頭來，說：「對了，在酒架的後面有一個燭臺，旁邊還有一個很大的桌子，桌子下面壓著一張照片，如果你還有好奇心的話，你可以去看看，那就是我的老師。」

我渾身顫抖了一下，我確實不敢回頭，但是我還是照他的話去做了。我一手拿著蠟燭一手拿著酒，戰戰兢兢地走到他說的那個地方。他又說道：「你可以用這個蠟燭點著桌子上的燭臺。」

我點著了。但是我不能在他面前表示出對他所尊敬的人的害怕。我俯下身子去看那張照片。

這時候，在我的面前出現一個童年中在我所讀過一本英國小說裡想像過的一個貴族的形象：他穿著紳士的西裝，頭髮是白的，他的下巴非常尖，上面蓄著鬍鬚，眼睛深邃，但是我覺得他長得更像是一個法國人，像是德里達一樣。

郁敬一問：「看見了嗎？」

我說看見了。

「那你把燭臺拿上。」

可是當我把燭臺拿上時，轉過身來，突然一下我看見在牆旁邊有一把閃著黑光的槍。那光像是黑夜中的狼的眼睛。我像觸了電一樣身子一哆嗦，抱在懷中的那瓶酒沒有抓緊，酒瓶竟然滑著，「啪」地摔到了地上。郁敬一失聲叫了起來：「那可是一瓶好酒，怎麼回事？」

酒的濃烈的味道直噴過來。我說我看到了一把槍。我嚇壞了。

他艱難地走過來，看了看地上的酒，又看了看牆上的那把槍，說：「那只是一把雙銅獵槍，你怕什麼？」

我渾身顫抖起來。我說：「對不起，我從來沒有看過真槍。」

他得意起來。

「那還是在這兒的法治不太健全的時候，我悄悄從英國帶回來的，沒有人知道，我也多年沒有用它，一把獵槍把你嚇成這樣，多好的酒給摔了。去吧，你再到酒架上隨便拿上一瓶吧。」

葡萄美酒

我們又回到了客廳，我告訴他在我們南方當腳摔了以後，在沒有藥的情況下，我們喜歡用熱水泡一下。

「可是我現在走路很費勁。」

「那我去幫你燒水。」

「不了，你就打一盆涼水過來。」

我到浴室幫他端了盆涼水，他把扭了的傷腳放了進來。我在旁邊坐著。他問：「你會開葡萄酒嗎？」

我說：「不就是跟開啤酒一樣嗎？」

「葡萄酒不是這樣的開法。」他說，「你看到掛在牆上的那個沒有？」

我順著他的手指望去，那裡確實掛著一個什麼金屬器具。過去在大學聚會的時候，都是男生們在開葡萄酒，女生們都是坐著不動，只等著喝。我從牆上取下器具，他說：「你拿給我，讓我開。」

我說還是我開吧。

於是他在一旁指導我。我按他的話把開酒器的套環套在酒杯上然後開始擰著。也許是因為他盯著看的緣故，我笨手笨腳地不知怎麼，手指被劃了一下，血一下流出來。

「哎呀，你怎麼也不知道小心一下。」

他趕快把我的手拿過來，然後說：

「我幫你吸一吸，你不介意吧，我這沒有別的止血藥。」

我搖頭，想縮回手指，然而他緊緊地抓著。

「實際上這方法一點都不科學，可是沒有別的辦法。」他說。

說著他把我的手指放在他的嘴唇上，然後伸出舌頭輕輕地舔著我的傷口。

在燭光的映照下，我看到他臉上的皺紋很深很深，我深刻地意識到此時此刻正是一個老人在吸吮著我的傷口。我一會覺得疼痛，一會覺得酥癢，我意識到當你有了傷口的時候，它就需要有人扶慰，無論誰的撫慰都會使你深深地感動。

我在心裡面想著，在今天晚上，他真的會回去嗎？他的腿受了傷。然而他即使住在這，他會做什麼呢？我又會做什麼呢？難道說真的像這樣的事情會發生在我的身上？如果他做了什麼的話，那麼我以後又將會是什麼樣的呢？

我幾乎是下意識地把手抽回來。他看看我，又看看泡在盆裡的腳，說：「用冷水泡著我的腳，感覺好多了，不過，今天可能我真的回不去了。好了，你把那瓶葡萄酒拿來。」

酒瓶發出微暗的光，我看見裡面自己的形象，燭光映得我的臉像是一幅多年前的蒙著一層薄薄灰塵的油畫。我遞給它，他很熟練地把酒塞起了出來，又說：「看見靠樓梯的櫃子了嗎？裡面有酒杯，你去拿來吧，用水洗一洗。」

我按他的話做了，然後他分別把酒倒在酒杯裡。

「照理說喝這樣好的紅酒應該是有講究的，不過今天晚上我們倆在一起就是最高級的講究。」說著，他的臉上又掠過幾絲笑容。

我心裡想，他是不是希望我多喝一點，讓我微微地醉一些，然後剩下的事情也許就是順理成章的了。

我似乎也在心裡面給自己找了一個喝酒的理由。我很少喝酒，其實在大學裡面男女同學都醉的時候，我也不喝酒，有人甚至說我是冷血。但是在今晚，我似乎找到了喝酒的理由，那究竟是什麼呢？

可是倒酒的時候他給他自己倒了很多，給我倒得很少，他說：「這樣的酒你嚐一嚐。」

我端起來喝了一口，說：「有點澀，還有點麻，一點也不好喝。」

「那你就喝一點就行了，這可是真正的好酒，至少也有三十年的歷史了，品不出這種酒，就不要硬喝。其實這種酒，它的味道很純，酒精含量看起來也不低，怕你喝多了以後，你會不舒服，甚至會醉的。」

「可是人有時希望自己醉一醉，醉了就什麼也不想了。」

他的眼睛先是閃了一下，接著又變得深沉了，他意味深長地說：「人還是應該始終處在清醒的狀態下，不在清醒的狀態下所發生的一切都像是沒有發生。」

我的臉紅了。幸好燭光掩蓋了我。他喝了一杯，又倒了一杯。我把僅有的一飲而盡。末了他看著我說：「你要是睏了，就先去睡覺，樓上有臥室，你自己去吧，我走路不方便就不帶你去了，上了樓向右拐就是。」

我起身走向那個樓梯口。

「回來，帶上蠟燭。」

我轉身點著了一根蠟燭，心想：他真的就在樓下睡嗎？那麼我在我自己的房間裡要不要把門反鎖？

我沿著樓梯慢慢走著，感覺樓梯也有點晃，郁敬一跟在我的後面陪著我一塊走著，走了幾步，他看出了我的害怕，說：「你不要擔心，這個木頭非常好，雖然它很舊了，但是這個木頭就是再過一百年等到我們來世都變得衰老的時候，這個木頭還是會非常結實。」

我說：「萬一有一天，它砸上人怎麼辦？」

他說：「不會的。」

「這麼重的木頭，砸了人，就會出大事。」

「你可真是會嚇人，大可不必對我說這些。」

我說：「好吧。」

「這兒很安全，你不必害怕。」

我回過頭來，看到他說到這時，眉頭一皺一擰，似乎他的腳疼得厲害。

我說：「我再扶你下去吧。」

「不用了，我就不上去了，一進臥室你就可以看到一個大櫃子，那個櫃子有一個包得很好的大袋子，裡面有被子單子以及枕頭，還有一張很漂亮的熊皮，要是覺得冷的話就鋪在床上，這裡是海邊，夜裡會冷。」

「謝謝，你想得這麼仔細。」我回身說道。

他看著我的眼睛說：「這本來就應該是我做的事情。我比你年齡大得多，我的生活經歷比你豐富，我的生活經驗也比你多，我知道我要怎麼保護自己，也知道怎樣疼愛別人。」

聽他說完這話，一時之間我不知道該說什麼好，只是心中充滿了感激。他說你上去吧。

我卻還在看著他。這時候樓梯似乎還在晃。

他說：「你看，這個樓梯還在晃，它似乎在嘲笑我們倆呢。」

我聽著他說了這樣的話，但是我卻一點也笑不出來。

「好了，我們說得太多了，我這麼長時間也沒有像今天這樣說了如此多的話，你上去睡吧。」

我卻還站在那兒。只見他緩緩地把目光移向了別的地方，然後轉過身獨自下樓。

我看著他的背影，儘管他很結實，儘管這樣一個男人很健康，但是他畢竟老了，我從他的背影感覺著他和二十多歲的男人，三十多歲的男人，四十多歲的男人的差別，因為他走路的樣子使我悲哀，同時在我的心裡面又對他產生某種感動。

我就站在那個晃晃悠悠的樓梯上想著，假如說我沒有碰見這樣一個男人，假如說他在那天晚上沒有出來追著我，跟我有過那樣一番對話，撫慰了我已經傷痕累累的自尊，假如說他不帶我去移民局，那麼我將面臨著什麼樣的狀況呢？想到這我忍不住地又下了樓梯，我追上了他。

他回過頭看著我驚詫地說：「你下來幹什麼，你應該上去。」

我仰著頭望著他的臉，衝動地說：「我想你的腳很不好，我從背後看著你，突然覺得你挺可憐的。可能我說這個話使你不高興，可是我就是覺得你挺可憐的。」

他笑了，說：「我有什麼不高興的，我已經活到了五十多歲了，今年五十五，明年五十六了，這時候有一個女孩她很年輕，她很青春，她很活潑，儘管她是個中國人，可是她有文化，她善解人意，她說我可憐，你以為我還是二十來歲的那個時候，誰要如果說我一句可憐，我會跟他發怒，甚至把巴掌打向他，想以此證明我有青春我有驕傲，我現在不是那樣的時候了。不過，我的腳用不了幾天就會好的，受的傷一點也不重，好了，好了。你上去吧。」

「不，我要把你扶到你的房間。」

他的眼睛看了看我，我也看了看他，這時候我覺得受不了他的目光，他的那種有幾分擔憂幾分焦慮又有幾分渴望和壓抑的目光，而我眼前沒有鏡子，我不知道我的目光裡面含的是什麼，但是我只是知道在我自己的內心裡對他充滿了感激。

我扶著他朝前走，當穿過大廳走到一個房間的時候，他說：「看見這個門了嗎？這扇門使我又一次想到了我的老師。」

我的內心一下子充滿了煩燥。一個老人是這麼善於回憶嗎？他就不知道我對他的過去一點也沒有興趣嗎？我只關心現在，只擔憂將來，但是我知道我只有耐著性子聽他講下去。

「我的那個老師的最後一場音樂會是在新加坡開的，在那天轟動了整個新加坡，當時連總統副總統還有議員們許許多多的人都來了，更不要說那些文化藝術界的那些名流。音樂會之後，官員們還專程給他開了酒會，他那天酒喝得太多，當他回到這間屋子，那時候我真傻，我太年輕，我應該陪著他像你陪著我一樣陪他走到這門口，可是我沒有，我處於一種興奮中，我當時就在客廳裡面，我覺得酒還沒有喝夠，從酒窟裡又拿出一瓶酒，繼續喝，就在這個時候，他走到門口摔倒了，他朝前撲過去用頭把門打開了。他摔倒之後就再也沒有站起來過。」

說完，郁敬一又朝我笑了笑，說：「古人早已離去，今天我想起了這件事，就是因為我突然感覺到你比我在年輕的時候要懂事，懂得體貼人，你沒有像我一樣繼續在喝酒，沉浸在音樂會或者是在自己未來的勝利遐想之中。」

我微笑著對他說：「也可能因為我是女的，可能因為我對於自己的未來的預感是淒涼而不是不輝煌，所以我只想著現在，我想著你現在腳疼，我要把你扶到這。」

他推開了門。我跟著走進去，這間屋子裡面給我留下最深的印象是除了有一個很大的衣櫃以外，旁邊還有一個很長的中國古式的花几。在花几上放著一個很大的中國瓷瓶。他發現我在看那瓷瓶，便說：「那個瓷瓶是我那個女醫生從中國買回來的，那時我們剛想著要結婚。」

他的話語剛落，我的內心糾地一下變得沉重起來，似乎這個房間一下來了個女人，而那女人的氣息把我朝外頂著。我隨口說：「這瓷瓶真好看，真漂亮。」

「不值什麼錢的，最多也就是民國時期的瓷瓶。在當時是很便宜的，只是這個花式她很喜歡，她走了之後，我也沒有把它拿開。」

也許女人對女人天生帶著排斥或者敵意，我感覺這瓷瓶似乎變成了一個女人的臉，我突然想像出一個很瘦的女人，面部輪廓分明，身材很高，她身上的一切的一切似乎都透出骨頭，全身都是一種骨頭的感覺，只有那對眼睛裡透出了一個女人的種種複雜的目光。我望著這個瓷瓶，突然感覺到有一點恐懼。

郁敬一說：「我總在想，哪天我遇到一個我愛的女人，我就把它送給她。」

我不敢看她，只是心裡面由恐怖變得慌張起來。於是我對他說：「郁先生，你就休息吧，我上去了。」

他點頭說：「你就上去吧。」

心中的插銷

再上那個樓梯的時候，我小心翼翼一級一級走著，但是再小心，那樓梯仍然是慢慢地晃動起來。我心想：這個樓梯總有一天會蹋的，但願他蹋下來時不要碰傷誰。

我沿著這個樓梯進了迴廊，並按他說的找到了那個房間。我推開門，關上門，然後轉身看著門上的插銷。這個插銷在我看來非常奇異，出奇的大，是用銅做的。平常所看到的插銷大概只有一公分寬，十公分長，而這個足有五公分寬，五十公分長，這個插鞘顯然不太符合比例，但是它卻恰恰透露出了這個房子的年份，這個房子的豐富的歷史，以及這個房子很難讓人言說的那樣一些文化含量。

我望著這個插鞘想，曾經有多少人把這個插鞘插上，拉開，又插上，又拉開，今天輪到我要把它插上。我今天晚上真的要把這個插鞘插上嗎？還是不插？我插上，我就一定能睡著嗎？我不插，我會睡得好嗎？我插上，將會發生什麼事，在我的未來？我不插上，將會發生什麼事，就在今天晚上？

想到這，我突然覺得我比以往任何時候都要猶豫，我站在那兒，看著插鞘，看著門，想著這一天所經歷的事情，想著剛才那個瓷瓶和附在它身上的那個女人，我又想郁先生跟我一共說了多少話？是真，是假？他究竟是一個什麼樣的人，除了他自己願意談的文化、談的音樂談的鋼琴以及他的老師以外，在他的個人生活裡面究竟是一種什麼狀況，也就是說在他現在生活中的女人是誰？是那個與瓷瓶有關的並與他手指有關的他曾經愛過的那個女醫生嗎？

這時候不知道為什麼，芬突然出現在我的眼前，她沖我擠擠眼睛，顯得有些調皮，她對我說：「喲，看來，你的運氣不錯，但是你得記著，不是什麼時候都有好運氣，是你的，就是你的，不是你的，搶也不用。」

我猛地搖搖頭，想把芬從眼前趕走，可是這個時候芬似乎還是笑著，她似乎還在對我說：我彈的蕭邦，他們都喜歡，哪天我給你彈彈，彈彈蕭邦的瑪祖卡，我現在知道了什麼叫做高貴，什麼叫做文化的高貴，什麼叫做藝術的高貴，什麼叫高貴眼前的華麗。

當高貴和華麗這樣的詞湧進了我的腦際的時候，我突然下意識地而且非常狠的緊緊地插上了插銷。

我慢慢走到了床跟前。

我望著床掂子想，這個掂子上曾經躺過誰呢？我又走去打開櫃子，裡面果然有一個很大的白色的袋子，我拉開上面的拉鎖，看到了雪白的被子、床單和枕巾。我從小就喜歡雪白的東西，上高中的時候，我在家裡就有了自己獨立的房間，當時我那當工程師的母親，從來都把我的房間佈置得非常潔白而且一塵不染，而我的零錢罐是大紅色的，紅色和白色調節了我的童年直到大學時期的我的房間顏色。

此刻看著白色的一切，我感到自己的心裡充滿了喜悅，我想明天究竟是什麼樣我不知道，今天先讓我在我原來的氛圍裡面好好睡上一覺。

但是當我鋪床的時候我似乎聽到了樓梯的響動，我停下動作，樓梯的響動又沒了。是他嗎？他真會上來嗎？不會的。我幹麼要想他呢？我幹麼要想著他要上來呢？他今天晚上肯定不會上來，而且我已經把門插好了，我得自己睡。

我身上蓋上了白色的被單，窗外的雨這時候已經停了，四面一片寧靜，似乎很遠的地方海濤聲傳來。這時候我似乎又聽到了樓梯的響動，有人曾對我說過，當你心裡希望什麼，那麼你所希望的東西就會像幻覺一樣來到你的跟前，比如你在沙漠上缺水，那麼海市蜃樓將是深色的湖、波光蕩漾。

我仔細地聽著，那聲音好像又沒有了。這時候我就對自己說：「胡說，我從來不願見到芬，可是今天晚上芬又出現在我的面前，我從來不希望在郁敬一身邊或者另外的房間裡出現另外一個女人的痕跡，可是樓下的瓷瓶、我身上的披肩以及蓋在我身上的這條白色的被單難道說就沒有女人的痕跡在上面嗎？想到這，我把身上的被單一下拉開，這個時候我又覺得自己有些可笑，我嘲笑自己說你想得太多了，其實在今天晚上你想得最多的應該是睡個好覺，明天的事明天再說。

想到這我便吹滅了蠟燭，然後慢慢閉上了眼睛。我就像有一年沒睡覺似的一會兒便睡著了。可是半夜又突然醒來。整個屋子和外面還是黑的，我心裡想，我睡了多長時間？我伸手拿起放在床邊的包包，從包包裡面拿出錶，但是只聽見滴答聲，怎麼也看不清楚究竟是幾點了。這時，我又聽到了樓梯的響動。我馬上緊張起來，樓梯它為什麼老是響動？難道說真是他在樓梯上嗎？

我摒過呼吸，突然不知道哪來的激情，我一下從床上跳下來，衝動地走到門口，把門打開，走到了通道。當走到樓梯口的時候我有些猶豫，但是我繼續朝前走，拐過了那個廊柱，我看見了樓梯。

樓梯上面空空落落，並沒有人。看來還是幻覺。我突然覺得不好意思，便悄悄地轉身，又回去了，我再一次把門插上，然後躺在床上想，我為什麼會這樣，他不過是一個老人，難道說我果然對一個老人有那樣的渴望嗎？我不是不喜歡老人嗎？和所有女孩一樣我喜歡青春，喜歡男人青春的身體，喜歡看他們青春的牙齒，喜歡看他們青春的頭髮，我在大學裡面曾經有過三次戀愛經歷，他們不管在性格、形象有多麼大的差別，但是他們有一種東西是共通的，那就是他們青春的驕傲和激情。青春與愛有什麼關係呢？它與我內心深處的對於情感的需求又有什麼關係呢？

我翻了一個身，繼續躺著，覺得自己是那麼孤單，我覺得冷，即使我身上蓋著被子，即使是在新加坡這樣一個地方，我也覺得冷。我知道我希望男人來撫慰我，即使是一個老人的手，更何況他還沒有那麼老呢？想到這，我立即又有些委屈，怎麼能說他不老呢？他對我說他已經五十五歲了，來年就要過五十六歲的生日了，那我呢，才二十二歲。我的歲數再加上一倍還要加兩年才到他的歲數，我又坐起身，望著窗外，天空一片漆黑，遠處隱約閃著燈光。

這時，我似乎突然又聽到了某種聲音，那是從外邊傳來的，似乎在院子裡有腳步聲，從牆的某個角落裡傳來，腳步聲近了，好像是朝著酒窖走的。

是不是那個偷酒喝的人又來了？

我起身，朝窗外看，果然看到一個人影，瘦，高，穿著平常，借著月光 我能看到他的臉，只是看不太清楚，藉著想像，我覺得應該是一張中國人的臉，我想看清些，卻總是模糊。

他在夜色裡顯得渺小，悄悄走到了側門，聽了聽，可能意識到今晚這兒有人，就又悄悄地轉身走了。

我緊張地看著他。

他不是從門走，而是從牆邊上的一個小狗洞，那兒的洞很低，但是他很敏捷地從裡邊鑽了出去，顯得很神奇。

我感到呼吸都不順暢了，本能地感到這個人不像是那種壞人，攻擊性並不強，可是他是個什麼人呢？我想喊，但又怕郁先生跟我打不過他。

我看著他，並聽著他的腳步聲消失。

這是個什麼人呢？他真的從中國來嗎？他為什麼老是上這兒來偷酒喝？郁敬一說他是君子，真有意思。

我突然有些害怕，想叫郁先生，但我忍住了，他可能正睡得香，他會煩我的。

我在淒冷中想著，難道說留在新加坡和在新加坡生活對我而言就有那麼重要？我就那麼渴望待在這？但如果不是因為渴望待在這，那麼我為什麼會那麼在乎一個老人的撫慰？不是在乎，而是需求。這個時候，我突然聽見了樓下的咳嗽聲，他已經醒來了。芬曾對我說過，一個人年紀老了，就睡不著。樓下是一個老人，他醒得那麼早，而我呢？醒得比他更早，新加坡使我這樣一個女孩過早地變成了一個老人。

樓下又一次傳來了咳嗽聲，這使我產生了稍微輕鬆一些的心情，他醒來了，太陽馬上要出來了，新的一天會怎麼樣呢？我突然覺得我心裡面產生調皮的想開玩笑的心情，我也故意地咳嗽了一聲。當他又咳嗽時，我又故意咳嗽了一聲，我自己對自己的咳嗽給弄得笑了起來。然後我慢慢地又睡著了。當我再次醒來時，他已經從海邊轉一圈回來了。我已經洗漱完畢走下了樓。他問我昨晚睡得怎麼樣？然而我卻風馬牛不相干地問：

「那件事情能辦成嗎？」

「哪件事情？」

「起訴之後我能夠被通過嗎？」

他想了想說：「這個我沒有把握，可是我想這不是件大的難題，再憑著我的一些關係，我覺得應該能成。」

「我太希望能成了。我真是想留在新加坡。」

「你不要說了，這我都知道，我不都是去辦了嗎？」

他又問：「你餓了嗎？」

我說我餓了。

偷酒的君子

我們又來到昨天去過的那家速食店裡要了魚丸麵。雖然我在心裡悄悄希望他把我帶進市中心的一家高級酒店裡用餐，但是也不知道為什麼自己的心情卻是那麼輕鬆。也許是因為他剛才的那一句話，於是我也開始對魚丸麵有了感情，甚至於吃時都不顧自己的斯文。

他望著我，露出開心的笑。他說我特別喜歡看到你這個樣子，其實我今天也很餓，但是再餓也不會那麼香了。

「為什麼？」

「因為我老了。」

我放下筷子，說：「希望你以後不要這樣說，我最不想聽的就是這些話，你一點也不老。」

「真的？」

「那當然。你昨天說你五十五歲，我都不相信。」

「可是我兒子說我很老了，他幾乎每天都嘲笑我，說我這輩子不得不和女人告別了。」

「你兒子？」

我看我這樣驚異便咧開嘴笑了。

「他多大？」

「跟你差不多。但是雖然他說我老，我也沒有生氣。因為婚姻發生變故，從小就給他帶去了很多傷害。二十歲以後他就一直跟我的母親住一起。我偶爾回來看看他們。不過，這一次我倒是不想走了。我發現我兒子變得懂事了，除了說我老得不可以交女朋友了之外，他都很少惹我。」

「你不走，那你在新加坡做些什麼呢？」

「政府的意思讓我回來，並且把掌管藝術的權利放在我手上。我也竭力在爭取。另外我也想把別墅裝修一下。」

說到這，他又笑了。

「昨天老跟你說那些古老的故事，你是不是覺得那別墅真是陰森森的，和現在的文明的新加坡一點都不相容？」

我點頭說是，想了想，我終於說：「昨天晚上我好像看到了那個偷酒的人，他悄悄地來，又悄悄悄地走了。」

他笑了，說：「悄悄地我走來，不帶走一瓶美酒，我揮一揮衣袖，告別天邊的雲彩……」

我也笑了，說：「真的，我真的看見了那個人，他就是悄悄地走了。」

他說：「你是在做夢。」

我不想再爭辯什麼，這個人對我的生命來說又不重要，他不會溶進我的生活。他不就是想喝瓶好酒嗎？況且也有可能是他的兒子呢？假如……假如我有一天，真的能成為這兒的女主人，即使不是他的兒子，我也會把他請進來，給他酒喝的。

我為自己的這種想法不好意思了，我看看郁先生，發現他並沒有注意我，於是我的心情平靜了一些。

他說：「我可能很快就要裝修別墅。當我裝修的時候，這個古老的別墅才有它非常有意思的魅力。」

「我真想看著你裝修，而且我想天天陪著你裝修。」

這時候他又看了看我，我突然止住。場面顯得有些滑稽。我自己也在內心想，我不應該顯得那麼匆忙，或者說那麼關心這個事情，實際上所有這樣一些事情跟我又有什麼關係呢？

我不再說話。

他為了打破這個場面，便對我說：「你真的覺得我不像五十五歲的人？」

我說真的。

「哎呀，如果你要看到我的兒子的話，你就會覺得我的確是五十五歲的人了。」

這時他的手機響了。只聽他說：「沒什麼，沒什麼，不住你那也可以，我另外幫她安排了，你就不要對別人說那麼多了，這是我個人的事情，我們是多年的朋友，我相信你這個人是會為我保密的，我僅僅是對她的同情。我覺得人家一個中國女孩挺不容易的。」

聽著他的話，心想這不是麥太太又是誰呢？只聽郁敬一又說：「這些天我比較忙，過幾天我就會去看你。」

他關了電話問：「你聽出是誰了嗎？」

我搖搖頭。他說：「不要不好意思了，不就是麥太太嗎，昨天我帶你去她那沒有住在她家，她一定是在瞎猜了。」

「她瞎猜什麼？」

「你是真不懂還是假不懂？無非就是男男女女的事情嘛。其實我很討厭他們這樣，我覺得人和人之間的關係很正常，在英國在歐洲是不會出現這種情況的，不像新加坡人或者是中國人，眼睛就盯著別人的隱私，不過聽說在中國包括在新加坡有一句話不是很流行嗎？走自己的路讓別人去說吧。」

他說完笑了，又說：「這話是多麼淺薄，可居然我還對你說了。我是不是也變得淺薄了？」

「就是有點淺薄了。」我說。

電話又響起來了，還是麥太太。她好像問的是你什麼時候回英國？

只聽他回答說：「我還沒有回英國的打算，你要去英國嗎？」

麥太太說：「你不帶我去，誰帶我去啊？」

他笑著說：「好，等到我的身體好了，忙完了這陣，我就帶你去。我不光帶你去，我還要帶別的人去。」

「誰啊？」

「你說是誰啊。當然是海倫了。是啊是啊，你當然應該帶她一塊去了，那女孩我也非常喜歡啊。」

老郁沖著我眨眨眼睛，關上電話以後，他問：「你聽見了嗎？她說她非常喜歡你。」

我說：「其實我也挺喜歡她的。」

他笑了。

「實際上，她也不喜歡你，你也不喜歡她。可是我也喜歡你，我也喜歡她。」

說完他聲音爽朗地笑了起來。我也跟著他一起笑，心裡卻為他這樣的調侃隱隱地不愉快。我想，他到底是一個與我不一樣的人。

吃完飯我們在海邊轉著，附近的樹林裡落滿了芒果之類的東西，我撿了幾個，在手裡把玩著。

但是不一會兒他要求我回別墅去，他自己得要忙自己的工作或者去看看他的母親去，昨天沒回去，他還真有些牽掛。他說：「慈母手中線，遊子身上衣，母親一生一世的恩德我是忘不了。」

我看著他，一個人對自己的母親好，那他大概應該是個可以依靠的人吧？

天已經晚了，夜幕漸漸落了下來，我聽見了鳥叫，我對鳥的叫聲向來敏感，天空的色彩和聲音使我突然倍感身處異國他鄉的淒涼，我好像感到身上有些冷。

第9章 刻骨銘心

我沒有睜開眼睛，我覺得像他這樣的人，他即使吻了我的嘴唇，或者親我的任何一個地方都是可以的。而且我要報答他，我對他感恩戴德，我已經懂得是他救了我，是他沒有讓我死。

等待終成嘆息

我沒有想到當天晚上發生的事那麼突然。

那樣一個晚上它應該算是我終生的刻骨銘心，假如說我要有終生的話。其實一個人的生命可以很長，比如說她活到八十歲像冰心，一個人的生命也可以很短，比如說只活到三十歲像蕭紅。當然冰心和蕭紅這樣兩個女人怎麼可以相提並論呢，蕭紅寫的幾部長篇，從那裡面所投射出來的女人內心所擁有的一切是多麼有意味，而冰心寫過什麼呢，兒童文學？還是她以後斷斷續續地顫顫微微地所說的那麼幾句話？但是，無論人活得歲數長，還是活得短，他在這個世界裡面都是一瞬間，可能都很難說有意義。

可是對我而言，那天的那個晚上它真是讓我永遠都說不清楚它為什麼會發生。

你們可以想，為什麼這樣的事情會發生在我的身上，儘管你們在想那天把我嚇壞了的那桿獵槍，它最終會怎樣？你們一定會想，這桿獵槍後面一定要出事，那麼我告訴你們，你們的猜想是對的，這根獵槍最後就是出事了，而且拿著這桿獵槍的人是一個男人，一個年輕的男人。

這個年輕的男人，他手拿獵槍，身穿著休閒的夾克，是深色的，他還戴了頂長舌帽，他的表情很酷，有些像是現在日本動畫片裡的人物。他拿著槍，對著人，那槍就像是懸念一樣，只要是它響了，就會有人死亡。

不過，這都是後話。

晚上我又一次地插上了那個門栓，郁敬一回家了。我上床之後，很晚都沒有睡著，風聲很大，一個人住在這樣的大宅子裡我的確有些恐懼，經常從一些角落裡或是櫃子裡飛出些飛蛾，無聲地顫動著翅膀。空氣中總是一種安謐的陳年氣味，儘管在白天我也打開了窗子，可是只要一關上，又失去了原先的清新。不過，這種類似苔蘚的氣味很容易使人恍惚冥想。遠處響起了沉悶的打雷聲，今天晚上會下雨嗎？

在我將要入睡的時候，突然我感覺到了窗外的車聲。

一會兒我聽到了開門聲和腳步聲。這種聲音我是熟悉的。

我坐起身傾聽著，我知道他又回來了。他回來幹什麼呢？他把我已經在這安排好了，可是他又擔心我一個人在這會害怕嗎？還是他想幹什麼……

我仔細聽著下面的動靜，感到他在客廳裡待了一會兒，然後我似乎又聽見了樓梯的顫動以及樓梯的腳步。

他好像要上來了。

我忍不住下床，輕輕地走到門口把耳朵貼在門上聽，我聽到樓梯始終在晃動著。長時間地晃動著，彷彿一個人在這個樓梯上從上走到下，從下走到上，他在猶豫什麼呢？我又在猶豫什麼呢？我是不是需要打開門？我要如果打開門，會發生什麼事？他會如何看我？如果以後我把自己親身經歷的這樣的事情告訴了別人，對別人說那天晚上我真的是有些忍不住地想打開門，那麼那些我最親密的朋友和我的親人聽到我的這個想法，他們是不是會覺得在我的內心深處有一種婊子的感覺？

我沒有打開門，我只是站在門口，可是我感覺到那個樓梯的晃動越來越響了，然後我感覺到有很輕的腳步聲在回廊裡慢慢走著，一直走到我的門口。

我沒有動，我在聽；

他也沒有動，他也在聽。

我就站在那默默地等待著，我的內心又恐懼又緊張，同時我又在想是不是真的是他。如果我聽錯了呢？假如說是另外一個男人呢？可是我聽到的呼吸聲又分明是他的呼吸聲，一個老人的略微顯得鬆馳的呼吸。

門不是很厚，門上還有裂縫，我透過裂縫，似乎能感覺到那邊那個人傳來的氣息。它微微地飄忽在我的臉上，如同燭光下的陰影。時間一分一秒地走著，不知過了多長時間，我想最少有幾分鐘，我就這麼站著，我等待著他敲門。他知道我站在門口嗎？他在等待我開門嗎？我想我們都非常有耐心，都沒有說話，都在繼續等待，終於我聽見門外似乎有一聲很長的歎息，慢慢地很輕的腳步聲漸漸離我而去。

樓梯再次晃動。

這種晃動使的心一陣緊縮，我擔心樓梯隨時會倒蹋。

母親

一會兒，我聽見了下面客廳的咳嗽聲以及水杯放在桌上的聲音。我似乎意識到他希望運用他的小聲的喧嘩或者他所製造的聲響把我驚醒，他想跟我說什麼。

我穿上睡衣，拉開窗，藉著海岸的月光，我在鏡子裡看一看自己，還好，我攏了攏自己的頭髮，又很仔細地看了看自己的眼睛，然後我轉身開了門，朝樓下走去。

我再次意識到這個樓梯真不結實。從我跨第一步起，搖晃聲像是承受不了重壓的嬰兒發出的吱吱的哭聲，我真不忍心踩踏它。大廳裡點著蠟燭，燭光照著他的側臉，他正使勁吸著一根煙。我一步一步地下著，他卻沒有抬頭看我。他是不是有意識地不看我？或者難道說我做錯了什麼？難道我剛才真的應該開門才能夠報答他，才能夠感激他，才能不讓他生氣嗎？我小心地走過去，直到我走到他身邊的時候，他依然看著前方，獨自抽著煙。升騰的煙霧形成了一個白色的紗帳。

我的臉霎時紅了，一時半會兒真不知道該說什麼好，直想轉身回去。但是這是我的家嗎？我能隨隨便便地上樓下樓嗎？我沒有動，依然站在他身邊，窘迫地看著他，我覺得自己又笨又蠢，因為我明顯地感到他並不需要我。我走下來實在是多餘的。他仍然在抽煙，我鼓足勇氣說：

「郁先生，你生氣了？」

他仍然沒有看著我。飄忽的煙霧和橙色的燭光使他像一幅油畫。

我想了想又侷促地說：

「郁先生，我真是不好意思給你添了這麼多麻煩，我住在這，的確很不安。」

他突然轉過頭來對我說：「我媽病了，晚上我回去她咳嗽得很厲害。」

我竟然發現他在說這話時那雙暗淡的眼睛裡透出了淚光。

我說：「那怎麼辦，我跟你一塊去看她。」

我不知道為什麼竟然說出了這樣的話。

他看著我，目光一閃，我的臉便又一次紅了。我憑什麼看他的媽媽？他媽媽跟我有什麼關係？我連自己的母親都有很久沒有看了，我甚至都沒有給她去個電話，那麼我憑什麼去看別人的母親呢？

他是不是又從我的隻言片語看出了我的企圖？於是我又說：「那看醫生了嗎？」

他點了點頭，又轉過頭去說：「我是一個孝子，每年在她過生日的那天晚上，我都要在家門前推著她去看月亮，她坐在輪椅上，在我家前方是一個斜坡，那條馬路兩邊都是樹，我沿著朝下的路，推著她，她安祥地坐在輪椅上邊，跟我隨便說著什麼，更多的是生我時候的艱難。我許多年都能做到這樣。即使過去在英國，無論工作是多麼地忙，但只要是她的生日我都要趕回來，跟她一起一邊看月亮，一邊陪著她敘舊。那條路上，兩旁都長滿了玫瑰，童年的時候我就搖搖晃晃地跟在我母親身後去摘那些已經要凋謝的玫瑰花，我現在還聞得見那時候的花香，那就是我母親身上的香味。」

這時，他抬起頭來，用整個的目光把我包圍住，說：「我有一個世界上最好的媽媽，其他人的媽媽都沒有辦法跟我母親相比，她比世界上任何母親都要偉大，真的，你相信嗎？」

我說我相信。

然而這不是我的真心話。

我心想我的母親難道就不是世界上最偉大的母親了嗎？在一個正常的孩子的眼睛裡面，他的父親和母親都應該是很偉大的，憑什麼他說他的母親就是世界上最最偉大的呢？我們都有和母親之間的永遠不能忘記的故事。

看我不再說話，他又開始講他母親。她母親是上海一個大資本家的小姐，二十多歲時開始守寡，為了不讓孩子們經歷繼父，她拒絕了很多男人的好意。

可是當郁敬一又說：「我的母親比世界上任何人的母親都偉大」時，我終於忍不住了，我說：「郁先生，其實我覺得我媽也特好，我媽媽也是世界上最最偉大的母親，說不定還有一些其他的人，他們也都覺得自己的母親是世界上最最偉大的母親呢。」

說完了這番話我突然有些害怕，我覺得他會生氣。

我假裝出笑容面對他。這時他掐滅手上的煙，看著我說：「有的時候我確實喜歡你的這種聰明，可是你光穿件睡衣，你冷嗎？」

說著，他起身到了裡邊的房間拿出了一件很薄的羊絨男式開衫披在我的身上。這一變化來得突然，我說謝謝你。

他說：「你當然要謝謝我。」然後意味深長地看著我。

看著他的目光，我的內心又突然緊張起來。當我預感到將要發生的一切時，我抑制不住地發起了抖了起來，他碰了碰我的肩說：「你怎麼了？穿上毛衣還覺得冷？」

我點頭。

「是冷還是緊張？你完全可以把這當作自己的家一樣，在沒有找著更好的地方的時候，這應該是你的家。我回來，是因為我的母親睡著了，而且睡得很好，然後我想起了你，擔心你害怕，通過這些天我們在一起，我突然發現我最近最掛念的是兩個人，一個是我的母親，另外一個人就是你。」

我突然說：「我剛才是有些害怕，海邊的風很大，我真擔心除了我們兩個人以外還會出現另外一個人。」

「不會的。」

「那麼，這間房子難道說這麼多年以來就沒有別人來？」

「也曾經來過各式各樣的朋友，但是這兩年這房子徹底安靜了，我可以肯定地說除了我們兩個人以外這個房子是不會再有別人來的。」

我鬆了一口氣，說：「你要喝水嗎？我給你倒杯水。」

「不用，來，你就在我身邊坐著。」

我坐在他身邊，不知道該說什麼。他也一時間會有些沉默，突然他對我說：「我能看看你的手嗎？」

「你會看手相？」

他搖頭說：「我從來不給別人看手相。我也討厭一個男人動不動就說要給一個女人看手相？」

我笑了一聲，故作調皮地問：「那你看我的手是什麼意思？」

「我想看一看你的手在那天耶誕節彈琴的時候，聲音為什麼要飄？我從很年輕的時候就給別人教鋼琴，所以對別人的手特別感興趣。」

我把手伸了過去。

他仔細地看著，輕輕地翻來覆去地看。完了，他說：「你的手長得真好，真細緻，你手上的皮膚使我有些激動。」

我說：「郁先生你太誇獎我了？我的手很普通，我的手不如芬的手長得好。」

他稍微一愣，把我的手放下了，說：「你怎麼會有這些想法？我這個人從來不撒謊，也不喜歡恭維人，我說好那就是真好，而且我也沒有這樣仔細地看過芬的手。」

「那麼你想知道芬的手長得什麼樣子嗎？」

他笑著搖搖頭。這個時候，我似乎感覺到房子被一種聲音慢慢地顫動著，這種顫動只有我這種十分不安和驚恐的人才能意識到。

我問他說：「你聽到有什麼動靜嗎？」

他傾聽了一會兒說：「那只是風聲和雨聲，今天晚上有雷雨，我來的時候就開始下幾滴了。我對這個房子很熟悉，如果說有什麼特別的動靜的話，那應該是我先聽到。」

我放了心。

「那可能是我的錯覺。」我說。

「你是太緊張了，你真是有些可憐，你真是值得我去同情和幫助。」

聽了他的話，一時間我突然意識到自己確實有很多的委屈，但是我對自己說：你不能流淚，你得要忍著。

但是不知是故意的還是真心的，我的淚一下子湧了出來。

他怔怔地看著我，用手給我擦淚。然後站起來把我的頭摟在了他的腹部。

我渾身上下沒有一點力氣，順勢靠著他的腹部。

他輕輕地摸著我的頭髮還有我的臉，說：「你的臉真是燙啊，我真擔心你又生病了。」

我說：「沒有，像我這種人是不輕易生病的。」

「為什麼？」

「因為我沒有權利去生病。」

「你真是說傻話。」

這時，他又坐在我的旁邊，把我摟在他的胸前，並且不斷地給我輕輕擦淚。我們臉對臉地互相看著對方，一會兒，我先閉上了眼睛。我以為他會親我的嘴唇，可是他沒有這樣做。但是我仍然像所有的電影所有的小說所有那些缺少意志力或者抵抗力的女人一樣地閉上眼睛，然而他只是輕輕地吻了吻我的額頭。這使我突然意識到他是那麼崇高，他那麼讓我感動，像他的鋼琴，像他在鋼琴上所彈出的音符。我沒有睜開眼睛，我覺得像他這樣的人，他即使吻了我的嘴唇，或者親我的任何一個地方都是可以的。而且我要報答他，我對他感恩戴德，我已經懂得是他救了我，是他沒有讓我死。

他的兒子

我等待著。可是他還是沒有吻我的嘴。我睜開眼睛，看著他的眼睛，雖然他的眼睛裡有很深的激情，可他只是把我摟在懷裡越抱越緊。這時我覺得周圍一切都很安靜，而且我內心所有的緊張和恐懼都消失了，我突然覺得自己有了依靠。我似乎可以在這樣的狀態下靜靜地睡去。

然而一聲巨響，門被「匡」地一聲撞開了。

當我睜開眼睛從郁先生的懷抱裡掙開，朝門口看去時，看到一個高個子青年站在門口，臉色蒼白，身上穿著一件棕色的上衣，他的頭髮被雨淋濕了，披掛在額前，他的下巴有些尖，並且微微地向上翹著，一雙眼睛在燭光下充滿了挑釁，我立即感到他像一個人，這個人不是別人，正是郁敬一，這個青年人慢慢地朝我們跟前走來，郁敬一站起來，神色慌張地對他說：

「你來幹什麼？」

青年男子沒有理會郁敬一，他走到我跟前，盯著我，對郁先生說：「她是誰？這兩天你就是跟她在一起？」

郁敬一說：「她……她……」

他竟然有些結巴，不過只一會兒他已平靜下來，說：「她是誰，跟你沒有關係。」

對面的青年說：「難道說她就是這幢房子的另一個新的女主人嗎？」

郁先生說：「你也可以從奶奶家裡出來，住進這個房子，可是，你不能跟你父親是以這種口氣說話。」

「你？還好意思用父親這兩個字？我媽真是沒有說錯，你是世界上最自私的男人。」

「你不要以這種口氣跟我說話。你要總是這樣，你就給我出去。」

郁敬一說著向前走了兩步，眼睛逼視著他的兒子。

對方揮動著手臂，用手指著我說：「應該出去是她不是我。」

說完以一種極端蔑視的眼睛看著我。

而我盯著他的目光是那麼地膽怯，身上那件男式毛衫滑了下去。突然，他走到我跟前用手指狠勁地捏住我的下巴，並使它抬了起來。我不敢看他。他說：「你看著我，你看著我的眼睛，你是哪個國家的人？讓我猜一猜，臺灣人？不，泰國人？更不？那麼是新加坡人？肯定也不是。香港人？也不是。沒錯，中國人。只有中國人才會不知廉恥地跑到這裡來。中國什麼地方的？上海？成都？北京？不管是哪的人，我看你都是個婊子。」

這個時候，郁敬一突然衝過來把他兒子往旁邊推。他兒子馬上嚷道：「你讓她先滾出去，我才可以跟你說話。如果她不滾，我馬上到酒窟裡把那把獵槍拿出來，打死她。」

他一提到那桿獵槍，我的身體哆嗦得更厲害了。郁敬一衝上去說：「你太放肆了。」

說完他抬起手朝這個男青年的臉上打了一巴掌，對方不躲也不閃，只聽見巴掌打在臉上的聲音似乎還有餘音。

郁敬一說：「你給我滾，你不是我的兒子，我跟你也沒有什麼好說的。」「《聖經》說，當別人打你的右臉你應該再把左臉伸過去，這是我小的時候你給我念的《聖經》，現在我再把左臉湊過來。你可以繼續打。」

郁敬一說：「你……」

他又揚起了胳膊。這時我衝了過去，說：「郁先生，你別這樣，你別打了，我走，我走還不行嗎？」

他兒子卻不容分明把我往旁邊猛地一推，說：「你這樣下賤的人不配來和我們打交道，不配站在我和他中間。」

這時，外邊的雷聲響著。郁敬一卻說：「你要如果是我的兒子，我要求你即刻向這個無辜的女孩道歉。」

「為什麼？」

「你以這種方式侮辱人難道說你不覺得羞愧嗎？」

「謝謝你用了『羞愧』這個詞，你這個六十歲的男人了，不過你是對他瞞了歲數吧？是不是說你才五十一還是五十二，你一個六十歲的男人竟然帶著這樣一個妓女在我們的家裡，你才應該覺得羞愧。」

我猛地捂住臉轉身朝門口跑去，這時郁敬一大喊：「海倫，海倫。」

我絲毫不顧他的喊叫，我甚至都沒有意識到外面正滂沱大雨。我衝進了大雨，我該去哪？

逃離

我沿著海邊瘋狂地跑著。跑著跑著，莫名其妙地我就跑上了那天跟郁敬一站在上面的礁石。

我望著茫茫大海，想：「我真是要跳嗎？我該跳嗎？我是受了侮辱，可是我不能跳。我跳到這個海裡面，算是怎麼回事？那麼我還是回北京嗎？」

我默默地站著，想了很久很久。我想到了一年前從北京來到新加坡的那個晚上，在機場裡我惶惶地向一個已經對新加坡有了一點瞭解的中國女孩微笑，我問她在新加坡能找到工作嗎？她望著我眼睛裡又饑又渴的光芒，為難地點點頭，又搖搖頭。到了麥太太的家裡，我看到了芬，然後追著她問同樣的問題。她剪著短髮，穿著一件青色的睡裙，正坐在沙發上，拿著遙控不斷地調換著頻道。她像沒聽見我說話似的，目光空洞，然後索性跑到琴房裡彈琴。我一遍遍地聽著那琴聲，心想，所有的一切還是靠運氣吧，運氣就是命。

面前的大海在翻滾著。我想這就是我的歸宿嗎？我一次次地想跳，又一次次地打消了這個念頭，可是今天晚上如果不跳我將去哪？

我想了想，我真是沒有地方去，我口袋裡沒有一分錢，我明天走在外面，就有可能被別人把我當作非法居留的人，即使是女人不會挨鞭子但也應該是要坐牢的。

突然一下子，我想無論如何我都不能跳下去，不行，如果說他在到處找我呢？如果說我走了以後，那個仇視他的兒子會打了他呢？或者會不會一時性急而取下那桿雙管獵槍把他打死？他是不是現在正躺在血泊裡？

我突然覺得愧疚，他是因為我才跟他兒子產生那麼大的衝突的。他是一個那麼高尚的人。他跟我在一起的目的不是把我當作一個下賤的女人去看，他對我那麼仔細，那麼關心，他一點也不粗暴，而且直到現在，他沒有做任何事情，他只是吻了吻我的額頭。

不知怎麼，我衝下了礁石，又回到了那幢別墅前慢慢地轉著。裡面有著隱約的燈光，那是蠟燭發出的光芒，此刻它正照著他還是他？我悄悄走到大門口，發現門緊閉著，不漏一絲縫隙。我又折回來。雨依然下得很大。在別墅的西面，我突然發現左側有一個小門，小門的旁邊還有一個洞口。

我看著那個洞，感到了自己的地位的低下，人怎麼能從狗洞裡爬出？這話是誰說的？為了自由，為了金錢，還是為了什麼別的？

可是，我只能從狗洞裡出入，而且，只要是經過了一次，就能經過一百次，一輩子。

這個洞很矮很小，如果不是我本人相對說來是很消瘦的話，恐怕是很難鑽進去的。在朝洞鑽進的一剎那，我突然又產生很多猶豫，我鑽進去嗎？我鑽進的話，那我的人格以及我作為一個女人的最起碼的自尊跑哪去了，但是能找到一個躲雨的地方，能夠找到今天晚上的棲身地的念頭卻又深深地誘惑著我。然後我便趴下了，這個洞就像狗洞一樣。

然而，人為什麼不能夠從狗洞裡鑽進去？此刻，我覺得人天生就是可以從狗洞裡鑽進去的，只要是他的心情絕望到了那種地步，而且在那裡我死了，在這裡我活著。我爬了進去，並且開始慢慢地接近那幢別墅，但是不小心踩著了一塊石頭，發出很響的聲音。我緊張得趴下了。不一會周圍又恢復了寂靜。冰涼的地透過我的身體，我禁不住打起寒顫。我呆了一會兒，突然想我在這裡幹什麼？即使是我熬過了今天，明天、後天又能怎麼樣？我還是死了吧。想到這我從狗洞裡爬了出來。除了死我沒有別的路好走。

回北京嗎？不行。

我的父母看到我時他們會怎麼問我呢，我已經跟他們撒過無數次的謊，說我在新加坡拿到了學歷，有了就業許可證，我還準備要把他們接過來，那麼現在我還有臉回去嗎？我的父母都對我抱著那麼大的期望，從小他們就認為我學習好，腦子好，將來一定有大出息。

大雨中，我又回到了那個懸崖，我慢慢地走著，恍恍惚惚，遠處似乎有遠航的船燈，但是只一會兒，海面又漆黑一片，只覺得海風在吹，浪濤在拚命地呼喊。我想，是以很快的速度往前跑著跳下大海呢，還是閉著眼睛直直地往下跳？我突然想到了安娜卡列尼娜，她當時是數車輪數到第十三個或是第十五個的時候她就鑽進了車軌裡面。那我現在也數步子，我打算走十步。

我慢慢向後退，然後站定，開始向前走。

第一步，第二步，第三步　走到第七步時，我恐懼得眼睛濕了，下體也濕了，我好像要撒尿了，我知道這一切都是被嚇的，但是我確實沒有退路，我哪也去不了了，我丟盡了人。不過，在我十五歲的時候就打定主意，等自己一旦過了二十五歲，我就死，因為一個女人的青春，是在二十五歲之前，如果按照這樣一種說法的話，我也該死了。

於是我又朝前走。

可能是在跨第九步的時候，突然有一雙手把我抓住了。

陌生男子

那雙手攔腰把我抱住，我下意識地喊道：「你為什麼不讓我跳？我不會怪你的，只是我自己的運氣不好。」

我掙扎著向前去，緊貼在後面的身體彷彿抽搐了一下。我回頭一看，卻是一個陌生的男人。

他有一張年輕的臉。他跟我一樣渾身濕透了。頭髮緊緊地貼在頭皮上，墨汁似的雨水從額上迅速流下來。

我顫抖著望著他，覺得他有些面熟，即使在黑夜裡，他的輪廓也有些似曾相識。他是誰呢？為什麼會出現在這兒？

他曾經出現過在我的夢裡嗎？沒有。可是，他一定在我的眼前出現過。

他說：「你怎麼了，現在跳下去游泳嗎？現在游泳有點危險，不如明天再跳下去。」

我看著他，心想，這會是誰呢？聽口音應該跟我一樣是個中國人。可是這麼晚了，他在這裡幹什麼？

只聽他說：「走。」

他握住我的手把我往下拉。

我掙扎著站著，他卻使足了勁，我拚命往後退，但是我還是抵不過他，他把我拉下去了。

他緊緊地握住我。

我恨這雙握住我的手。

我再次看看他，覺得他實在是我見過的人，他是什麼人？我在哪裡見過他？在北京？還是在新加坡？他為什麼又會上這兒來？他來這兒幹什麼？他是經常來這兒嗎？

但是這些想法都僅僅是從我的腦子裡很快滑過，我的注意力有瞬間又從他的身上回到了自己身上。

這時，雨似乎小了，衣服上的水順著往下流。

他把我拉到一個看似安全的地方，但是仍不放開我，我感覺我的手被他捏得疼。只聽他說：「看來你不像是在游泳，是想死。可是你為什麼想死？」

我吞進一口雨水，說：「像我這樣活著還不如死。」

對方笑了，說：「一聽你說話，就知道你是從北京來的，你們家在北京住在哪個區啊？」

我不說話。他繼續說：「我住在崇文門，在花市，小時候在護國寺那塊兒也住過，但是聽說去年我們家被拆了。你們家住哪？」

我說海淀。

「海淀？那你學習不錯吧？」

我懶得跟他說這些東西，只聽他又說：「我聽他們說了，北京的變化挺大的，挺好的，我還真想回去一下。我快到期了，到期了我就回去，這個地方真不是人待的，難怪你想死呢。連我也想死。這樣吧，走，咱們倆一塊從懸崖上往下跳。」

我說：「我沒有心思開玩笑，我就是想死。」

「我也沒有跟你開玩笑，我也就是想死。你可以想像一下，在新加坡的懸崖上面一對中國人，一對中國的男女，他們是孤男寡女，他們發生的事情不是愛情，不是通姦，也不是強姦，他們初次見面一起去死，去殉情，這件事情多有賣點。賣回來的錢給你爸你媽，也給我爸我媽。」

我把手猛地抽回來說：「誰喜歡聽你說那些廢話。」

「好了，我不再說了，走，到上面去，死。」

他居然真的又把我朝懸崖上推。

我憤怒地扭著身子。而我這時候的內心已經被他的話，突然想到了崇文門，想到了海淀，想到了從小在那上的海淀實驗小學，想到了我的一個中學老師，想到了我媽臉上增添的那些皺紋和我去新加坡時我爸爸看著我的那種眼神。我居然也想到了芬和她臉上的笑。

我突然對死產生了恐懼，可是這個男人拚命把我朝懸崖上拉。不知道為什麼他的勁那麼大，一邊還說著話：「走，一塊死。真是不想活了。」

我順著他朝前走了幾步，當離懸崖很近的時候我看到他還是大步地拉著我朝前走，再這樣走下去，非掉進海裡不行。

我突然站住了。對他說：

「我不想死。」

他也看看我，笑了，因為我們幾乎是臉對著臉，我看到他有很大很黑的眼睛，我還看見了他長長的睫毛，他的皮膚也許是被雨水沖刷的緣故，顯得很白，像是我上高中時所遇見的那些小男生。

他說：「其實我也不想死。」

「那你為什麼非要拉我上懸崖？」

他離開我向後退了幾步，流里流氣地說：「因為我覺得你們這些女人喜歡裝模作樣，你們實際上怕死，可是你們裝出一副勇敢的樣子，對不對？」

「那剛才要沒有你拉我我就跳下去了。」

說完這話，我哭了起來，一屁股坐在了懸崖上。

只聽他說：「剛才是剛才，現在是現在。誰跟你說剛才，我只說現在，你們女人裝蒜呢。」

「反正也沒有什麼好活的。」

他走過來，蹲在我的身邊，說：「不過，有一天我要是真的不想活了，或者說我活不了了，你就把我推到海裡面去。如果反過來是你的話，我也一樣把你推到海裡去，還是海裡好，比陸地乾淨。」

看著他認真的樣子，我抹了淚說：「看來會裝蒜的不光是女人。」

「那麼你現在想死了？」

「不想。」

「你只要不想死，我就走了。你別跟著我。我房間裡全都是男人。」

「我也沒有打算跟著你去。跟你去有什麼希望，你這樣賴賴嘰嘰的人，說話也油了巴嘰的，一看就不是什麼好人，也不過就是我們家樓下的住胡同的混子而已。」

他說著站起身來，一手也把我拎了起來。

「不過你在這個懸崖上我還真不放心，下去。」

我被他操縱著來到了沙灘。

他放開我，向前走了兩步的他，突然轉過身來說：「沒錯，你剛才說的沒錯，你真說對了，我就是個混子，本來想在新加坡混混，新加坡不好混，但是北京也不好混。」

這時候雨又下大了。他說：「好了，我得走了。」

「那你為什麼會知道我在懸崖上，這麼晚，而且下著這麼大的雨，你怎麼會在懸崖上？」

「我不告訴你，我自己想來就來想走就走。」

「可是我想知道你為什麼會在這裡。因為如果不是你，我早就是另外一番情景了。」

「你這人怎麼這麼煩啊？我為什麼會在這裡，這是我自己內心的一個秘密，如果哪一天情況合適了，我就會告訴你。」

我說那好。

「我看你現在是真的不想死了，我得走了，渾身太冷了。」

說完，他就撒腿開始跑了。

望著他奔跑的樣子，我心裡是那麼失望。

這個男人真不是一個紳士，在這樣一個晚上在懸崖上把一個女孩救了，卻沒有力量或是沒有心思去把這個可憐的女孩帶到一個溫暖的地方。

當他真的消失得無蹤無影時，我又哭了起來，覺得自己渾身上下沒有一點力氣，於是我坐在地上，任憑傾盆大雨灑在我的身上，我覺得頭暈，於是又躺了一下。

第10章 曙光

他的目光一直盯著我，我突然有些難過，我覺得要在這樣一個骯髒的地方去完成我一生中最重要的事情，難道說我確實是一個卑賤的女人嗎？

虛弱

要怎樣解釋我在新加坡的遭遇呢？我只記得在我的腦海裡面，上演著一齣話劇：在一個寬大的教堂裡，人們都已散去，落日的餘輝從西面的窗口射進來，照亮著仍然發出音樂的風琴上。

我在向一個男人道別。他說：「要走？你要去哪？」

「上那邊去。」我說。

他不無傷感地微微一笑。窗外的餘輝沒有了，教堂裡的黑暗遮住了他的眼睛。他說：「你走了，她怎麼辦？」

「誰？」我問。

「她。」

我像挨了子彈一樣渾身顫抖了一下。我似乎看到了那個女人，我不知道她是誰，她的模樣很像是芬。我說那你也帶著她走吧。

他立即把我摟在懷抱裡說：「你難道不知道那天你跟她在一起時，我喜歡的是哪一個嗎？」

我掙脫著他的懷胞，可是他卻越抱越緊，我喘不過氣來，他死死夾著我，我向他看去時，只看見他眼裡閃出的一道猙獰的光。我明白了，他是要我死　我大聲呼喊起來。

就是在這個時候我醒了。我大口地呼吸著。我感覺到身邊有醫生正幫我打針。還有一個熟悉的聲音說：「她已經昏迷了兩天兩夜了，你們能不能再想想別的辦法，藥是不是不特別理想？要不為什麼到現在她還沒有醒來？」

男人的聲音使我想起自己剛才的夢境。我有點恐懼。這個聲音又說：「你們應該想想辦法，我覺得她總是有生命危險。」

我懶懶地把眼睛睜開，看見了說話的郁敬一。我不知道我現在是處在什麼樣的環境，但是我本能地感覺牆很髒，有著一道道的污垢的印子。這是哪呢？是麥太太那裡嗎？不是，是別墅嗎？更不是。這肯定不是一個上等人的地方。

我又閉上了眼睛。

只聽見郁敬一沉重的歎息。這種歎息使我心裡面產生了一絲委屈或者說是溫暖，就像那天晚上天上突然出現了一縷陽光一樣，再加之剛才在夢境裡看見的那個類似芬的女人的臉，我的眼淚出來了。醫生說：「你看，她的眼淚，她的眼淚。」

這時候我聽見腳步聲，他走到我的跟前，我的眼淚再次流了出來。有一隻手，在輕輕地為我把眼淚抹去。於是我哭出了聲。我想起了那天晚上在海邊的一切。這時候只聽他對身邊的醫生說：「好了，她醒過來了，麻煩你先出去一下，我單獨跟她說說話。」

隨即我聽到了離去的腳步聲和關門聲。郁敬一說：「能睜開眼睛看看我嗎？」

我聽話地把眼睛睜開了，看著他。他想笑一下，但是笑容只是倏地一閃。只聽他說：「你能夠讓我向你道歉嗎？我想向你道歉。我對不起你。」

我又把眼睛閉上了。

他說：「你把眼睛睜開，你不要閉上，我要你看著我。」

當我再次把眼睛睜開的時候，郁先生拉著我的手，慢慢地朝我的臉靠近，我任他在我臉上輕輕吻著，一下，兩下，三下，他不停地吻著，直到最後，他的目光和我的目光緊緊地相對著，深深地相對著。他說：「現在說一句話我希望你永遠記住，這輩子我一定會好好保護你，我絕不會讓你再傷心，也不會讓你再受到傷害。」

當說到最後一句話時，他的聲音是顫動著的。我不知道自己哪來的勁，也不顧自己的手臂上還插上吊針，便張開雙臂緊緊地把他摟在自己的懷裡，說：「我這一生一分鐘也不離開你。」

他慌忙地要把我的手臂放好，但我緊緊摟著他。只聽他說：「好的，不離開，不離開。」

無可救藥的墜落

很快，醫生收拾起東西走了，郁敬一和他一起走了出去，他是去買吃的。然而他剛才說的話像是青草在我心裡瘋狂地生長。我想到了理想，幻想，幸福以及那幢別墅，想到了我長長的未來。我一遍遍地回想著他在說那些話時向我俯下的臉，那是一張我幾乎不認識的臉，皮膚隨著肌肉一起向下聳著，顫動著。這是一個老人的臉。

我再一次環顧著房間，知道這言裡是組合屋區，而且是過去的一個老組合屋區，幾乎沒有什麼裝修。屋內的陳設也非常簡單，房間裡除了一張床之外，還有一排衣櫃。我走過去打開，看見了我的那只紅色的箱子。看來他是打算把我安排在這裡長住了。房間的外面是客廳，那裡放著電視以及一套舊得已經看不出顏色的沙發。沙發的右側是一面窗子，我走過去，推開窗，遠方隱隱約約看到白色的海面，我推斷這兒離那個別墅並不遠。

我想，如果和一個歐洲國家的某一個男人假結婚，價錢大約是五萬歐元，何況這次我真的能跟一個英籍男人結婚呢。過去，麥太太有一個從法國巴黎來的華人是做假護照的高手，做一本某西方國家的假護照要收取美金三萬元左右，我伸了伸舌頭，要這麼多錢我肯定是沒有。但是走假結婚這條路也一樣不容易。這個男人見過我之後曾對麥太太開玩笑地說，如果她實在要假結婚，那麼我就上。這個人臉色灰土，頭髮是黃的，裡面還摻雜著些白白的頭皮屑，這不僅使我打消假結婚這個念頭，也多多少少使我對法國這個地方有了不同的想法。

麥太太又給我介紹了一個POLEACE，是印尼來的華人，不會說中文，喪妻，有三個孩子。

我發現當他來到麥太太家並且赤著腳在廚房做菜時，芬竭力忍著自己不笑出聲來。我們大家都是穿著拖鞋的，尤其是滑膩的廚房，而他卻無所顧忌。這雙赤腳使人聯想到了中國偏僻的山村。我問他每天怎麼上班，他說他每天騎摩托車。芬又在悄悄地笑，在新加坡騎摩托車猶如在馬戲團裡的猴子在雜耍。但是這個POLEACE做出來的咖喱魚頭湯真是好吃極了。我吃了很多，從而給麥太太落下一個「白吃」的話柄。飯桌上，他問我來新加坡主要在幹什麼，我說學英語。他突然尖聲笑了起來，他說：「英語還要學嗎？這樣容易的，就跟你拿起筷子吃飯一樣容易，不知道你們這些中國來的女孩為什麼這麼笨？還跑到這裡來學英語。」

我不說話了。拿起筷子吃飯是不容易的，裡面有著和英語一樣難學的規則。這規則就像一道門，你不從這個門進去，你的筷子就夾不到菜，盤子是空的。不過，當這個POLEACE笑過以後，我有點喜歡他了，雖然他赤著腳不怕油污進到廚房裡，雖然他有三個幾乎是嗷嗷待哺的孩子，但是他會做咖喱魚頭湯，並且能在適當時機發出笑聲。這點很重要，連芬也不說話了。他走了之後，麥太太說：「讓你配他，確實委屈了你，但是他能使你留在新加坡。」

想到這裡，我覺得麥太太確實是好人。有時我對她的種種不滿是不公平的。那次以後，我並沒有拒絕和這個POLEACE來往。他也曾打過電話來。深夜的鈴聲刺得我全身發顫。他說他會來接我出去玩。我問你怎麼來？他停了一會兒說，我騎摩托車去。我說不用了，我輕輕放下了電話。

那像是馬戲團裡的摩托車，使我心裡滋生出類似受到了傷害的情緒。

靜夜的溫存

郁敬一從外面買回來了各種各樣好吃的食品，還從那個酒窟裡帶回一瓶酒。我早就從箱子裡取出一本書，備好，放在沙發上。那是一本郭沫若的詩集。我問：「你還記得耶誕節晚上我朗誦的那首郭沫若的詩嗎？」

在他端起酒杯渴酒的空間，我吟誦起來：「除夕將近的空中，飛來飛去的一對鳳凰，唱著哀哀的歌聲飛去，著枝枝的香木飛來，飛來在丹穴山上……」

他突然笑開了，放下酒杯，說道：「不對，你朗誦得不對，應該是這樣——飛來飛去的一對鳳凰……」

他把聲音高八度地揚上去，我也笑開了。我說：「哪有這樣的，這樣太張揚了。」

「對於二十世紀初的作品，我比你更熟悉。五四時期的詩歌就是張揚的詩歌。」

「可是今天在唸的時候，人們更傾向於口語化，生活化，就拿前年我們中國獲得威尼斯影帝獎的葛優來說 」

「誰是葛優？」

我不說話了。

我也在心裡問：誰是葛優？

瞬間當我們的目光又一次相遇時，我突然覺得一切也許就發生在今天晚上。

由於葡萄酒的作用，他的臉紅紅的，眼睛濕潤。當我放下筷子時，他看看我說：「不要再唸了，你能去洗澡嗎？」

他的聲音幾乎聽不見。我看著他，點頭，從沙發上站了起來。他的目光一直盯著我，我突然有些難過，我覺得要在這樣一個骯髒的地方去完成我一生中最重要的事情，難道說我確實是一個卑賤的女人嗎？

浴室在臥房裡，我把脫下的衣服放在床上，裸身進了浴室。裡面是這麼地簡陋，我回身關門時，又一次想要不要插上這個門的插鞘？我猶豫了一下，沒有。但是在心裡卻湧起一股強烈的後悔的感覺，要是在那天，在那天深夜，在他的別墅裡，當他在我的門上傾聽時，我打開那個插鞘就好了。我希望和一個男人的交合是在一張舒適的床上，燈光或是月光不僅照耀著床上的身體，同時也照耀著房間裡豪華的陳設。那時我的心情不會像現在這樣淒涼。

想到這裡，我的臉又突然紅了起來。我竟然去計較我的心是不是淒涼了，那些豪華的一切會跟我有關嗎？那個別墅會是我的嗎？我赤腳踩在浴室那粗陋的地板磚上，打開水龍頭，水嘩嘩地響著。我突然感到兩腿發沉，沒一點力氣，腰背隱隱作痛，我知道我的身體還是很虛弱的。

這時，在水聲中，我本能地感覺到了腳步聲，就像在那天樓梯上的腳步聲一樣。門推開了。

我回過頭去，看到郁敬一站在門口。他穿著一件藍色的睡衣，兩眼充滿了渴望地望著我，裡面像是凝了一層淚光。我慌忙地把身子側過來，又背過去，馬上我聽到了睡衣扔在床上的聲音。

他又走進來，關上門，然後在我的身後緊緊地抱著我，他開始在我的全身撫摸，水灑在我們共同的身上，我的乳房在他的雙手中輕輕顫動。不知道是水，還是我真的也非常渴望這樣一個老人的撫摸，我感覺自己已經濕透了。可是還沒有讓我來得及多想，他已經進入了我的體內，我完全忘記了這個低檔的組合屋，這個粗陋的浴室。在新加坡的經過了充分處理的水質非常好的滋潤下，他在我後面不停地運動，我突然覺得渾身上下有些愉快，原來一個女孩子跟一個老人的做愛也是可以完成的，而且也是有幾分愉悅的，我期待著時間能夠長一些，可是這個時候他突然喊叫了起來，並且渾身顫抖著，只聽他說：「我……愛……愛……你……」

我知道他已經射了。他在我身邊喘著氣，水還淋在我們身上。傾聽著他的喘氣聲，我有了一種輕鬆的感覺，這種輕鬆感幾乎讓我笑了。我完成了一項任務，我以這樣一種方式有可能控制住這個老人。當我控制了這個老人，使我跟他有了很深的關係，那麼我就有可能留在新加坡。

水還在流著，郁敬一仍然在身後抱著我，他把臉貼在我的背上，說：「那天我到海邊到處去找你，然後就看見你仰面躺在那裡，雨水直接打著你的臉……然後我怎麼喊你你都沒有反應，我嚇壞了，我心想，從此我就會失去你嗎？還好，上帝憐憫我這個老頭子。」

他伸手關了水龍頭，從架子上拿起一個浴巾，然後包裹著自己的身體出去了。我又打開水龍頭，沐浴著，一直沐浴了半個小時，當我把水關上的時候，發現這個浴室裡已經沒有任何可以包裹我身體的東西。我猶豫著，我怕他就在門口站著看著我赤身裸體在他跟前走。於是想了想忍不住地喊起來：「請你把我的衣服扔進來，並且到客廳裡去。」

他按照我的話做了。

他離開的時候是夜裡十一點多。臨走前他從口袋裡掏出一疊錢，說：「房租我已經給你付了，這是五百坡幣，是你這幾天的生活費，我每天非常忙，但是我一有時間我就會來看你。」

我突然站起來把他抱著，緊緊地抓著，我說：「我不讓你走，你說了，你要每一分鐘要跟我在一起。」

他微笑地看著我，摸著我的臉，又摸了摸我的頭髮，充滿著像父親一樣的慈愛，他對我說：「我們的確是每一分鐘都在一起，因為我每一分鐘都想著你，除了你以外我不會想任何女人，當然，我也會惦記著我的母親。你放心，完事之後，我就回來，現在學校的情況很複雜，就跟你這樣說吧，我正在競選院長，我希望能成功，否則我可得要回英國，可是在我的晚年我不想回英國。這個職位是我從小就渴望的，我必須去做一些事情，你知道辦公室政治這個辭彙嗎？」

我搖頭。

「那麼你聽說過要和大家搞好關係，並且要在眾人中有威望？」

我點頭，我說我聽說過陰謀詭計。

「胡說八道，這可不是陰謀詭計。」

我仍然抓住他說：「可是跟大家搞好關係，跟你在這裡過夜有什麼關係，你不是明天早上才上班嗎？」

「可是我的母親在等著我。明天中午我來接你去吃飯。」

他走了之後，我走到窗前，在窗的正中央是這個組合屋的花園，在燈光下，我看到了郁敬一顯得有些步履蹣跚地樣子，我心裡想：他真是一個老人。

第11章 織夢人生

再一次走在新加坡潔淨的地面上，眼望著一座座高高的大廈，心中升起一股準新加坡人的感覺。是的，以後，我也可以和街邊的人潮混合在一起了，我再也不是一個眼巴巴望著他們的外地人。

雷四

第二天一早，我獨自一個人坐著巴士車來到烏節路，為自己買幾件漂亮的睡衣。柔軟的綢緞映照我的臉，彷彿映照了未來的一個又一個的溫柔的夜景以及他的顫動的鑽入我心底的目光。再一次走在新加坡潔淨的地面上，眼望著一座座高高的大廈，心中升起一股準新加坡人的感覺。是的，以後，我也可以和街邊的人潮混合在一起了，我再也不是一個眼巴巴望著他們的外地人。路過一個百貨店時我又買了幾套蹭亮的食具和掛在牆上的飾物，還買了一個只能發出藍色光焰的燈泡，我要讓我的房間像月光一樣藍，像海水一樣藍，像新加坡的天空一樣藍。

我沒有多留便匆匆回到房間，把房間按我的意思改變了模樣。

他說中午他會過來，可是直到晚間，也沒有看見他的影子。我想給他打電話，可是也許他在開會呢？

餓了一天的我只好自己一個人來到外面。天沒有完全黑，路燈就亮起來了。可是剛下了樓天空就飄起了細雨。我只好返身，打開櫃門從那個皮箱裡要翻出一把傘來。翻著翻著，突然想起自己那把傘早就被芬借走。我又怏怏地下樓，幸好雨不大。我深深地呼吸著帶著雨絲的空氣，但是走了幾步之後，雨卻下大了。一個男人打著傘，匆匆從我身邊走過，然後又回過頭來，笑了，說：「還活著呢。」

藉著燈光我又看見了一張白晰的面孔，額前的頭髮飛揚著。哦，是那個晚上救我的那個北京崇文門人。我又仔細地看了他一眼，這人確實年紀不大，好像比我還小。

他又說：「你看，你活著，我也活著，也活得好好的。」

我問：「我能不能在你的傘底下躲一躲，我要去前面那個巴剎吃晚飯。」

「可以，我也要去，但是你進我的傘，我得要收錢。」

我笑了，走到他的傘下，問：「多少？」

「要求不高，去吃碗麵。一碗麵錢。」

我說當然好。便一塊朝前走著。

走著走著，他又莫名其妙地笑了起來。

「你說你到了新加坡，沒有碰上別的男人，還恰恰碰上像我這樣的男人，沒有從我身上搞到錢，相反還給男人去貼錢。」

我心想，你還算男人？你倒把自己抬高了。望著他光滑的面孔，我說：「你怎麼知道我沒有碰上別的男人？」

「看你這樣孤零零的，就知道你沒有本事，要是有本事，怎麼會大半夜的往海裡跳？」

我突然離開了他的傘，一頭栽在雨裡面。他從後面追上來又把我罩在傘裡。

「我跟你說啊，有好幾個中國女孩，人家捧的都是新加坡的有錢有勢的老頭，我們班就有一女同學，人家上課是坐著賓士S500去的，司機給她開著，碰見我們時，她還故意把玻璃窗戶打開，看著她那個樣子，真想操她一頓。」

「看你這麼小，你怎麼那麼下流？」

「我下流還是你下流？不是你們女人下流嗎？」

我低聲罵了他一句，又一次離開了他。

走到雨中，我想，我怎麼就遇見這麼個人呢？他卻從後面追上來說：「你想啊，你坐在那個車裡面，就坐在車裡面，碰見同學，大家都是從中國來的，還他媽把窗戶打開，他媽的她算什麼東西啊？」

我站住，問：「你不是在罵我？」

「你還真是有這個本事啊，我看你不像。」

他又仔細地盯著我的臉看了一會兒，然後說：「你長得一般化，你沒有我同學漂亮。」

我剛又要走開，他又說道：「不過你長得比她清純一些，顯得很單純。我那個同學的眼睛可是深哪，難怪她有本事。不過，女人啊，天生就是妓女。她就是不當妓女，她也得當。」

我大步向前跑出去，也不在意別人會聽到，回過頭大聲對他說：「你才是妓女呢。」

他又跑過來了，這一次我決定再也不理他。只聽他說：「看你又生氣了，好，讓我現在說，全世界的女人都是妓女，只有兩個人不是妓女，一個是你，一個是我媽，哦，還有一個我妹，就你們三個人不是妓女，其他全是妓女。」

巴剎到了，裡面擠滿了人，我獨自一人看著，他又喊起來說：「你可別忘了，你剛才答應我的，你請我吃飯。」

無奈，我只得問他要吃什麼麵，他說那當然要吃最貴的麵了。

「魚丸麵？」

「不對，是蝦麵。而且那也不叫魚丸麵，叫魚蛋麵……」

知道他又要講粗話，我說你自己買好了。

我找了個位置坐下來，他也幫我叫了一碗。兩個人都三下兩下吃完了。然而他又舔著臉問：

「我能再要一碗嗎？」

我說：「我今天是被強盜搶了。」

「沒錯，能再來一碗嗎？」

得到我的允許，他又叫了一碗。很快他又吃完了，抹完嘴他說：「今天算是運氣，前天晚上學雷鋒做好事救了一個人，沒想到今天就有了回報。看起來，他們沒說錯，第一，天下還是好人多。第二，雷鋒精神無處不在，無論中國軍校還是在新加坡。第三，善有善報，惡有惡報。第四，種瓜得瓜，種豆得豆。第五，一個人做一件好事並不難，難的是一輩子不做壞事。」

我問他說：「你平常說話都是這樣嗎？跟我在一起能不能正經一點，嚴肅一點？」

「當然可以。你說你是不是想跟我說說你的心裡話？那天晚上究竟發生了什麼事？你為什麼會跳海？」

「我為什麼要告訴你？」

「嗨，今天咱們見了面了，而且是在新加坡，明天我們還不知道誰是誰呢，到現在我還不知道你叫什麼名字，你也不知道我叫什麼名字。今天你請我吃麵，明天要真讓我請你吃碗麵，我說不定還沒有那個錢呢。說吧，為什麼？」

「那麼你叫什麼名字？」

「雷四。你呢？」

我沒有回答，沉默著，心想我不能在這裡坐得太久，萬一郁敬一回來了進不了門怎麼辦？我掃視著遠方的樓群，突然覺得郁敬一正在門口徘徊。於是我站起來，朝雨中走去。

雷四迅速追了出來，抓著我的肩膀，我甩開了他。我說我叫海倫。

說著我仍然向前衝。

「誰問你的名字了，你叫什麼關我什麼事。你還沒有結帳呢，人家都罵了，說是中國人就不是個東西，趕快回去。」

我不好意思地說了句對不起，便回頭把帳結了。雷四把傘往我手裡一塞，獨自跑遠。

懺悔

一直到午夜三點鐘，我依然穿著新買的睡衣，趴在窗口盯著這個組合屋區的花園。他能出現嗎？他會出現嗎？難道說從此他就不再來了？我忽然想到，他為什麼還要來呢？想到這裡，我的眼淚「刷」地下來了。

花園那幾盞高瘦的燈，放射出帶著光滑的疲憊的光澤，偶有一些飛蟲緩緩地浮動著，呈螺旋狀，那慵懶的姿態，似乎在這個深夜也感受著莫大的浪費、屈辱和徒勞。我只好回到床邊，看到櫃門邊放著由於剛才找傘而顯得零亂不堪的箱子，心想，是誰給了它希望讓它停留在這裡？芬曾經說過，從我們拎著箱子的那一刻起，已經不再存在什麼真正的生活了，她說這話的口氣是那麼冷漠，彷彿早就把新加坡看到了底。那是在我連續問她「在新加坡能否生活下去」時她回答的一句話。那時她還遠遠沒有拿上就業許可證。

我躺在床上，幾道來自花園的微光從窗簾處照過來橫亙在牆上。慢慢地我睡著了，直到第二天中午的十二點，醒來，望著空空的牆壁，我突然又哭了起來。

在去巴剎的路上，我又一次遇見了那個叫雷四的人。他瞄著我的臉看了半天，問：「今天怎麼烏雲密布啊，想跳海嗎？我可以陪你一起去。」

我板著面孔說：「像你這種人在跳海之前一定得先去教堂，聽到管風琴的響聲，看見那種耶穌受難的形象，你應該先懺悔……」

「懺悔？你讓我懺悔？你是不是想讓我不斷想起來從小學到大學所犯的錯誤？」

我想了想說：「大概就是這個意思。」

沒想到他卻罵了起來。我不知道在他潔白光滑的面孔下面究竟藏著怎樣的一顆心。他說：「我懂，這就叫懺悔，操他媽，我懺悔，你憑什麼不懺悔，我們這幫男人在新加坡要什麼沒什麼，長那個東西也沒用，哪像你們還長那個有用的東西，我那個女同學坐著賓士，我們男同學就得淋著雨餓著肚子，是不是？當然我前面說過了，世上的女人都不是好東西，只有三個人，你，我媽，我妹，可是跟我提教堂幹麼？我就煩你們這些女人還有什麼文明，就好像你們的內心還真懂什麼懺悔，就好像是你們真的懂得反省自己？能反省嗎？今天你進了教堂？明天掉了隊了，你還不得去求男人幫忙？」

「你為什麼光提男人，我也可以去找女人幫忙。」我回敬道。

「女人？女人會給女人幫忙？」他挨近了我幾步，換了一副笑臉，說：「就連我媽和我妹在一起的時候都可以發現他們的敵對，那可不是開玩笑的，我只告訴你一個人，可別給我外傳。我妹有一次悄悄對我說：她想用鞭子抽我媽，這叫什麼關係啊？這就是女人和女人。我跟你說了，這是我家最真實的秘密，可不能告訴別人，家醜不可外揚。」

「那你為什麼告訴我？」

「我只是說說而已，說不定什麼時候我們都跳海了，誰也不知道。」

說這話時我居然在他臉上找到了一絲眷戀的痕跡，聲音也突然變得溫柔和低沉起來。這使我無限吃驚。我問：「那你現在每天幹麼？除了上課？」

「幹麻，混嘛，鬱悶，痛苦，還有……」

這時他把嘴悄悄地湊到我的跟前說：「性壓抑，性饑渴。」

我一聽笑了。我說你可以想辦法解決，沒必要告訴別人。他卻用一火辣辣的眼神盯住我，說：「怎麼解決啊？新加坡女人看不起我，不讓我操，中國來的女人更看不起我，更不讓我操。」

我聽完他這句話，一個人往前大跑。我心裡確定這肯定是一個流氓。只聽他在喊：「別跑啊，你還沒有告訴我為什麼你那天要跳海呢。」

第12章 生命的悲喜

他終於回過身來，目光對著我，繼續說道：「儘管現在我是個單身，我為了這樣一個職位，必須特別注重我自己的名譽。我裝修這套房子不是為了別人，是為了你和我，我們將共同在這個房子裡，這個房子的今後的歷史將是你的喜劇，絕不是你的悲劇。」

機會

在海邊的懸崖上，我和郁敬一並肩走著。海水的啪打聲時而激烈時而緩慢。只聽他說：「我是一個富有責任感的人，我承受的東西很多，不怕你笑話，我有的時候甚至於想：我肩上的負擔之所以重的原因，是因為整個新加坡的音樂事業都在我的肩上，我說這番話你會笑嗎？」

他說著看看我，我沒有笑，認真地聽著，他又說道：「不光是新加坡的音樂，我的老母親，我的整個家族，我的所有的事情都在我的身上，你也看到我的那個混帳兒子了，所以我不可能天天都來看你。我知道你著急，我也一時半會兒沒有辦法跟你聯絡，我甚至於都沒有給你打一個電話，但是你要相信我之所以願意和你在一起，那就是你出現在我的生命中太重要了，所以你不能再生我的氣。」

聽到他這樣的話，我心裡釋懷多了。

我說：「我這樣的人怎麼可能有權利生氣呢？我只是有些擔心，我怕你出了什麼問題。」

他伸出胳膊把我摟在他身邊，一起沿著海邊朝前面走，不知不覺間，我們上了懸崖。在懸崖上，我們找了塊地方坐下來。他說：「現在連我們之間都有歷史可以回顧了，我第一次帶你上懸崖，我第二次帶你上懸崖，以後我還將帶你上懸崖。」

我聽了笑了，說：「其實這幾天我特別難過，我自己躲在屋子裡不想出門，我不想出門不是因為別的，我是想懲罰我自己，你看，一個對我那麼好的男人，一個我那麼敬重的人，他怎麼有的時候就忽略了我？不過，現在我覺得我所有的擔心都錯了。」

「你看你看你又重複了，我剛才談的是歷史。」

我笑了，說：「我也在談歷史。」

「的確，歷史那麼沉重，他給我們身上壓了很多很多包袱，人就因為有了歷史，所以他對很多很多事情負責。否則人類也不會發展到今天。連愛的歷史也不會像現在的方式去寫。」

我說你又在說歷史。

他又一次笑了，說：「那我轉變一個話題，我有一個好消息告訴你，我想裝修那個房子。」

「哪幢房子？」

「還有哪幢房子？就是那幢從這裡可以看見的別墅，我們曾喝過酒的地方，有著酒窟，有著樓梯的地方，就是我們倆個人的心彼此可以挨得很近的地方。」

我的心咚咚咚地跳了起來。我想他是在為我裝修這個房子嗎還是因為別的？他為什麼突然想裝修房子？我的居住證的問題還沒有解決呢。他是想以這樣的方式能夠使我在新加坡插得更深呢？可是我覺得裝修房子使我離新加坡走得更遠。我不知道為什麼會有這樣的想法。

於是我希望能看到他的眼睛，我想目光與目光對峙的剎那，也許能明白什麼。我盯著他，可是他的眼睛看著前方，看著前方的平靜的海面。他的眼神是那麼明亮那麼爽朗似乎像是年青人的，在一片浪濤聲中，他說：「我不太想回英國，最近我在新加坡發現了機會，我的確是有機會。」

「機會對你已經夠多的了，你的一生都有機會，只是在我的一生中從來沒有什麼機會。」

「先不要說你，我們還是先說我，我們一個一個地解決問題，的確，我面臨著一次機會，我不想離開新加坡，我打算在新加坡長住了，除了因為你之外，有一個職位，那是我從小就渴望的，我似乎對你說過，當然我沒有說清楚，就是新加坡樂洋學院的院長。你大概不可能知道這個職位對我而言，有多麼重要，我當年在音樂廳裡聽音樂會的時候，我看著臺上坐著一個人在彈鋼琴，他不是我的老師，他是另外一個人，他就是那個職位的擁有者，他在臺上演奏，不知道你懂不懂，藝術有時候跟權力也要結婚，或者說一個人的情感要沒有政治沒有權力做為依託的話，那麼這個情感是飄的，是沒有支援的，或者說金錢它也要政治做為依託，否則金錢它沒有說話的地方。你聽懂嗎？」

我說我還是頭一次聽你跟我這樣認真地看問題。

「那次在音樂廳裡我看著臺上的人在演奏，我覺得我已經比他演奏得好了。那天，他好像演奏的是瑪哈拉尼諾夫的第三鋼琴協奏曲。鋼琴協奏曲對於一個人要求的多方面的素質是沒有彈過鋼琴的人無法想像的，他甚至於對於一個彈鋼琴的人的身體狀況，他的激情，他的力度的要求都是我沒有辦法向你表述的，然而我在想，臺上的這個英國老人他為什麼會有活力，他為什麼已經六十多歲了，比我一個年輕人演奏這樣一部作品的時候還能夠富有激情？

後來我想，那是因為他獲得了那個職位，在這個職位以及他的音樂身邊全部都是鮮花，是新加坡的鮮花。這個職位是我的理想，我希望有一天有這樣一場音樂會，而這場音樂會是跟這個職位連在一起的，所以千萬不要生氣，不要在這個問題上讓我跟你解釋得太多，我所想的事情是得到我年輕時候所夢寐以求的東西，那麼我就必須小心。」

說到這裡，他終於回過身來，目光對著我，繼續說道：「儘管現在我是個單身，我為了這樣一個職位，必須特別注重我自己的名譽。我裝修這套房子不是為了別人，是為了你和我，我們將共同在這個房子裡，這個房子的今後的歷史將是你的喜劇，絕不是你的悲劇。」

我突然一下子撲進他的懷裡，但是隨即又離開了，我為我這樣一種衝動而感覺到一種羞怯，但是我又忍不住還是緊緊地拉住了他的手。也許正是我的這個舉動使得郁敬一得到了激情與鼓勵，他說：「你今後就是這個房子的女主人。這個房子我將讓它成為新加坡最著名的別墅。你知道上海有幢別墅叫沙遜別墅嗎？你知道泰國有MA別墅嗎？這兩幢別墅給我留下了很深的印象，我希望這幢別墅，確切地說我們的別墅，搞成像這樣的別墅。我這個人做事認真，裝修別墅可能要花很長很長時間，我會把它做得很好的。」

這時我不禁也說道：「我這個人有時候也會非常仔細，我會很仔細地要求他們按著你所想像的方式去把它做得更加精細。

「你現在首先需要做的事情是，不能讓任何人知道你我之間的關係。」

我一下楞住了，但是嘴上仍說那我也能夠幫你去做很多事情。

「因為對於我而言失去了名譽，就失去了一切，現在以你的身分不能夠來和我公開露面，好比說我們倆個只屬於月亮，只屬於夜晚，只屬於這塊礁石。現在是我的關鍵時候，對立面特別地多，一不小心就會上了人家的圈套，你知道嗎？」

我點點頭。

「如果我沒有記錯的話，你還有七天，你的延留期就要到了。因此我還要幫你想辦法去做這些事情。我還要幫你找理由。」

我問：「你能想到什麼辦法，我們已經訴訟過了。」

他看了看大海，又側過頭想了想說：「你不用擔心，我還有辦法，讓你再留個十四天，然後再做一個學生簽證。」

我緊追不捨的問：「究竟還能有什麼辦法？」

「我將通過一個朋友再次起訴，而且這個朋友和新加坡著名的某某某有著很深的關係，他曾經做過他的保鏢。」

我渾身緊張滿目狐疑地目光看著他，問：「是真的嗎？他真的肯幫這個忙嗎？如果這次還仍然僅僅是十四天呢？」

「我對你不止一次地說過，我是個負責任的人。」

這時候他的眼神裡面出現了幾絲不耐煩的光，這個使我的內心覺得有點恐懼。於是我低下頭繼續傾聽他的話。

「我已經跟你說過多次了，我是一個負責任的人，你不要問，你所要做的事情是配合我，在屋子裡面好好待著，你只要好好地在那待著，就沒有太大的問題，我會幫你想辦法，我們有了十四天，我們也會有一百四十天，我們也會有一千四百天、一萬四千天。」

不知道為什麼，他越說這樣的話越使我對未來充滿了擔憂。有哪一個女人面對這個世界面對一個男人，她能夠踏踏實實地感覺到他們會有跟她共同擁有未來的一萬五千天呢？只聽他又說道：「該解釋的我已經解釋了，我們去吃飯，吃完飯，我還要幫你去辦你所擔心的那些事情，我還有很多事情。」

我攔住他說：「那我們就不要吃飯了，浪費你的時間，你該辦什麼事情你就盡可能去辦吧，我自己一個人等著，沒有任何問題，你不要擔心。」

「我還是先把你送回去。」

「不用了，我自己回去，我知道該怎麼走。」

「不行，我還是先把你送回去。」

於是我們朝回走。到了樓下，卻碰見了雷四。我一陣驚慌，臉紅了，不知道雷四會不會做什麼惡作劇。然而在我猶豫間，只見雷四把頭一擰，仰著脖子從我們身邊走過，彷彿跟我從不認識一樣。

千千結

郁敬一一直跟著我回到房間。他沒有走，卻開始脫我的衣服。我一下握住他的手說：「早上你來的時候，不是有過一次了嗎？」

「難道不可以第二次了？」

「我怕你的身體受不了，過兩天吧。」

「只一會兒，我就得走了，我不走的話會耽誤那個很重要的會議。」

我換上一件繫扣的大紅色睡衣，和早上他來時穿的白色的那件不一樣。我扣好的扣子，又被他一一解開。在午後陽光的照射下，他看著我那飽滿得幾乎是透明的乳房，眼睛濕潤了，他激動地吻著它們。

我不禁說道：「那你千萬不要忘了去找你的朋友辦簽證，我的確快到期了，到期了我就不能再住在這裡了。」

「我知道，我知道。」他呢喃道。

完了之後，他卻沒有立即走，竟然趴在床上睡著了。我對著天花板看了一會兒，感到肚子特別地餓，我想他也應該很餓了。於是穿好衣服下了樓，跨過馬路去一家商店買吃的。我買了速食麵，買了幾個罐頭，還買了一瓶啤酒等等，正在我要付帳時，突然，有一個男人在後面說話了。「買這麼多東西，自己一個人吃啊，吃得了嗎？要不然，我和你一塊吃去。」

我回頭一看，驚訝得幾乎講不出話。足足有一分鐘，我才說：「章先生，你怎麼在這？」

「你怎麼在這，你不是回中國了嗎？非法居留可不是鬧著玩的，人人都知道新加坡是個法制社會，你即使不用抽鞭子，但也得要坐監牢。」

「你說我非法居留？你認為我會這樣輕率？」

站在一旁的老闆娘這時答腔道：「這樣多不好，還要在報紙上曝光，前些日子 也有一個從中國來的，到期了不回去，然後不僅挨了鞭子還罰了款。」

我拎起食品憤然走出了商店。章先生跟出來說：「當然這些也是無所謂的，無非是一些微不足道的名譽觀念在作怪而已。」

「我沒有非法居留，我有一個朋友幫忙，起訴了，所以留下了。」

「就住在這？」

「跟你有什麼關係？我只是來看一個朋友。」

「真的？那你的朋友住在哪啊？」

他竟然不相信地望著我。我也望著他，目光中卻有著無窮的憤恨。一會兒，他說：「那天的事你還記得嗎？」

「哪天的事？我什麼都不記得。」

「其實那天我從公園回到家裡又打了我太太，你難以想像我對她是多麼地仇恨，我突然感覺到我對不起你，雖然你是個中國女孩，但也不是個妓女，你也是人啊，怎麼就拿中國人不當人呢，新加坡人是人，中國人就不是人了嗎？所以我狠狠打了她。為什麼這幾年我一直是工人黨，反對行動黨，你明白了吧，他們不重視華文教育，也就是說看不起中國人。那天晚上你猜我太太怎麼說？」

我仍然沒有說話，只是看著他。

「她說：『我希望這些中國女孩都死光』，我就是因為這句話才打她的臉的。我從跟她認識結婚直到今天為止都沒有打過她的臉，我最多只是在她的膀子上推了她幾把而已。你相信嗎？我打了她的臉。」

他說到這時，眼淚竟然盈在眼眶裡。這使我產生一種莫名其妙的感覺，他要幹什麼？我獨自向前走去，他卻緊跟不捨。

他問：「要不，我跟著你一塊去坐一坐？要不我請你一塊吃飯。」

我偷偷地描著四周，生怕郁敬一從樓上下來。我不知道如何脫身才好。如果郁敬一知道我還和別人有來往，那麼我的一切就完了。想到這我立即裝出笑容對他說：「今天就算了吧，我們能不能改天再約？」

「也好，不過不要緊，如果說你要沒有別的事情的話，今天我請你吃飯。吃完飯，我們可以到海邊去或者是公園坐一坐。」

提到公園我對他充滿了厭惡。於是大步向前走，他卻依然跟著。這時，我看到了下了樓的郁敬一，瞬間我漲紅了臉。只見他看了我們一眼，隨即當作沒看見一樣，把頭側向另一方。我也像不認識他一樣，在原地站住。沒想到的是，章先生卻盯著郁敬一的背影，似乎在自言自語地說：「他怎麼會在這兒呢？」

郁敬一越走越遠，章先生看著他又看看我。這時候雷四卻在我們的後面說話了。

「你是誰啊，你帶她去哪轉啊？」

章先生問我說：「他是誰？」

沒等我回答，雷四說：「我已經聽見他跟你說的話了。他是不是纏著你？」

我看著章先生又看著雷四，便對章先生說：「他就是我的朋友。」

「我早就聽她提過有你這個朋友，沒想到能在這見面。」說著章先生把手伸了出去，雷四卻沒有伸手，只是說：「你先把手洗乾淨再跟我握手。」

章先生說：「你也是中國人？」

「我是月球上的人，你知道嗎？我也是華盛頓人，告訴你，別纏著她，現在就讓你滾。」

章先生臉一陣紅一陣白，慢慢地又寒暄了幾句就走了。

雷四哈哈大笑說：「我從來沒有罵過新加坡人，我不敢罵他們，是因為他們比我們的種族高貴，他們善良，他們勤勞，他們有文化，可是今天我怎麼有那麼大的膽？這天大的膽是誰給我的，是你啊。所以說因為我大著膽子罵了一次新加坡人，我建議你把那罐頭給我吃。」

我一聽笑了，從食品袋裡取出那個罐頭。臨走前他又說：「你那個朋友為什麼那麼害怕被別人發現啊，我看到他從樓上下來一看見你，臉都變白了　我裝著不認識你，是想讓你活得更好些，他裝作不認識你又是幹麼呢？怪不得你要跳海呢。換作是我，我也得跳。」

新生命

奇怪的是，第二天早晨，我下了電梯剛到了單元門口，章先生在我昨天買東西的食品店裡站著。我趕快躲了回來，默默地觀察著他，只見他從商店出來又朝我這個單元走來。我趕快退到了路邊，然後躲在一個人家的門前，恰恰在這時候，那家把門打開了，然後說：「喂，你怎麼站在這裡，你有什麼事嗎？」

我很難堪地說：「沒有，沒有。」

「我現在要出去，你也不要在這裡待著。」

我只好走了出去，幸好章先生沒有到這個單元門口來。我趕快按了電梯，回到房間以後，從窗口看著章先生還在花園裡轉著。

七天很快過去了，果真他再一次起訴成功，又有了另外的十四天。他說如果這個十四天內他還辦不成學生簽證，如果不行，先到北京去等幾天。

「我怎麼能回北京去？你不是說能夠辦下來的嗎？」

「當然能辦下來，只是要等幾天。你放心好了，就在新加坡待著吧。」

「我得挨鞭子。」

「女人不會挨鞭子，只有男人才會挨鞭子。而且只要有我在，你就不會受到任何傷害。」

「那你明天就裝修吧，我總得幫你幹點事情。」

他卻生氣了，說：「什麼時候裝修是由我決定不是由你。」

我把他的話學給雷四聽。雷四說這個人肯定是騙你了。肯定是騙了你。我說你憑什麼說他的壞話。他說你是個傻逼，那幢別墅肯定不屬於你，它屬於誰，我不知道，反正它不屬於你。於是我踢了他一腳。

但是雷四的話像一口深井使我陷於其中，我爬不出去。可是我又一遍遍地回想郁敬一曾說過的「在新加坡只要有我在，你就不會受到任何傷害」，這句話就像是井口的那一點亮光，使我看到了生活的一點出路。但是每次在巴剎和雷四坐在一起時，望著燈光閃爍的夜空，那空中無數漂浮的光粒子使我眼睛酸疼，我呆呆地坐著，雷四卻直笑。

你看啊，我班的那個女同學，人家男朋友讓她住的都是高級的公寓，人家不怕跟她一起拋頭露面，人家還整天幫她買這個買那個，而你的這個人卻總是趁天黑過來，天黑走，給你住的吃的，低級得都跟我差不多了。」

「那你說一個懂得替男人著想的女人算不算好女人？」

「你先不要做好女人，你現在還沒有這個資格，你先得要做神秘的有魅力的女人。」

我笑了起來。

「神秘？我應該怎麼神秘法？」

「即使做不到神秘，你也應該讓他為你大把地花錢……」

「我不是在找情人，我是在找丈夫，我要在新加坡生活下去。」

「可他一定是在騙你。」

我惡狠狠地盯著雷四。

我決定不理雷四。再看見雷四時，我就像不認識一樣。我一個人坐在桌旁，自已謹慎地要點小菜。沒有了饒舌的雷四的陪伴，我的心情更加不安和孤獨。有時在人縫中偶爾也看到他以流浪者的姿態吞食著碗裡的那些食物，燈光下他的潔白的閃亮的額頭尤如菜場上的某一種果類。他也在迴避我，每當感覺到要碰上我的視線時，便起身匆匆離去。可是說到底，他為什麼認為郁敬一在騙我？

有一天，我發現我坐在巴剎裡什麼菜也不想點了，我什麼也吃不下。第二天仍然是這樣。晚上，實在忍不住便找到了雷四的房間，我早已知道他住在哪一間了。裡面全都是從中國來的男學生，雷四住的是最小的一間房。

他打開門，驚愕地看著我，我關上門對他說我懷孕了。

他一點也不吃驚，只是問是誰的。這些天來我已經受到了一點他的薰陶，於是回答說：「是你的。」

他「噗」地笑了，說：「我們還沒有睡覺呢，能是我的嗎？」

我怒目切齒，問：「誰說我們倆沒有睡覺？」

「睡了嗎？」

「你跟我睡了覺你都忘了啊。」

「那是在哪啊？是在誰的床上？是在你的床上？還是我的床上啊？」

我抬起手臂要抽他的耳光，他把我的手抓住，說：「你的外國電影是不是看得太多了，以為女人就可以隨便抽男人的耳光？」

我說就是看多了，我就是想抽。

這時候他把手放開，說：「抽吧，海倫。這些天沒沾什麼腥，挨一個女人的巴掌也得。」

我「啪」的一下，準確無誤地抽在他臉上，然後大聲問：「你仔細想想是在誰的床上？」

他一邊摸著發紅的臉一邊開始胡扯起來：「哦，我想起來了，那天晚上我們好像在一個風雨交加的晚上，下午一起去的教堂，晚上看了電影回來，這個電影好像是美國早期的電影，到處戰火連綿，一邊看電影，我一邊把手伸過去從你的裙子摸過去，因為你對我說過你突然希望一個外國人、一個外國老人，歐洲的或者是美國的外國老男人，輕輕地摸你的那個地方，然後我就開始模仿，你當時告訴我說你那裡開始濕了。」

說到這兒，我又一個耳光打過去。

「讓你說正兒八經的事究竟是在誰的床上，你非要說……」

「你聽我說完嘛。」他責怪道，於是朝後退了兩步，說：「這距離你的胳膊搆不上我了。當時我就慢慢地摸你的陰唇，你當時特別愉快，然後你就對我說：這個世界上可以沒有女人，但不可以沒有男人。」

我衝上去，問：「我什麼時候說過這樣的話，這個世上可以沒有男人，但不可以沒有女人。」

雷四說：「接著閃電加雷鳴，然後你說我濕了，你必須解決問題。然後電影還沒有結束我們就離開了電影院，我跟著你到了你的房間，接著……」

我忍不住笑了，說：「總算你說準了，那我就不打你了。」

雷四馬上回應說：「太好了，那今天晚上我們再去吃一碗小麵。還是你付帳。」

「但是你還沒有回答另外一個問題，為什麼你讓我懷孕了？」

「那不就是因為那個可悲的晚上嗎？」

我糾正他說：「你應該說是一個陽光燦爛的晚上你讓我懷孕了。」

「陽光燦爛，風和日暖，天空非常地藍。」

說著雷四唱了起來：「小鳥在前方帶路，春天走向我們……我們像小鳥一樣，走到花園裡來到草地上……」

我坐在他的已經骯髒了的床單上，眼淚一下流了出來。我說我真的是懷孕了。

他過來摸我的肚子，我一腳把他踢開，站起來說：「沒經過我的允許，誰讓你摸我的肚子的，你摸又有什麼用，那裡面又不是你的孩子。」

「幸好不是我的孩子。但不管是誰的孩子，我們都得要想辦法，你打算怎麼辦？」

「我想告訴郁敬一，但是又怕增加他的壓力。」

「他現在還經常來嗎？」

我點點頭。

「對，男人最怕女人懷孕，你要說懷孕，你更見不著他了。」

「真的？你們男人就是這樣的？」

雷四以為我又要打他，慌忙往後退了幾步。我說：「也許他跟像你們這樣的中國男人不一樣呢，他受的是英國教育，他懂得尊重女人。」

「你真的要跟他說？」

「不跟他說，跟誰說？跟你說？跟你說了這半天了，有什麼用了？我要不跟他說，他還以為我活得很愉快呢。現在有了這個孩子，我也不怕他不幫我搞簽證了。」

「你想用這個孩子要脅他？不過，一般男人還是在乎自己的孩子的。不用你要脅。」

我衝上去搥了他一拳，問：「誰說我去要脅他？你以為他跟你們這些從中國來的男人一樣啊？玩完了就不管了？」

第13章 如履深淵

我小心謹慎地坐著，如同置身於幻想片中。我不知道是應該歡笑還是應該傷感，我不知道哪一種表情更合適告訴他我懷孕的事。

失落

深夜，在海邊的一個西餐廳裡，有人在彈鋼琴，聲音像是燃燒的煙霧四處彌漫。

我小心謹慎地坐著，如同置身於一部幻想片中。我不知道我是應該歡笑還是應該傷感，我不知道哪一種表情更合適告訴他我懷孕的事。有一刻，我只是低著頭，桌上是我的淡淡的投影。

他詢問我想吃什麼，我搖搖頭，我什麼也吃不下，我已經好幾天不吃東西了。

服務小姐又送來一個燭臺，裡面閃爍著幾支蠟燭。搖動的火苗映照著他的微微笑著的臉。我問他為什麼笑。他說剛才他在維多利亞音樂廳聽了一場音樂會，還是拉赫瑪尼諾夫的作品，我覺得裡面確實有一種精神，不過，讓我感到興奮的是中國交響樂團也還真是有了進步……

我說：「我倒是不關心中國交響樂團是不是在進步，我現在就想聽你給我彈一首曲子。」

「你說讓我在這樣的一個場合？」

我臉紅了，只聽他又說：「不過終有一天，我已經跟你說過了，我也會在維多利亞音樂廳裡舉行我的個人鋼琴演奏會，那天應該是我勝任藝術學院院長的那一天。」

「那一天我會上臺給你獻花，你喜歡玫瑰花還是百合花？」

不知道為什麼他微微一怔，他沒有回答我的問題，而是淡淡地看著我，從他的表情中我不知道他究竟在想什麼。

我看著他，期待著他的回答。

他卻說：「我最近常緊張，很累，有時心很煩。我的敵對面，不，只能說是對立面吧，他們還不能說是敵人，可是他們跟我競爭得很厲害。他們在專業上，資歷上都沒有辦法跟我比。可是，他們比我年輕一些，還有，這甚至是兩個黨的對立和競爭，你懂政治嗎？」

我搖頭，想了想，又說：「不過，我聽說政治鬥爭是最骯髒的。」

他看看我，說：「也不能這麼說，不過政治鬥爭有時非常殘酷，也是你死我活的。知道嗎？他們有時跟蹤我，想發現點什麼。但是我想，拿你們中國的話來說，是身正不怕影子斜。」

我說：「那你也應該小心些。他們不會殺你吧？」

他笑了，說：「新加坡是個文明的地方，君子動口，不動手。」

「那你怕什麼呢？」

「公眾人物，尤其是他們要從政，成為某一個方面的代表人物時，都必須小心做人，一旦被抓住什麼把柄，或者有了什麼醜聞，就完了。」

我緊張得說：「噢——」

他說：「知道什麼是完了嗎？」

我看著他。

「完了，就是說，怎麼說呢，就是說你無論在事業上，還是在生活裡，都完了，你沒有事業，沒有朋友……」

我說：「那麥太太呢？」

他說：「她們都是一樣的。正常時，大家是朋友，能說些話，私下的毛病，也不要緊。比如說，我說你是我朋友，我讓你住在她家，並讓她保密，她可以幫忙，當然，她不讓你住，是另外的原因。可是，如果，我們的事情成了新加坡的醜聞，而且我想當這個院長，他對我今後的生存，不，是生命至關重要，可是，我有了醜聞，我被那些現在的對手打翻在地，那麥太太們都會離我而遠去的，他們甚至不願意聽你我解釋，就好像是你變成了另外一個人。」

「真可怕。」我說。

「到那時，我雖然活著，可是就跟死人一樣。想找個人說話，別人都不會理你，他們也許會很客氣，可是你怕看見他們的眼神。」

我說：「那為什麼非要當這個院長呢，不去搞政治，就是一個普通人，一個普通的藝術家，我們在一起過小日子，那不是也很好嗎？」

他笑了，說：「你真簡單，或者說是單純，人怎麼可能不想朝上再走一步呢？說起來你會笑話的，我晚上做夢夢見的不是別的，全是我開音樂會那天的情景，我當了院長，我手捧著鮮花，站在臺上，上千人在台下為我喝采……」

我說：「在你的夢裡有我嗎？」

他楞了一下，說：「那只是夢。」

我有點失落。

他說：「可是，現實裡，我卻面臨著很多對手，現在你應該懂得什麼是對手，我為什麼緊張了吧？」

我楞著，說：「那你的壓力一定很大了？我擔心你受不了。你真是不應該承受這些了，如果我能替你分擔一些就好了。」

他說：「你真是善解人意。」

我看著他，不知道自己應該說什麼了。

他說：「那些人，他們天天盯著我，在找我的問題或者說是毛病，我不能讓他們知道我們的關係。」

「可是……」，我因為著急而結結巴巴起來，我說，「我們是戀愛呀，儘管我是一個中國女孩子，可是，也有戀愛的權力呀。」

他沉吟著，有些語塞，說：「你說得都對，可是，別人會無中生有的。你們中國有句老話，人言可畏，對嗎？」

「可是，戀愛沒有錯呀，你沒有違返法律，甚至於沒有違反道德。」

「但我畢竟有一把年紀了，而你是個年輕的女孩子。」

我說：「那孫中山和宋慶齡，馬克思和燕妮……」

他又一次笑了，笑得很開心，說：「你都是從哪裡知道的這些亂七八糟的東西，你的這個小腦袋裝的都是這些歪理。」

我也笑了，說：「我爸爸比我媽大了快十歲，他們原來經常說。」

他笑著望著我，說：「與你在一起，我心裡舒服多了。我跟你一起時，是我最輕鬆的時候，跟你隨便說說話，都不一樣。」

我點頭，心裡想：懷孕這個事情還是得告訴他。因為他跟我在一起時輕鬆，因為他喜歡我。大廳裡的鋼琴聲繼續響著，他喝著湯，聽了一會兒，說：「音樂不是誰都能彈出來的，像現在正在彈出來的，我聽出的只是聲音，而不是音樂，你知道嗎？藏在聲音中的情感才是音樂，當你在聽任何一首曲子時，如果你能感到裡面總有一隻被縛的小鳥在掙扎，在哭泣，在飛翔，那麼你才算是聽到了音樂……」

我不禁說道：「如果是這樣，這種聲音我不一定在音樂會上才能聽到，我處處都能感受到。」

我把他的話突然打斷使他驚愕無比。他不耐煩地說：「你說什麼？你感受到了什麼？」

我望著他的眼睛，平靜地答道：「我懷孕了。」

第14章 峰迴但見路轉時

我那已經習慣於黑暗的眼睛，在窗玻璃的反射下，清楚地看到自己那張憔悴的睡臉。睡衣前襟敞開，露出一隻乳房，這只鬆軟的像棉花一樣的攤在胸前的乳房，與我手裡黑沉沉的剪刀成了明顯的反比。我倒底要剪斷什麼呢？

威脅之說

他正在夾菜的手哆嗦了一下。他說：「你沒有開玩笑？」

「沒有。」

「真的？」

「真的。」

「孩子是誰的？」

他甚至是微微笑了起來，然後接著說：「可是在許多年前，我已經在英國做了結紮手術。」

一個WAITHER端著一盤鮮紅的湯過來了。隔著湯盆，郁敬一看著我，我也看著他，我不知道我的臉是白還是紅。

我們相互的目光彷彿都在探測對方究竟是說了真話還是假話。終於我輕輕地彷彿自言自語似的說：「那個孩子是你的。」

我的眼淚漫漫地流了出來，可是透過自己的淚光，透過湯盆的熱氣，我看見對面這個男人的眼睛的深處，在我流淚的一剎那，顯現出的卻是厭惡和躲閃。

我怎麼辦？我沒有任何救命仙丹，於是我抹去眼淚，說：「我們能不能像好朋友那樣來仔細考慮一下這個問題？」

「好。你說，我聽。」

「我對新加坡的醫院根本不熟悉，怎麼樣也得要你幫我一起去做這個事情。本來我可以不告訴你這個事，我也不想告訴你，我從來沒有想著那麼早懷孕，即使懷了孕的話我也不想告訴你，即使我告訴你的話，我的目的根本不是想威脅你，我不想讓你不高興。我只是希望你能夠跟我在一起快快活活地能夠很輕鬆，那麼沒有負擔。我主要是自己一個人沒有辦法去做這個手術……」

說到這裡我幾乎是喘不上氣，但是我發現他的臉色稍微輕鬆了一些。

他點著了一根煙，打火機的亮光映紅了他的臉。他抽了一口，緩緩地吐出來，抬起眼睛說：「我二十年前做了結紮手術。二十年來沒有發生任何事情，而且我每一次都是非常小心……」

「可是你既然做了結紮為什麼還那麼小心呢，都沒有必要小心了。」

他一楞，沒有看我，只是低著想了想，又說：「我這個人前怕狼後怕虎，我是個謹慎的人，這樣是雙保險，我從來就是這樣的，我這樣做也是尊重你。」

「可是結果我就是真的懷孕了。不管你是雙保險，還是無保險，我懷孕了，我現在需要處理這個事情。」

「處理這個事情當然可以。」

「可是我發現你一點也不關心我，你想的是另外的事。」

「我，我沒有。我只是在想，為什麼你會懷孕？」

「那你說，這是為什麼？」

「我，我很難說，我只是感到有些突然。」

「你這樣讓我心裡難過，我並不想讓你怎麼樣，我只是希望你關心我，可是，我沒有想到你竟是這般冷漠。我沒有別的意思，我猶豫了幾天了，我本來真的不想告訴你的。」

「但是我覺得還是受到了威脅。」

「威脅？」

我猛地埋下了頭，哭了起來。我清晰地聽到了我的哭聲，我沒有想到事情會是這樣的。他結紮了嗎？真的結紮了？他是在撒謊嗎？我聽不到旁邊有什麼動靜，甚至連鋼琴聲也聽不見了，我聽不到對方的任何動靜。我哭著。我哭的時候，他也沒有伸出手來撫摸我，沒有任何語言，一剎那間，我突然覺得自己哭得那麼沒有意思，沒有趣味，而僅僅是哭得很孤單，甚至很無聊。想到這裡，委屈像潮水一樣湧進我的身體。我哭得更凶了，如果說一開始的哭還像演戲的話，那麼現在的哭，我已經確實在為自己哭泣了。

大約十分鐘，還是沒有動靜。莫非他都走了我還不知道呢。這時我停止了哭聲，悄悄地想抬起頭看看對面，可是當我把頭抬起來的時候，目光跟郁敬一又對在一起。

他一直在盯著我看。

我們的目光相撞的剎那，他的眼睛裡有種我從沒有見過的東西，似乎在說：別演戲了。

我羞怯地像做錯了什麼事一樣地趕快把頭又低了下來。我後悔自己不應該悄悄地抬起頭來。

因為我知道我的舉動只能恰恰使他更加厭惡，而我現在需要的是他的同情。

這時，只聽郁敬一說：「好，我會想辦法動手術的，我會找人，錢也會由我來出，而且我會負責到底。」

說著他向WAITER打了個結帳的手勢。

他招掉煙頭，站起身來，從窗外吹進一絲涼爽的海風。

他看著我，異樣地笑了笑，說：「但是我這個人有個習慣，一是我不願意受威脅，二我不願意受到威脅，三我仍然不願受到威脅。」

說著他朝門口走去。

我迅速站起身來，在他身後說：「我威脅你了嗎？」

他回過頭來，點頭。眼神是嚴厲而堅決的。

我說：「我真是後悔，我剛才哭了半天，看來我真是傻。」

「沒錯，你就是有點傻。」

說完他轉身走了。

我傻在哪呢？傻在我懷孕了還是傻在把懷孕的事情告訴了他？這個孩子不是他的又是誰的？

難道說他真的做過結紮？

我感到頭暈腦脹，生怕自己在路上摔倒，我竭力想忘掉他剛才說過的話，或者去想完全不相干的事情。可是我沮喪著臉，差點沒有哭出來，幸好夜晚的燈光使人看不出你是究竟是在笑還是在哭。

一場騙局？

我終於回到了樓下，卻看見章先生正在等著我。我剛想躲避，但已被他發現了。難道說我肚子裡的孩子有可能是他的嗎？只見他穿著一件黃色的T恤，臉上黑黝黝的，頭髮在腦勺上分開，梳得整整齊齊。

他說：「我等你半天了，你真是幸福呀。」

我沒有理他，只是自己朝前走著。

他跟在後邊，說：「你真怪，原來可以跟我上床，不過，咱們只是沒有床，現在有了另一個老頭了，就不理我了，你說你，你呀，你走慢點，你呀，你其實應該這樣想，多一個朋友，多一條路。」

我問：「你為什麼老在我這裡晃？」

他卻用火一般的燃燒的眼睛看著我，說：「你是要聽真話還是要聽假話？」

「你們新加坡人不會說假話，只會說真話。」

「可是有一個人除外，那就是郁敬一。」

「誰？」

「就是把你留在了新加坡並且正跟你睡著覺的那個男人。」

我感到頭皮發麻，他怎麼知道他並且還能把他的名字流暢地說出來。我直勾勾地盯著他。只見他得意地笑了笑，說：「他這個人無論是在政治上，還是藝術上，還是在情感上，他都在說假話。」

我漲紅了臉，猛地抬手朝他打。

他一躲，我只是打在了他的肩上。

他說：「你還會打人呀？」

我說：「你如果再說他，我就給你一個耳光。」

他說：「可是，你打不著我，我練過你們中國的武術。」

我說：「我不允許你這樣誣蔑他，你也沒有權利這樣說他，他比你強得多。」

他跟著我走，大約有一分鐘，然後嘴唇上又浮起一絲傲慢的微微的冷笑，說：「打得好，你心甘情願地跟他在一起，我不知道他每一次跟你在一起時給了你多少錢。」

我轉身要走，他一步跨到我前面，伸出兩手攔住我。

我說你還有什麼要說的？

「你要知道我跟蹤他是政治上的需要，也是一切一切的需要。」

「你跟蹤他？」

「噓，」他壓低聲音，幾乎是套著我的耳朵說：「你別嚷嚷，來，今晚我就帶你去一個地方。」

我摔開他，扯開嗓子大聲喊道：「去任何地方我都沒有興趣，只要是跟你一塊去。」

他攤開兩手，想張口說什麼，卻始終沒有出聲。好一會兒，他生氣地而又略帶著討好的口吻說：「很遺憾，其實我想讓你知道，他沒有像他所表示的那麼愛你，他有另外一個女人，我想讓你知道另外一個女人究竟在什麼地方。」

「可是，你很卑鄙，你跟蹤他，偷看人家的隱私，你很下流。」

「這個我承認，我很下流，但是你不懂政治，你也不懂情感，我希望你跟我去。」

「你滾。」

「好，我走，說不定今晚他離開你後正和那個女人在一起呢。」

說完他真的走了。他說那些話的時候已經不生氣了，眨著眼睛，浮現出愉快而狡黠的表情。

我目不轉睛地盯著他的背影，心想郁敬一和另外一個女人在一起？他怎麼會有另外的女人呢？我幾乎站不穩了，一陣頭暈，我知道這是因為這幾天都沒有吃東西的緣故。我低下頭想，我現在的首要問題不是別的，而是肚子裡的孩子怎麼辦。

我無心回房間，想到找人去傾訴，於是在那個常常去的巴剎裡張望。果然在那裡看見了英氣勃勃、面色紅潤的雷四。

人欺？自欺？

他正在吃麵。我把胳膊支在他對面的桌面上，我對他說：「你們男人是不是每次讓女人懷孕以後都是不負責任？」

雷四放下筷子說：「對啊，肯定啊。因為男人一射精呢，就覺得身體已經消耗了，所以女人懷孕也是她們身體該承受的東西，否則光享受了，對不對？這點你應該深有體會。」

他笑了起來。

我猛然伸手把他面前的碗扣在他的頭上，他被燙得哇哇地叫，跑到水管那去沖。鄰座的幾位顧客看得嚇呆了眼。洗完臉的雷四坐回原位說：「我發現你有虐待狂，幸虧那個麵吃得已剩些湯了，否則我就得被你破相。」

我告訴他我已經跟郁敬一說了。

「跟他說了？他什麼反應？」

「他說他二十年前就結紮過了。」

「那這個孩子是誰的？」

「肯定是他的。」

「肯定？」

也許從我眼睛的猶豫中他看出了點什麼，於是觀察著我的臉。我低下頭忍不住哭起來，一邊哭，一邊把跟章先生在公園裡的事情告訴了他。末了，我說但是這個孩子肯定是郁敬一的，不會是章先生的。

「為什麼？」

「當然是他的。」

雷四說：「可是我們需要證據，現在連我都感到你在撒謊……」

我又要伸出手去抽他的臉。

他抓住了我的手，憂鬱地俯視著我的眼睛說：「你只會跟我凶，不光撒謊，還會撒野。你憑什麼跟我凶？」

我又哭了起來。久久地哭著，居然發出了哀嚎的聲音。

突然雷四抓住我的肩胛。他站了起來。

我吃驚地望著他，也站起身。

「走，馬上去，我們一起去問問，我有一個朋友也許能幫你解決問題。」

我跟著他走了幾步，莫名其妙地望著他。他說：「打胎這個事情可以找別人，不用找郁敬一。你要真的想讓他喜歡你，你就得徹底地讓他感覺到沒有負擔，你下次就跟他說你已經做了手術了。」

「做過手術了？」

「對，你就說已經把孩子做掉了。今晚你跟我一塊去找我的朋友。」

「現在？」

我恐懼地看了看他，摔掉他的手，說：「誰讓你給我做安排的？我現在想喝酒，只想喝醉，我的身體裡唯一能夠容納的只有酒精。」

雷四愕然望著我，說：「不行，你的身體太虛弱，你還是回房間，什麼也別想。」

雷四把我送進了房間。他有些躊躇地看著裡面的一切，這是他第一次到這裡來。他從沙發上撿起郭沫若的《鳳凰》的詩集，問：「誰是鳳？誰是凰？」

我說你快走吧，萬一郁敬一來，他看見我們倆個在一起，那更是說不清了。

我默默地望著他走了出去。心想，郁敬一什麼時候才能夠來呢？他還會來嗎？他真的作了結紮？我看著床跟前的壁櫃，看著貼在牆上的發黃的牆紙，看著那個緊緊關閉的門　從外面傳來孩子刺耳的連續不斷的吵鬧聲，我走到窗口，下面的花園卻是空無一人，不知道孩子們的吵鬧聲從哪裡傳出。我轉過身去躺在床上，好像從來沒有感受到這樣的孤獨。我想起了芬，她現在過得好嗎？如果我把這一切告訴了她，她會為我感到難過嗎？

我在床上模模糊糊的躺著，我已不記得，我裝著一腦子的疑問和沮喪在這屋裡躺了多久，也許兩天也許三天，反正在那裡的一個黃昏，電話突然響起來。

我拿起電話，是郁敬一，只聽他說：「我已安排好了手術，今天晚上。」

「不用了，我已經做了手術了。」我緊張地答道。

「你已經做了手術？」

「那天你走了以後我就去做了，我不想讓你覺得太累了。」

「你已經做了？」

他仍然驚訝地問道。但雖然是驚訝，我明顯地感覺他在電話裡面鬆了一口氣。他說：「那麼你等著，我一個小時以後到你那裡。」

放下電話，我的眼淚又一次流了下來。因為他在說最後一句話時甚至帶著溫柔和愛意。他是愛我的嗎？早在那個聖誕晚會上，他就喜歡我。否則他怎麼會把我留在新加坡呢？

我仔細地洗了臉，並且撲了粉，塗了口紅。我望著鏡中的自己，想，我絕不能讓他把我拋棄。我沒有了他，還有什麼呢？

我穿上了那件我多次穿過的透明的紅色的睡衣。大約四十多分鐘，他來了，穿著一件白色的襯衫，還打著領帶，頭髮似乎剛剛在美容院修過。他一邊扯去領帶一邊說下午開了個很重要的會，這些天其實就是天天開會，一些會館的會不得不參加，還得要時常捐錢。我伸開兩隻胳膊摟住他，把頭緊緊貼在他的胸脯上。他吻著我的額，我的頭髮，溫柔地憐愛地說著：「海倫，海倫……，其實這兩天我特別地想念你……」

我聞著他身上的氣息，抬起頭看著他，遇見的是他不安的關切的目光，我突然想，我怎麼曾經憎恨他呢？

披在身上的睡衣滑了下去，我想那個時刻又到來了。我們開始親吻，他把我推開，說：「你剛剛動了手術，不可以吧？」

我一邊吻著他一邊說：「可以的，可以的。因為我年輕，所以恢復得快。」

在明亮的燈光下，他脫了衣服走過來，躺在床上，我仔細地吻著他的胸部，他的腹部。他的小腹微微起伏著，燈光下發出了褐色的疲憊的光澤，我的目光在那久久地停留著，左看右看，卻沒有發現有什麼疤痕。在他終於進入我時的一剎那，我忽然又傷心地痛哭起來。他停下來，鬱悶地望著我。我說你不要停，你就一直做下去，我要你做到天亮。

他果然又在運動。一會兒他終於輕輕地說道：「我那天態度很粗暴，我對不起你，我本來不是那樣的一個人……」

我止住眼淚，打斷他說：「看你把話引到什麼地方了，我不是要你來向我請求寬恕的。」

他想露出一絲微笑，但是在他被燈光照得蒼白的笑容中流露出一種欲言又止的神情。他低下頭去，想集中精力進行最後的衝刺，但是出乎意料之外的是他已經軟了。

他從我身上下來，躺在我的身邊。我倚在他的懷裡，他說：「最近有一個人寫了很多所謂檢舉信，總是盯著我，不讓我當成這個院長。他好像對我很瞭解，在報紙上公開寫文章抨擊我的時候，甚至於還含沙射影的點到了我的隱私，這個人真討厭。」

「那你就沒有辦法對付他？」

「這事很複雜。新加坡小是小，但是人與人之間彼此算計起來一點都不比中國差。」

我伸出手臂摟住他。他摸了摸我的胳膊說：「你越來越瘦了，只剩了些骨頭，我真是對不起你，我不應該這樣，待會兒我出去給你買來一些補品，你現在需要補品。或者我明天就給你送來。」

說著他要起身，我緊緊摟住他不放開。

他說：「你要好好休息。」

「今晚可不可以不走，你陪陪我？」

他掰開我的手，說：「不可以，我必須得走。」

說完他起身穿上了短褲。我倏地從床上坐起來，對他說：「你走了，我會很難過。」

「可是我今晚實在是有事。」

「有什麼事那麼重要？」

「我媽身體不太好。」

「是不是有另外一個女人在等著你？」

匆促之中我說出了這樣的話，只見他立即扳起面孔，說：「你怎麼這樣說話？」

然後再一句話不說，默默穿衣服，連領帶也打得整整齊齊的。然後把門重重地摔了，走了。

我難過地躺在床上，心裡想怎麼辦？我一邊後悔自己說錯了話，一邊想，這究竟是怎麼了？在他的腹部根本沒有刀疤，結紮的人無論如何是應該留下一點痕跡的。

一會兒，又有人敲門，我想也許是雷四來了，他來看看我到底怎麼樣了。可是我不需要任何人來瞭解我。儘管我知道他是好意，但是我仍大聲地說：「滾。」

門外繼續在敲，我說：「聽見了沒有？你滾。」

外面的腳步聲走了。但是一會兒又來了，又敲門，我只好從床上起來，打開門一看竟然還是郁敬一。

他猶豫著說：「今晚我還是在這裡陪你吧。」

我趕忙做出一副笑容，生怕他看見我愁眉苦臉的樣子會不高興。他說：「我一下電梯就在想，我自己真是糊塗，你那麼虛弱，那麼需要我，可是我光想著自己……」

我緊緊地抱住他。我問：「你是愛我的，對不對？」

他笑了，把我抱到床上。我繼續問：「你是不會離開我的，是嗎？」

他又寬厚地笑了，說：「當然，永遠不離開。那你為什麼會……」

我想說「那你為什麼會欺騙我」這樣的話，但是又止住了。我想人與人之間偶爾欺騙一下也並不代表什麼，畢竟他是愛我的，他對我是充滿著憐憫的。

我問：「因為我已經做了手術，你才會對我這樣好，是嗎？」

他坐在床沿上，目不轉睛地盯著我說：「你為什麼要這樣想？相反，你自己做了手術，我才感到那麼沉重，我覺得對不起你。」

「你真是這麼想的？」

「我是想你要是沒有做手術就好了，起碼我還有機會可以向你表達我對你的愛。」

「你真的這麼想？」

我望著他，忽然間我抬起身子拉住他的手，渾身哆嗦起來。

「你怎麼了？」他問。

我說：「其實我還沒有做手術，我騙你的，我怕你不理我，我明天就做……」

我的心怦怦直跳，等待著他的判決。可是我話還沒有說完，他猛地摔掉我的手，從床上站起來，說：「你告訴我，你現在究竟哪句話是真的，哪句話是假的，你到底有沒有懷孕？」

他的臉漲得通紅，眼睛裡噴著怒火。我低下頭。他說：「荒唐，真是荒唐，你怎麼這樣會想來騙我？」

我跳下床，握住他的手，說：「不對，我沒有撒謊，我懷孕了，我騙你做了手術是不想讓你覺得有負擔，可是……可是你剛才還說我如果沒有做手術就好了，你可以對我負責，你為什麼說變就變了？」

他歎息了一聲，摔掉我的手，說：「你太卑劣了。」

「那麼你要走嗎？」我問。

他甚至都沒有回答，經過一分鐘的陰森森的沉默，他轉身打開門走了。他用力地關門，生怕門關不嚴。

剪不斷，理還亂

接下來的三天，他沒有任何消息。

電話靜靜的，我想像著過去它總是在不經意間像是呼喚又像是唱歌的呼叫聲，這流貫在這簡陋的房間的叫喚，像是嗷嗷待哺的孩子急切地透出只有母乳才能平息的欲望。

窗外下起了小雨。

夜深人靜，突然間我坐起身，月光下，我的黑髮墨汁似的淌在胸前。我從床邊的抽屜裡摸出一把剪刀。我的已經習慣於黑暗的眼睛，在窗玻璃的反射下，清楚地看到自己那張憔悴的睡臉。睡衣前襟敞開，露出一隻乳房，這只鬆軟的像棉花一樣的攤在胸前的乳房，與我手裡黑沉沉的剪刀成了明顯的反比。我要剪斷什麼呢？

我赤著腳下了床，來到電話機旁，拿起電話線，用剪刀在上面試了試，比如這是我的喉管，比如這是他的喉管，比如一切與生命相關連的紐帶。

我呆呆地望著電話，為什麼它就不發出響聲了呢？為什麼我就沒有勇氣真的把它剪斷呢？……

……我突然哭了起來。拿著剪刀的手慢慢垂下去。我一邊哭，一邊仰望著窗口，偶爾有一陣風，使雨飄打進來。漸漸地，哭聲沒了，但我直挺挺地站著，無意躲閃這涼颼颼的水滴。有時，水滴落在嘴邊，我伸出舌尖，和著臉上的殘淚，一起吞進去，那冰涼的感覺，一點一點鑽進肌體

那不像是在吸吮著猶如死亡的液汁。

到了第四天，電話終於響了。他說今天他有空陪我去做手術了，叫我心裡面千萬不要難過，他這個人就是這樣，有的時候儘管是個音樂家，但他還是太情緒化。

我靜靜地聽著，然後說：「我已經決定不做這個手術了。」

他還在說什麼，但是我「啪」的放下了電話。

一個小時以後郁敬一來了。

「你為什麼不去，我幫你都聯繫好了，我這樣一個有身分的人做這種事情是很丟人的，但是我

都做了。」

我停下手裡正洗著的衣服，說：「你不要想著自己丟人，你應該想想我是多麼痛苦。」

「正因為我知道你是多麼痛苦，所以我陪你做。」

「你不是二十年前就做了結紮了，你不是每一次都很小心嗎，那麼你怕什麼。這個孩子有可能根本不是你的。」

他站在客廳中間，一言不發，只是牢牢地、目不轉睛地盯著我。一會兒，他的聲音低沉起來，說：「不管這個孩子是誰的，我們都先去做這個手術，我都會去呵護你，這是一種精神，這是我們郁家多年來的精神，這種精神不僅表現在音樂裡面，甚至於表現在我觸摸琴鍵的那一剎那的感覺中。」

「那如果這孩子不是你的呢？你不是在懷疑嗎？如果不是你的，又是誰的呢，你跟我說呀？」

「你這麼問我，那我告訴你啊，我怎麼知道？你們這些中國女孩都那麼善於撒謊，口是心非。」他回答說，臉上重又露出冷漠的漫不經心的冷笑，「有的時候該撒謊的時候撒謊，不該撒的時候也撒謊，為什麼？」

「可是不管我怎麼撒謊，關於這個孩子是誰的這個問題上，我沒有撒謊。」

說到這裡，我的臉上也露出和他同樣的表情。我繼續說道：「而且這個情況恰恰相反，你說你二十年前做了結紮，可是我兩天前看你肚子上沒有任何刀痕，而且你從來都很小心，你為什麼會那麼小心？」

他一時望著我不說話，然後忿恨地走到窗口，四下瞭望，回過頭說道：「明天我陪你去做手術去。」

「我說過我不做了。」

「那你就不要怪我對你無情了。」

我也走到窗子跟前，望著下面的花園，那裡剛好有幾個小孩在喧鬧。我說：「我肚子裡有你的孩子呢，我要把肚子裡的孩子生下來，我要讓你看到他，再看看你是有情還是無情。我是一個從中國來的，我的血液裡流淌著中國的血，但是這個孩子最起碼有一半是流著新加坡人的血，而且說不定還是英國人的血，我要他一生下來，就像下面的那些孩子一樣，呼吸的是新加坡的空氣，喝的是新加坡的水，感受的是新加坡土地的氣味，回頭我將讓他去找你，我將讓全世界的人都知道郁敬一的這個醜聞，讓他們都來看看這個孩子，我將讓他從一生下來就當明星，就當傳媒的中心焦點，你不是想當院長嗎，我讓你好好當這個院長。」

他盯著我看了一會兒，搖搖頭說：「看來到現在你都不太瞭解我，你應該瞭解我，並且要永遠地記住我是怎樣一個人，其實我告訴過你，任何事情對我來說，威脅是無效的。」

他重重地關上門走了。聽著那堅定的聲音，我想，這次他走了就不會再來了。

第15章 鳳凰于飛？

我忽然渾身發抖，我為什麼害怕見到芬？那天在大街上，我完全可以走到她的面前，拉住她的手，然後再把她當做最好的朋友。過去，我們經常深更半夜一起在她的床上或是我的床上談到天亮，不過，那時候我們是平等的。

再遇

和芬的相遇是在郁敬一走後的第二天，剛剛下過雨，我一個人走在CITY HULL的街道上，我幾乎有十天沒有吃什麼東西了，渾身虛弱得像散了架。經常在某一瞬間欲衝到醫院裡請求醫生將那個小東西從我的身體拿掉，我要喝水，我要吃飯，我要像正常人一樣露出玫瑰色的微笑。可是我不能夠。

我走在路上，行人很多，沒有人看我，我也不看任何人，也不知走到了什麼地方時，我站住了，怔怔地盯著人群中的一張臉，那是芬，我嘴裡發出了微弱的驚叫聲。

我控制住自己不去喊她的情緒，仔細地打量著她。她穿著一件藍碎花裙子，黑髮從頭髮中間分開，隨意散下來，她依然是漂亮的。

我情不自禁地跟蹤起她。慢慢地天又下起了細雨。芬從包包裡取出一把傘。那是我的傘，那把白色的碎花雨傘。她把它撐起，四處張望著，有好幾次她也朝我這裡看來，我都低下頭避開。有時她盯住路邊的一家美容院朝裡看，直到裡面的小姐走出來向她介紹些現代科技的美容產品她才驚慌地逃走，有時她站在一家電影院前站著看海報，有時她也為路邊捧著小箱子的募捐小姐爽快地掏些零錢。她已經是新加坡人了，她的生活就應該是這樣休閒的，我不急不徐地跟在她後面，心想她究竟住在哪裡呢？我回想起在機場裡那張顯得失落的臉蛋，如果她知道我竟然還在新加坡，她究竟會有什麼想法？這是我無數次晚上睡不著地所要遐想的問題之一。

芬一閃身從大路閃進了一條小路，小路的旁邊聳立著一幢亮光閃閃的大廈。難道芬會住在這裡？我在一個樹蔭下站住，望著她收起傘從包包裡掏出鎖匙走進去了。我猶豫著自己是否跟過去，和她一起走進那幢大廈，到她的房間和她促膝談心。我看到大廈的門楣上寫著：「梅心樓。」

最終我沒有和芬相認。

那麼我的首要問題是什麼呢？簽證？孩子？當太陽重新照得整個房間悶熱的時候，我猛地從床上坐起來。

我為什麼要死等著郁敬一？他不來了，也許我還能有其他辦法。

我匆匆穿好衣服，對自己豁然開朗的想法，深感快樂，幾乎是快樂得打哆嗦，我也有可能不用通過他就解決好簽證的問題。

一路上，我抬頭凝視著從淡藍的雲隙間射出來的光束，恍如一個女人張開的手指。車窗外密集而高大的建築，閃爍著互相反映的光波。我又一次地想，這是個乾淨的國土，我死也不能離開這裡。

又到了麥太太的樓前，我問自己：你是不是太不要臉了。

我在內心對自己的回答是肯定的。

但是，我太愛新加坡了，我捨不得離開這兒，我要不顧一切地留在這兒。留在這兒了，就等於留在了世界各國，就等於置身於歐洲文明的光輝之中了。

出國時，我心裡就很清楚，沒有退路，回頭只有死路。

陽光被樹擋住了，卻有許多光影從樹叢中散落，像是芬的頭髮。芬的頭髮的確很美，她在這兒時，是那麼幸運，陽光是與芬這樣的人在一起的。我又來了，我走在小路上，前方就是屋子的門了，我緊張得停下腳步，猶豫著是不是真的要進去，因為我明明知道麥太太對我的態度，我在她的眼睛裡，不過是一隻討厭的蟲子而已。

我還是進了單元，按了門鈴。

當麥太太打開門，吃驚地張著嘴。她一邊把我讓進來，一邊問：「幹什麼？」

我彷彿羞於來看她似的，躲閃著目光。但是又一想過去就是因為自尊心太強，表達太含蓄所以任何人也幫不了我的忙。

「我是來談一件事情的，」我突然抬起眼睛望著她，我知道自己的目光特別嚴酷，表露出一種強烈的決心。

麥太太似乎剛剛起床，客廳是那麼地零亂，潔白的瓷磚上到處飄著些頭髮絲花生皮之類的雜物。她懶懶地坐到沙發上，雙腿擱在茶几上，說：「今天我非要把菲傭殺死不可，到現在快十點鐘，人影都還沒見。」

我想跟她說說簽證的事情，但是說這個簽證又必須從郁敬一說起，可是說郁敬一什麼呢？說他把孩子留在了我的肚子裡然後就撒手而去？

我望著麥太太說：「現在我就只有你一個人了，我已經走投無路了。」

說著我哭起來。而麥太太看我的眼神告訴我，她正在心裡想：海倫好像瘋了。她露出和藹的笑容，說：「別站在那，來，過來，坐在這裡。」

我突然說：「不，讓我先幫你做清潔。」

我迅速從廚房裡拿出掃把和拖把，手腳俐落地打掃著客廳。麥太太卻在一旁說：「我早就說過了，這種事只有菲傭是幹得最好的，你們中國女孩子不行，除了做那種事。」

我聽出麥太太話裡的隱諷，但是我轉身又從廚房裡拿出一塊抹布，跪在地上一點點抹，漸漸地整個客廳變亮了，乾淨了，麥太太的臉上有了笑意。她說：「海倫，來，坐到這裡來。」

她指著她身邊的沙發，然後又拿著茶几上的電話號碼本翻了起來。我到廚房洗淨手，剛向麥太太走去，門外響起了門鈴聲。麥太太說：「到現在才來。」

她指的是菲傭。我走過去，想開門，但是無意在貓眼中看到了一個臉色白淨的穿著粉色衣服的女孩。

麥太太看出我的遲疑，也走過來從貓洞看去，然後她用勁地把我拉到她的琴房，緊緊地關上了門。

那個女孩是芬。

我忽然渾身發抖，我為什麼害怕見到芬？那天在大街上，我完全可以走到她的面前，拉住她的手，然後再把她當做最好的朋友。過去我們經常深更半夜一起在她的床上或是我的床上談到天亮，不過，那時我們是平等的。我們都是從中國來的，我們都還沒有拿到就業許可證或是一張居住證。那時我們都是學生，僅僅是學生。

我感覺芬進來了，我聽到了她的輕輕的腳步聲，她身上的香氣也侵襲而來。只聽她說：「好乾淨啊。」

麥太太為什麼也害怕我看見芬呢？我心裡產生了疑問：是因為怕我見到了芬受刺激嗎？不，她沒有這樣的想法，她對我的內心是不是受到了委屈是不會在乎的。

那她為什麼會這樣呢？我感覺到很是奇怪。

她似乎坐在了麥太太幾次要我坐的那張沙發上。她的聲音銀鈴般的響徹在客廳裡，然後又蜜蜂似的鑽進琴房裡。我想，只有幸福的人才能發出這樣坦然的光明正大的聲音。她似乎正向麥太太談她的男朋友。她有男朋友了？她什麼時候有了男朋友？

「昨天他帶著我去買了很多東西，都是我愛吃的食品，我有意多要了一些，所以今天給你帶點過來。」

說著她咯咯地笑起來。

麥太太的聲音不響。她只是「哦」地回應了一聲，然後說：「前兩天有一場音樂會，是上海交響樂團演奏的柴可夫斯基的交響曲。聽完之後，我覺得中國人並沒有很好地理解俄羅斯文化不過，也有些特點，那天我想讓你去聽，但是就是找不到你，房間裡沒有接電話。」

「這些日子除了得給學生上課之外，其餘時間都給他了，前階段他忙一些，這幾天天天有空，下了班就過來接我。麥太太，每一次他對我好，我心裡就特別感激你，要是沒有你，我哪裡會遇上他呢」

麥太太打斷她說：「你餓嗎？我倒是餓了，我們一起出去吃飯吧？」

「我還想練一會兒琴呢，我現在有時課後就去SAMEAWE彈琴，但是有一個地方我總處理不好，你說一說我。」

我聽到了芬的腳步聲，她好像要走過來了。我忽然漲紅了臉。這時我看到鋼琴後面的窗子，我走過去，可下面都直接是地面。這裡是第九層樓。正慌張著，只聽麥太太大聲說：「今天恐怕不行，我不小心把琴房門鎖了，一下找不著KEYS。」

芬旋了旋把手，沒有旋開。麥太太說：「走，我們去吃飯，中午有人請客，我收拾一下。」

芬跟著麥太太進她的房間了。我聽到芬在不斷地發出笑聲。

我想，有男朋友了又有什麼了不起呢？值得她這樣地笑個不停嗎？

「每一次，他堅持的時間都特別長……」

她居然對麥太太說出了這樣的話。

聽到這個，連我都要笑了。

很快，她們離開了，客廳的門重重地關了一下，彷彿麥太太在對我暗示著什麼。我走了出去，坐在沙發上，沉默地望著窗外。

芬是走運的，她不但能拿到這兒的就業許可證，就是談個戀愛也比我幸福。

想起剛才麥太太不讓芬進來看到我，我甚至都有些感激她了，可是，她為什麼要當這樣的好人，是不是說芬指的那個男人就是他……

我不願意想了，因為，他不是這樣的人，他是君子，不，這都不很重要，他明確地說了，他對芬這樣的女人沒有興趣，所以他才會找我的。那麥太太是為什麼？

對了，她是怕讓芬看到自己竟然跟我還有來往，對她不好，哪兒不好？是怕芬不高興。因為芬已經蔑視我了，芬對我的蔑視，甚至已經超過了新加坡人對我的蔑視。

一個中國人蔑視另一個中國人的情景真是可怕，它可能是世界上最鋒利的尖刀。

求助

沙發面前的茶几上雜亂不堪，我隨手收拾起來。我一眼看到了麥太太的電話號碼本，不禁停下手，一頁一頁地翻起來。可是裡面卻沒有我認識的人，我又重新翻過來，一個名字一個名字地看。其中有一個叫「杜雨」的名字，我一邊看一邊在記憶中搜索著。這肯定是一個熟悉的名字，真的在哪裡見過，聽過，可究竟是誰呢？

我很快想起了在上次耶誕節時，那個朗誦《鳳凰》的戴眼鏡的胖子，他的聲音裡含著激情，還有那種對於五四時期新文化的愛，還有對於郭沫若本人的無限敬仰，這個人給我留下了很深的印象。

我甚至於覺得那天晚上，他引來了一隻鳳凰，讓這隻大鳥在那個客廳裡盤旋，它是唯一能撫慰我的東西。在這個男人的聲音裡，鳥兒飛來飛去，讓我忘了自己該死的眼淚，讓我不能丟人的哭泣。「涅盤」這樣的辭彙是專門對我的，新加坡人不需要涅盤，他們已經生活在天國裡了，不用了，真正需要的是我這樣的人，一無所有，充滿渴望，渾身上下都是毛病，卻有著想成為一個重要人物的理想。

我那是理想嗎？我的理想與鳳凰在一起。

我拿起電話按旁邊的號碼撥了過去。

一小時過後，那個叫杜雨的大學教授開車來到了麥太太的樓下，看到我，吃驚地說：「你還在新加坡？為什麼不早點給我打電話？

我作出很輕快地樣子笑了，就好像我已經在新加坡有了很大的發展，是突變一樣，於是我用輕快的語調說：「這幾天就想給你打電話。可是，一直忙別的事。」

我跟他一起進了他的車裡。

他說：「你好像有些變化，對，你精神了，皮膚這麼好，是不是今天有陽光，還是你突然有了好機會？」

我說：「兩者也許都有吧。」

他開著車，走在了馬路上。

他又說：「你看，我今天早上就感覺有好運氣，果然，一個這麼漂亮的女孩子主動跟我聯繫了。」

我說：「那天晚上你唸的詩很好，我覺得就像是在對我說呢。」

「鳳凰是高貴的鳥類，她甚至不是鳥類，她是神，是自信的人，是大氣的人。」

我默默聽著他抒情。

他說：「所以鳳凰裡有一種大境界，這種詩只有五四時期才能產生，小到一個人，大到一個民族，一個國家，都要更生，都會有新的機會，一種力量讓他們不停下來，要朝上走，要有勇氣……」

我看著他，我知道自己的目光深情，我說：「你說得真好。比我在大學裡的那個老師說得有才氣多了，怎麼同樣的一首詩，說法不同，就會有完全不一樣的效果呢？」

他很高興，看看我的眼睛，有一刻他的和我的目光相遇，他的目光也變得有了溫情，他想了想，說：「你看，今天下午，我們有兩個選擇，一是到我家喝湯，我就一個人住，一是到一個俱樂部去打高爾夫，你選擇吧。」

我猛地有些猶豫，一時不知道該怎麼回答他。

他說：「看，我今天真有激情，一口氣說了那麼多。」

他說完，又笑瞇瞇地看著我，似乎在等待著我回答。

我說：「那麼就先打高爾夫吧，然後喝湯。」

他高興地哼起某首歌的曲調，待車發動向前奔馳時，他說：「剛才我看你從樓梯間裡面出來，感覺你的身材真好，腿很長，腰很細，真是古人說的楊柳腰……」

我說那是因為我瘦。

「對，比上次瘦，為什麼？生病了嗎？」

「就算是生病了吧。」

在高爾夫練球場上，他很耐心地教我。我打了幾個球，感到自己實在沒有力氣，於是坐在旁邊的椅子上。

一會兒杜雨停下手也坐過來。我們相視了一眼之後，他問：「今天為什麼會找我？」

「我的簽證再過兩三天就到期了，所以我想看看你可不可以幫我……」

「最近我們學校正在招研究生，以你的專業好像可以。」

「真的？」

「在這之前你的簽證誰幫你做的？」

我猶豫了一下，但是還是說出了郁敬一這個名字。

「郁敬一？樂洋學院的那個鋼琴家？」

我點點頭。

「哦，那麼你是他的女朋友？」

我不知怎麼回答，只是感覺臉很燙。只聽他說：「他可是個政府背景很深的人，跟上面的關係是非常密切的，最近又要當院長，而且可能會成為他們政府的主要領導人之一，他……怎麼說呢，他可，可真是一個人物。我可不敢惹他。」說著，他站了起來。

「什麼意思？」

「你是他的人，我不能插手幫你。我只是一個普通的知識份子，就想過過太平日子，算了，牛肉湯也不要喝了。」說著他竟笑了一下，繼續說：「你住在哪裡？我送你回去吧。」

到了烏節路，我讓他停下車，我下來之後，突然感覺一片茫茫然。

我看著他的車開走之後，就信步亂走著。

我回去找了雷四，但是哪裡都沒有雷四的影子，我去敲他的門，沒有人應。我只好回去給郁敬一打電話，我要告訴他我現在後悔了，我要他把他的影子仍然留在這個房間裡，我的眼睛捨不得離開他，他即使說了謊即使發過怒我也不在乎，我可以去做人工流產，做十次也願意，只要我能活著，只要他不厭煩我，只要他仍然愛著我，只要他讓我合法地留在新加坡。我的簽證還有兩天就要到期了。

可是電話響了一遍又一遍，他沒有接。

已經接近深夜了，我又突然想到那個曾要跟我包旅館的七十歲的老頭。可他能幫我什麼呢？可是也許會有意外呢？

我給他打了電話。老人一聽我的聲音，一點也不驚詫，好像他知道我仍在新加坡，並且從我的電話中接受到另一個信號，那就是我已經願意和他去某一房間同床共寢。於是他問：「你睡了沒有？」

我說沒有。

一小時之後，我們來到過去他曾領我去過的那家旅館，那小小的建築隱在一片燈光中，發出黯淡的光澤。我穿著一件灰色的衣裙，儘量不惹人注目，而老人穿著一件鮮豔的藍色T恤，神采奕奕，當他在服務台辦手續時，服務生向我投來意味深長的目光。

我低著眼睛跟著他上樓梯，然後拐進一個偏僻的門廊。他要了一個很大的房間，一進去，他幾乎把頂燈、床頭燈、廊燈全部都打開了。他坐在床上試了試，床墊很有彈性，然後勸我也坐下來。

我沉默不語。他卻開始解自己褲子上的皮帶。

「說吧，多少錢？」他問。

我望著他用迸出來的口吻說：「我不要錢，我的簽證快到期了。」

他若無其事，並沒有停止手中的動作，抬頭看著我說：「我知道。」

「誰告訴你的？」

「不用誰告訴我，像你們這樣的女孩子只有兩件事，一是錢，二是簽證，除了錢就是簽證，除了簽證就是錢。你說我說得對不對？」

「那麼你能幫我的忙嗎？」

這時他已經脫得一點兒也不剩了。生殖器像一片枯葉垂在那裡。全身的皮膚猶如一層鬆散下來的薄膜。他走到我面前，我伸出手像觸摸可怕的東西，輕輕地觸摸了一下他那兒的枯葉，旋即又鬆開了。

「如果你讓我盡興了，我會幫你的忙的，海倫，我弟弟的兒子就在移民廳那工作。你知道我已經是一個老人了，我僅僅是想看，看看你　」

他開始脫我的衣服，他的手骨節突起，上面充滿了老人所特有的斑斑點點。衣服只是被脫掉一半，他的手已經探入我的胸部，並且在全身瀰漫開來。

一會兒他把我抱起放在床上。我不知道一個老人竟然也有那麼大的力量。

我閉上眼睛。

「也許我們通過互相摸索，兩個身體會融合在一起呢？」

說完之後，他笑了起來。

他說：「你也笑一笑？」

我沒有笑，甚至連眼睛也沒有睜開一下，房間裡明亮的燈光使我覺得自己正好像浮在一片雲層上。

「笑，笑啊。我還會給你錢的。」他幾乎是在懇求著。

我仍是閉著眼睛，我不敢看他，我感覺噁心，對自己噁心，也對這個老人噁心。

「那麼你就哼一哼？像其他女人那樣快樂得受不了而要喊叫一樣。」

我沒有笑，也沒有叫。

這時，他用手指摸我的臉。

「叫啊。」他說。

看我沒有反應，突然，他生氣了，重重地煽了我一個耳光，說：「你們這些女孩子，當婊子也不懂得職業修養，不講道德。」

我仍然躺在那兒，閉著眼睛，等待著他再打，今天不知道為什麼，挨了打心裡反而舒服。

他沒有再打，只是輕聲說：你滾吧。

我起身穿好了衣服，我內心知道自己錯了，應該學會笑呀，我應該笑呀。

他沒有看我。

我默默地朝外走，剛開了門，只聽老人說：「滾，滾回你們中國去。」

我突然站住腳，我說：「你說什麼？你剛才說什麼？」

他沒有看我，只是歎了口氣，說：「唉，這樣吧，我還是給一百塊錢，你走吧。」

說完，他抽了一百塊錢放在桌子上。

我轉身去拿了那錢。

出門時，他突然抬起頭看我。

我也正好在看他。

我們的目光想遇，我開始對他微笑，儘管不自然，可是我的確在拿著錢笑。

老頭的目光變得柔和了，說：「我真的很孤獨。」

說完這句，他的眼淚竟然出來了。我收起笑容，怔怔地看著他。他搖了搖頭說：「走吧，關門時輕一點，旁邊的人都睡了。」

我輕輕地關上門，在通道裡，似乎總有著老人的柔和的目光以及潸然而下的淚水陪著我。

街燈燦爛，星空迷惘。

枯寂

明天是我簽證的最後期限。然而郁敬一還沒有任何消息。也許說不定肚子裡的孩子真的不是他的。

我又一次來到雷四的房間。他打開門，我幾乎癱軟在他的懷裡，語無倫次地說：「我沒法吃東西，我要吃東西，我想去做人工流產，然後回北京去。」

雷四把我放在椅子上，看著我時眼睛冒火，忽然間他舒了一口氣說：「我幫你去找人，把孩子做了，我們不打這個賭了，不管是誰的孩子，在新加坡這個土地上你都沒有權利生孩子。」

「我本來想我就是死了我也不做這個手術，我也要把孩子生在新加坡，可是我現在不行了，我快要死了。」

「那麼你決定了？」

「決定了。但是我沒有錢。據說做個手術要兩千塊錢，我身無分文。」說到這裡，我回想到昨晚那個老頭給我的一百塊錢。

「我身上有一千元，不夠，但我只有這麼多。」

「你肯借給我？」

「當然。」

「那你以後怎麼辦？」

「以後的事情以後說，現在就說現在的。」

我一下哭了，我問：「你怎麼對我那麼好？」

「錢算什麼，錢是王八蛋。」

他滿不在乎地說。

我抹乾眼淚笑了，說：「你才是王八蛋，錢才不是王八蛋。」

說著我緊緊地抱住了雷四。

他摸著我的頭髮說：「看來錢真是厲害，我跟你說了那麼多話，你都沒有這樣抱我，現在你這麼抱我，不過就是一千坡幣吧，那另外一千坡幣我幫你想辦法。」

我仰著頭問：「你有什麼辦法？你有什麼朋友？」

「沒有，我有的都是窮朋友，都是那些從中國來的窮學生，或者都是窮打工的。」

「那怎麼辦？」

「不是有個姓章的老跟著你嗎，他不是也有可能是這個孩子的父親嗎？你找他去要錢。」

「他肯嗎？要如果真的是他的，他會認帳嗎？我現在這個樣子，在這樣的處境裡，值一千坡幣嗎？」

「你說什麼？」

「我這個樣子不值一千坡幣。」

「你再說一遍？」

他喊道，望著我的眼睛裡突然盈滿了淚水。他轉過身去，離開我，走到窗前。我沒有心事去理解他的突然出現的淚水，告訴他我已決定去找章先生試一試。

他回過身說：「我陪你去。」

「現在？」

「現在。」

但是到了樓下，天下雨了，正在空中盤旋的烏鴉四處逃去。

雷四說我的傘在你那兒呢。

我一想沒錯，於是要上去拿。

雷四卻又拉住我的手說：「做完手術就回北京吧，明天不走後天走，再不走，你一定會成為黑戶的。」

我不禁打了一個哆嗦。

他說：「女人不會挨鞭子，但也會坐牢的。你怕嗎？」

我沒有反應過來，只是看著他，腦子裡一片空白。

他說：「看起來，你可能不怕。那就無所謂了。」

我說：「我怕。」

「那就作了手術快點走，我也想走了，我可能會在新加坡的老太太身上掙些錢，然後就走。」

「別亂說了，這兒的老太太都是正經人，怎麼會看上你呢？」

「地震會發生在世界任何地方，你信嗎？」

我說你也儘快走吧。

他說：「這兒可真不是人待的地方，但是，我有點不服，我可以掙上錢的人，為什麼就要在這兒趴下。」

我搖頭。

他說：「你還是儘快走吧，女人為男人懷孕真的很多，誰也跑不了，算不上什麼事，別對這種事抱太大的希望。如果是我，那我會對你說，說什麼呢，就說，你生吧，你把孩子生下來吧，我他媽不管。」

我說：「他是君子，不是像你這樣的無賴。」

「無賴還不管孩子？我管你？躲你？我他媽的在北京那時，當個皮條客，有一個女孩，從四川來的，她說那孩子是我的，我開始不信，她哭了，說真的是你的，我就管了她。我說，你跟著我吧，我為她租了房間，我說我現在不想要孩子，我沒有什麼錢，但是，你只要是生下這個孩子，我就養著他，先讓我媽幫著養，然後，我自己管。結果，她去作了人工流產。」

我說：「好吧，我也去人工流產，今天就去，現在就去。」

雨下得更大了，人們都紛紛躲藏。

我對雷四說：「我去拿雨傘。」

他盯著我，說：「答應我，別鬧了。」

我猶豫著，但是還是點點頭，我看著雷四的眼睛說：「我就聽你的吧。」

回房間拿傘的時候，一開門就聽見電話響。可是，那鑰匙卻找不著了。

我急得渾身是汗，拼命找著。

我怕那電話停了。因為，現在任何電話也許都是我的救命稻草。可是，我就是找不著鑰匙。

電話還在響著。

我把包包整個翻開了，倒出了裡邊所有的東西。

我一樣樣地清著。

電話停了。

我有些失望。

我又開始在口袋裡翻，當鑰匙終於被我在裡邊的口袋摸出來時，電話又響了。

我忙開門。

可是，剛開了門，衝過去時，那電話又斷了。

我渾身是汗了，坐在地上，心想：「是誰呢？是章先生嗎？要不，是誰呢？不會是我的父母，他們不知道這個電話。」

我的心始跳起來，是他？真會是他嗎？

我站起身來，自己否定了自己，他躲你還躲不急呢，肯定不會是他的，不會。

這時，電話又響起來。

我撲過去，抓電話，可是因為太緊張，把電話竟然給推下了桌子，電話在地上，發出了聲響，我撿起了聽筒，說：「喂——」

我的聲音絕望，淒慘，是狼在絕望時的叫聲，是風在秋天裡的頭一次哭泣。

電話裡的聲音有些小，我聽不清楚。

我說：「喂。」

電話那頭的嗓音傳來：「郁敬一。」

我渾身緊張起來，心想，真的是他，他會幹什麼呢？

只聽他說你等著，我待會兒去看你。

我一邊判斷著他的用意，一邊本能地開始演戲，我聲音顫抖著，說：「不行，你不要來……」

「為什麼？」

「我不想看見你。」

「海倫，算是我懇求你。我知道你還在生我的氣，但不管怎麼樣，我仍然要看你」。

他的聲音那麼低沉，透過電話，我似乎看見了他的明亮而溫柔的眼神，感受到了他的手指摸索著皮膚的月光一樣的美妙的瞬間。他有可能是會把我留在新加坡的。

我不說話，但是我的呼吸他一定能聽到的。

他說：「你別離開房間，我一會兒就到，說好了。」

我放下電話，跑到洗手間，對著鏡子化妝。我發現我的臉已不再是死灰那樣的顏色了，而是粉紅的，好像皮膚裡面點了一根蠟燭，在燃著，飄搖著，有時被風吹滅了，有時又著了，就這樣，時間過了一輪又一輪。

不知什麼時候，門外響起了敲門聲。我儘量使自己顯得平靜，但是打開門一看卻是雷四，這才想起雷四一直在等我。

我把傘還給他，並告訴他說不用找章先生了。

雷四吃驚地問：「怎麼了？我說郁敬一待會兒要來。」

「他要來？他來幹什麼？」

雷四居然張大了嘴巴，我說：「你看你這麼緊張，他又不是來殺我，其實他還是一個很不錯的人。」

雷四的臉色立即鐵灰了下來，他說：「是嗎？那你就跟他一個人睡就行了，就不應該跟章先生睡。」

我生氣地說：「你為什麼那麼殘酷呢？老跟我說我不愛聽的話。」

「我們倆在一起不說真話，那麼我在你心裡的價值會值一分錢？第一我是中國人，第二我沒錢，如果再沒有一句真話，那你想想我還有在你身邊存在的必要嗎？」

雷四含怨帶恨地盯著我，臉也漲紅了。

我說：「你別說那麼多了，你走吧，待會他來撞上你，我可就完了。」

他轉身就走，但是我叫住他，把他當作自己的同謀問說：「你說他對我究竟是什麼態度？他一個星期沒有一點消息，現在又突然跑來了。」

雷四卻走進來坐在沙發上，翹起二郎腿，用一種露骨的諷刺的神情說：「對你是什麼態度？你啊，能吃一點就吃一點，能喝一口就喝一口，能有新衣服就穿新衣服。在新加坡能多待一天就多待一天，其他的事情，我又不是算命先生，就好比說你海倫能有什麼壯舉，能不能夠進入新加坡歷史，那我哪知道啊。」

我跑過去要把他拉起來，推著往外走，說：「你趕快走吧，說不定他這就到了。」

他說：「我覺得他有些怪，你想，他今天突然來找你，會有什麼好事嗎？我認為凶多吉少。」

我說：「為什麼？」

他說：「不為什麼，只是感覺。」

我說：「你胡說。」

他說：「看，你就是聽不進去真話。我根據他這個人的一貫作法，就覺得有問題。」

我說：「你走吧。」

「這沙發還挺舒服的，我不想走。」

他的身體是那麼僵硬，我生氣了，說：

「你不走我走。」

說著我打開門衝出去。

我在電梯裡的時候，心裡在想著，他來幹什麼呢？出了電樓，幾乎和一個人撞了個滿懷。正是郁敬一，我心想真是好險。

外面的雨下得很大，郁敬一的車停在不遠處，他的頭髮幾乎全都打濕了，看到我陡地出現在他面前，忽然笑了起來，說：「我們這就去吃飯。」

然後他牽著我狂跑，上了車，好像我們之前沒有發生過任何事情。

透過窗戶玻璃我看見了雷四站在電梯旁的通道上，用一種新的，奇怪的，在我看來已接近於病態的目光注視著我和郁敬一。

這時，郁敬一也回頭，順著我的目光，朝回看了看。

雷四那時正對著我們擠眼睛。

我不知道郁敬一看見了沒有。

郁敬一當時的表情有些緊張，他再次回頭看雷四，然後說：「那個人是誰？」

我頓了一下，說：「不認識，可能是住在這個樓裡的混混。」

他說：「什麼叫混混？」

我說：「就是流氓的意思。」

「你真的不認識他嗎？」

「不認識。」

「不對，我看他好像對你笑呢。」

「他是對你笑呢。」

郁敬一笑了一下，說：「真是不瞭解你們中國人。」

我的臉紅了。

他在繫安全帶。我也把安全帶繫上。

我說：「也許他不是中國人呢？他就是你們新加坡人？」

他發動了車，說：「對不起，我不是那個意思，我只是想，得給你另外租個好點兒的地方，你不能跟這樣的下等人住在一座樓裡。」

我心裡感動，說：「那又要讓你多花錢了。」

他居然說：「錢算不了什麼，重要的是讓你有種安全感。」

我被這突然出現的幸福弄得頭有些暈了，忍不住地把頭靠在了他的肩膀上。

他開著車，緩緩地走著。

有雨的日子真好。

掉入泥淖

他居然把我帶到了KAPAL酒店，酒店的富麗堂皇使我再一次恨起雷四來，要不是他，我會打扮得非常漂亮。

郁敬一穿的是一件灰色西裝，被太陽曬成褐色的前額使他顯得健壯而英俊。在四樓的中餐廳裡，我們面對面坐著，我想，今天他是來跟我談什麼呢？如果說談肚子裡的孩子，他要把他作掉，那麼我一定會聽他的話。但即使我已經向他妥協，一旦聽到他談起這個問題，我想我還是會渾身打哆嗦的，不覺間我的臉紅了。

但是他跟我說的卻是他在學校裡面的競爭情況。他說：「這幾天搞得我非常難受，我突然明白一個做藝術的人做學問的人再去搞什麼政治，搞什麼黨派，那是最痛苦和悲哀的。然而我現在就處在這樣的狀況，可是在這個時候，我卻得不到安慰。」

說著他把目光投向我。我說：「我會盡我的一切力量去安慰你。」

當我說完這話迎向他的目光時，我突然覺得身體有一點涼，因為從他看我的目光中有一絲冷冷的東西。我想我是不是這句話說錯了？他不需要自己的安慰。

但是我看到桌上擺滿了菜，比以往的任何時候都多，甚至還有名貴的魚翅。他今天花這麼多錢，這說明什麼呢？這說明他比以往任何一次都愛我。

想到這裡，我再一次釋然了。

他說：「這次如果我不能爭取到這個位置，我可能得要回英國，回倫敦去。」

「真的？可是回英國也是不錯的呀。」

「當然在倫敦，比如我們走在大街上，你會發現每一條街道的裝飾都不一樣，而且你走在街上，稍微拐一下彎，建築風格馬上就發生了變化，而且這是英國人自己修的，英國就是這麼驕傲，在兩百年前，在一百年他們就這麼驕傲。」

說著他給我倒滿了酒。

我說：「有沒有這麼一天你會把我帶過去？」

「如果我把你帶到倫敦，我所有的朋友都會譁然。」

「為什麼？」

「因為你的眼睛那麼大。」

他望著我，眼睛裡透出從未有過的溫情和愛意。

我端起酒杯喝了一口，這時，只見他突然低下了頭，等抬起來時他已經是淚水縱橫。

我問怎麼了？

「我聽麥太太說你找過她，是嗎？」

我紅了臉，不知說什麼好。

「她說你還幫她做清潔。」

「我……我沒有說別的，沒有提你，真的。請你相信我，我不會做出任何對你不利的事情的。你相信我嗎？」

「我當然相信你，我只是難過，你幫她做清潔。」

我低下了頭。

「海倫，你還恨我嗎？」他說，眼裡的淚水順著淌了下來。

我握住他的手使勁地搖頭。

他說：「我這麼長時間騙了一次人，我對不起你，其實我沒有做過結紮，那個孩子肯定是我的，儘管我很小心，但是有一天晚上我沒有太小心，就是那一次，我知道，可是其他的事情我都無所謂，你肯定覺得我是騙了你……」

他也緊緊地抓住我的手。

我說：「明天我就去做手術，你放心……」

我開始哽咽起來，這時只聽他說：「這個手術我們不要做了。我五十多歲的人了還能夠有一個孩子，我會想辦法的，我會娶你。」

我抬起頭看著他，不相信他說的話，於是我使勁地搖頭。

只聽他又說道：「如果不是在新加坡，那麼就是倫敦。」

我把他的手抓得緊緊的。

「這幾天雖然很忙，但是我又準備幫你做一個月的旅遊簽證，所以你明天不用回去。」

「真的？」

這時，我的眼淚「嘩」地流了下來。我鬆開他的手，趴在桌子上哽咽起來。我的眼淚裡不僅有感動，感激，委屈，還有慚愧。我居然在昨天晚上和那個七十歲的老人在一起，我真是對不起他。

一會兒，等我不哭了，抬起頭來。他說：「你什麼都吃不下，那麼給你叫一杯咖啡？」

我搖搖頭。

只聽他又說：「這些天，我每天都好像能夢見那個孩子，我在想，也許這真是上帝給我的。」

我說：「你真這麼想？你對我這麼好，使我感到緊張，我挺不安的。」

他說：「你不相信我的話嗎？」

「我從來都信你的話，我把你看作我唯一的人，在新加坡，我只能相信的人，就是你。我真的想把那個孩子拿掉，我不想生下他。」

他說：「不，你不要跟我說這些，我不聽，我是真心愛你的。我前幾天，真是被那些事壓得有些昏了頭，不知道什麼對我來說，是最重要的東西了。」

我看著他，說：「你真的想要這個孩子？」

他的眼神裡有異樣的光在閃動，他說：「真，真的。我想要。」

我內心又充滿了疑惑，說：「那我就真的生下他來，讓他一生下來就是新加坡人，或者是英國人？」

他勉強地笑笑，說：「當然。」

我說：「太突然了，我簡直不敢相信，不信。」

他說：「你不要再想別的了，我們定了。」

我低下了頭，感到一切是那麼的不可思議，這種變化來得不正常，可是他的語言卻是那麼肯定，我應該相信什麼呢？

他沒有看我，只是看著窗外。

沉默了一會兒，我說：「你看著我的眼睛。」

我不知道自己竟然說出了這樣的話，就算他看著我的眼睛，那又能怎樣呢？

可是，讓我驚訝的是，他竟然也說出了那樣的話：「你也看著我的眼睛，讓我們彼此看著對方的眼睛，你要相信我們永遠相愛，我會對你負責，你對我這樣一個老人負責，你要給我送終，你今後要侍候我，你要給我養病。」

「那麼這個孩子叫什麼名字你想過嗎？」

他愣了一下。

我抹去眼淚說：「我已經想好了，叫郁達，我特別崇尚郁達夫，因為他這人很真誠。」

「那麼就讓他叫郁達吧。」他說。

我的內心跳得太快了，興奮和疑慮使我坐立不安，我真是不知道該怎麼辦才好了。

他又把手伸過來，拉著我，他抓得很緊。

我想：這是我一生中最重要的一頓晚飯了。

晚飯過後，雨還是下個不停。看到酒店旁邊有榴槤賣，他問我想不想吃，我說這時候吃榴槤像是一種儀式，今天就不要吃了，以後如果你有時間，再帶我去吃。

「那麼我們去買衣服？」

我也很突然，他為什麼會變得這麼大方？

「真的？給我買衣服？」我說。

他說：「你說呢？」

望著他興致勃勃的面孔，我說那當然好。

和酒店連在一起的就是一個很大的商場。

我隨意地看著那些各式各樣的衣服，似乎正是它們在糊弄著人生的秤桿，把人假造成各種不同的人。我不想讓他為我花錢。今後如果能共同生活在一起了，那麼他的錢也就是我的錢，我為什麼還要讓他破費呢？我們轉了很久，我什麼都不要。他似乎都生氣了，但是我堅持不要。

結果是我們什麼也沒買。

最後他站在雨衣旁邊，我好奇地望著那玻璃一樣地閃閃發亮的東西。

只聽他說：「人生也不知有多少下著暴雨的日子，但是下著暴雨的時候，你只要是自己有一個家，出了門有一件雨衣，感覺就會好得多。」

最後他不僅給我買了一件，也給自己買了一件。他說待會我們就穿這個去散步。

他看著我，似乎若有所思，嘴上浮起一絲古怪的近於迷惘的笑意。

再登崖頂

外面的雨下得並不大，只是夾雜著一股帶著腥味的海風。

郁敬一握住我的手一直朝懸崖邊上走去。

我興奮地說我可不會游泳。

他說他也不會，今天晚上的風太大了。

我拉住他，說那我們就不要到那個頂上去。

他回過頭笑了，說：「我騙你呢，其實我會游泳。」

我又感到了某種緊張，他說他不會游泳，可是他又說他會，他的心情為什麼突然變得這麼放鬆，他開玩笑了，變得幽默了，這是不是可怕的事情？

他開始慢慢朝上走。

他仍然不是太想上去。

他繼續朝上走，然後，又回過頭來拉我上去。

我感覺他好像是個年輕人，他的心態比我年輕。

他說：「我怎麼不會游泳，我從小就會，我的老師不但教我彈琴，還是他教我游泳。」

「我說我知道你會游泳，你跟我開玩笑，我只是說今天晚上風很大。」

「不要緊。」

「為什麼？」

「如果說我們倆掉下去我也能把你救上來，而且我覺得那樣很刺激，我年齡這麼大了，一生也沒有幹過什麼刺激的事情，如果說，你掉下去了，我把你救上來，我會覺得這一生沒有白過，甚至我連那個院長也都不要當了。」

說到這，他再一次笑了，聽他這樣說，便把他的手抓得更緊了，而且停下了腳步。

我說：「有你這句話就夠了，但是我不希望你救我，不希望你在我身上花很大的力氣。」

「不要緊，真的不要緊，再說了，不在你身上花很大的力氣，我怎麼能得到你？我給你準備的一套材料，明天在你的簽證到期日呈給移民廳，應該沒問題。」

看到我原地不動，他笑了，我伸開胳膊抱住他，緊緊的。

我問：「你說的是真的？」

他說當然是真的。

「那我們就不要再往前了，回房間去。」

我們開始往回走。我一邊走一邊說：「剛才要往上面繼續走的話，真是讓我害怕，風大雨大的。」

「其實我也覺得害怕。」

這時，突然從海上傳來一陣陣不知道是什麼鳥的叫聲。

我停住，朝回看。

他也站住了。

「這是什麼鳥在叫？」我問。

他說他不知道，他還從來沒有聽到這種鳥的叫聲。

「那我們到懸崖上看看這究竟是什麼。」我說。

「你真的不害怕了？」他問。

「不害怕。」

「那我不去，我害怕。」

「我也害怕。」

「好吧，那我也不去。」

我們笑著又一起朝回走，這時鳥的叫聲竟是那麼淒厲。

他用手捏了捏我的手，說：「走吧，我們還是回去看看。」

我看著他，剛才的緊張消失了，留下的是我漸漸對他升起的激情，今天晚上真是讓他從一個老人又變成了一個年輕人，黑夜裡，我看不清他臉上的皺紋，還有他眼底的老態，我甚至於產生了某種幻想：他是一個年輕人，我跟他的關係是完美的，我們在戀愛，是青春的相互吸引，是一種情意綿綿的東西。

我拉著他的手，緊緊地拉著，不過似乎已經不是害怕，而是一種調情，一種內心深處產生的渴望愛情的意志，其實我知道這一切並不可能產生，但是我成了自己內心的導演，我要打消他的緊張，要讓他跟著我上去，聽那鳥叫。

吞蝕

我們像兩個淘氣的孩子，很快地上著懸崖。

我想如果我沒有記錯的話，這應該是我第三次和他一起上這個懸崖了。

雨越下越大，我轉過頭，看見他的雨衣領子的最上端沒有扣好，於是便說：「你看裡面的西裝都濕了。」

「你給我扣吧。」

我們站住了。

他像孩子一樣地朝我靠著。

我抬起雙手給他扣扣子，手指不斷碰著他脖子上的皮膚，那鬆馳的肌肉漸漸地讓我的內心涼了下來，我剛才渴望完美的想像真是有些過份，它的體溫再一次提醒我這是一個老人，我要給這個老人生孩子。

他望著遠方，似乎有些冷，我感到他有些抖。

我意識到這是他的衰弱，但是我要他，我甚至於說還是喜歡他的，儘管他是一個老人，可是我依戀這個老人，能為他生孩子是我爭取來的權力，不是嗎？

我問自己。

他仍是看著遠方，似乎在等待著什麼。

我問：「你真的決定想要這個孩子了嗎？」

「當然。」

「不是一時衝動？」

「不是。」

「那你既然想要這個孩子，為什麼從來沒有想到過給孩子起名字這個事情？」

「男人一般來說，就是比女人粗心。」

他說著，笑了笑，說：「別急，我要想想這事。」

他說著，領著我繼續朝前走，一直到了頂上。他說：「奇怪，你怎麼不害怕了？」

「不知道為什麼，我聽到那種鳥的叫聲以後，突然就不恐懼了。」

「可是我現在恰恰相反，我現在非常的恐懼。」

我說：「我意識到了，剛才你還有些抖。要不，我們下去吧。」

我有些心疼他，他畢竟是個老人了。

他緊張地說：「不。」

我們朝大海遠處看去。

他說：「真的，我現在感覺特別緊張。」

我說：「但是我聽到那種叫聲，身上穿著你給我買的雨衣，我就覺得一點也不緊張了。」

這時候他看著我，我也看著他，相互笑了一下，然後又都朝大海望去。我問：「剛才究竟是什麼鳥在叫？」

他沒有說話，長時間地望著海面。

我也不說話，只聽見海浪在喧囂。這樣足足過了十多分鐘，我終於忍不住，轉過頭問：「你為什麼突然不說話了，你在想什麼？」

他還是不說話，只是又朝前面走了兩步，整個人幾乎緊貼著懸崖。

我追著他抓著他的手說：「你離這麼近太危險了。」

他回過頭說：「我就是想體會一下危險究竟是怎麼回事。」

他說這話時竟然笑了，我看見了那閃爍著白光的牙齒。那白色在黑夜當中顯得那麼恐怖。

但是也站在他的身邊，一起向大海深處看去。

遠處有零星的燈光，飄飄渺渺，彷彿也被風吹著，隨時都會熄滅。但是我一點兒也不害怕了，我的身邊有他，肚子裡有他的孩子，我一生的希望不管風吹雨打都不會像那些燈火一樣隨時被淹沒。我貪婪地看著，想著，這時，突然一下，我覺得自己腳下一滑，好像被什麼活動的東西拌了一下，或者是被什麼踢了一下，整個身體「蹭」地一下要朝下掉。

我恐怖地叫了一聲，張開雙臂去抓，正好抓上了郁敬一的雨衣上的一角。幸好懸崖不是垂直的，而是個斜坡，我趴在那朝上看著，這時，下面一個海浪轟地撲了過來，我大喊著：「救命，救命。」

有一隻手抓住了我的手，把我朝上拉著，我因為恐懼，眼前一片黑暗，什麼也看不見，好像一個瞎子，只是覺得被一隻手朝上拉著，拉著。

我意識到了這是希望，喊著：「救我，救我呀。」

那隻手仍在拉著。

當我感覺這隻老人的手上的力氣不是很大時，就又說：「使勁拉呀，救我呀，求求你了。別讓我死……」

那隻手仍在堅持著，只是力量比剛才更勉強了。

我抬起頭來，朝上看，在夜色裡，我看到了他的眼睛一閃，那似乎不是我的想像，我絕望了，那種要死的念頭，像一座黑色的大山一樣地向我壓來，我像突然明白了什麼似的，對自己，又像懇求他一樣地喃喃道：「我不要這個孩子了，我求，求你了，我不，不要，我，我……
……」

突然這隻手鬆開了，我順著斜坡滑下去。幾乎是一瞬間，我聽見他在上面喊著：「海倫，海倫。」

他的聲音明亮，像是一個青春的男高音，是一種緊張而歡快的聲音：「海倫——」

在我接近海浪的那一刻，我覺得那聲音裡好像有了恐懼和淒涼，只是那喊聲跟剛才莫名其妙的鳥叫聲一模一樣。

海浪湧了上來，我感覺自己進了一片肥皂泡沫裡，我四面被柔軟的液體包圍了，我沒有了任何力量，我清楚了，這就是我的命，我認命了，沒有別的辦法，我只能朝下沉。

海水有些涼，更涼了，漸漸地變得冰涼了。我仍然掙扎著想朝上看，想看到郁敬一的眼睛，還有他的手。

但是，黑暗朝我壓來，我突然知道了：我是一個失明的孩子，而且就要死了，永遠不能重返人間。

第16章 重生

看死人是我童年最大的樂趣，死人在沒有玩具的時代裡猶如玩具。他們從河的此岸達到了彼岸。彼岸是新鮮的，陌生的，而現在我看過的死人都來看我了，我也到了彼岸了嗎？

天堂或地獄

《聖經》中說：「一個女人死之前必須由神甫用右手大拇指沾沾聖油，開始進行洗禮……」

那本書裡是這樣說的嗎？我似乎覺得眼前有一片陽光，是這本古書給我的亮度，那是空氣中無限制地蔚藍，灰白，還有黃紅，還有艾青的詩歌，對了，是泰戈爾寫的詩，是冰心翻譯的嗎？是她，是郭沫若的女神，裡邊沒有書名號，就是沒有，有的只是那首詩：除夕將近的天空，飛來飛去的一對鳳凰，是除夕嗎？也許是元旦，原諒一個女人快死了，她的記憶力下降，不是考大學或者在大學一年級時那樣了，能背誦下來那些她並不喜歡的詩句，反正鳳凰在天空飛來飛去的，她們美麗，嘴裡夾著樹枝樹葉，鳳凰在不停地飛，她們累了，無法完成那屬於她們一生中只有一次的再生行動，她們的電子郵件系統失靈了。

《聖經》又在說話了，是一個女人死之前嗎？一個女人死了就死了，她的罪惡和懺悔都用死表達完了，為什麼還要說這麼多，而且是在《聖經》裡：先用聖油塗她的眼睛，免得她貪戀人世的浮華虛榮：再塗她的鼻孔，免得她流連溫暖的香風和纏綿的情味：三塗她的嘴唇，免得她開口說謊，得意得叫苦，淫蕩得發出靡靡之音：四塗她雙手免得她挑軟揀硬：最後塗她的腳掌，免得她幽會時跑得太快。

《聖經》，你說完了嗎？你的話太多了，大家都在重複你，你是偉大的，可是我也想說話，當你說完了，我就要說，當你聲音小一些時，我的聲音就會大一些，一個女孩子的聲音有時讓人噁心，今天的女孩子說起話來真的能讓人不感到噁心嗎？哪些光是今天的？《聖經》有多少年了？當時的人就對女孩子這麼嚴格，她們果然問題太多，從一生下來就是問題少女嗎？女孩子真是讓人生厭，她們毛病太多，既然《聖經》對她們提出了這麼多要求，我又能怎麼樣？我是基督徒嗎？好像不是，陽光裡有紅色，還有綠色，綠色是基督徒的顏色嗎？誰說的，也許是紅色呢，我不是，《聖經》跟我沒有關係，我的父母他們當時就公然說，他們是無神論者，他們膽子可真大呀，是誰讓他們有那麼大膽量，敢於說出這種大話，他們害怕的事情真是太少了，所以他們的女兒在承受他們作為一個無神論者留下的那些可怕的東西……

我是因為父母曾是無神論者而去受死的嗎？我要是害怕什麼，對自己有所約束的話，我的心情是不是會好多了？如果我的心情好，那我就不一定會去死，而是幸運地走在實驗室裡，把那些溶液從一個燒杯倒入另一個？然後，我在教室裡，跟其他女生和男生走在一起，我們說著什麼呢？是中國女排再也不可能像我們童年時一樣地光輝嗎？但是死去的為什麼是我？我還毫無準備，一個人總是在她毫無準備的情況下去死嗎？陽光太強烈了，有這麼亮的白天，為什麼人還會死呢？這未免太倉促了一些。

我睜開眼睛，突然看到在我對面的牆壁上，排著一列人群，有些人年老，有些人年輕，人人笑容可掬，並且口中唸唸有詞，手中還拿著蠟燭，好像是為了夜間守靈。他們當中有人很胖有人很瘦，有戴眼鏡的，還有一個女人戴著紅帽子。這些面孔好熟啊，雖然他們都已去世，但是我記住了他們。看死人是我童年最大的樂趣，死人在沒有玩具的時代猶如玩具。他們從河的此岸達到了彼岸。彼岸是新鮮的，陌生的，而現在我看過的死人都來看我了，我也到了彼岸了嗎？一個乾瘦的男人走過來，一直走到我面前，他附下臉說：「你知道我現在要幹什麼嗎？」

我說：「你是來給我塗聖油的。」

他臉上肌肉鬆馳，表面像塗了一層黃藥膏，說話時我能看見裡面的白牙。他搖搖頭說：「我不是來塗聖油的，見他的鬼去吧，我是來打人的，我已經十年沒有打人了，我的這種身分使我不想打人，可是今天你讓我出了一身冷汗，我把你從海裡推出來之後，又得回去洗澡，洗澡對我而言，是個很痛苦的事情，我巴不得一個星期不要洗澡，但是你讓我一天之內洗兩次澡，你說你這個人該不該打？」

我的臉一下紅了，我說：「可是我在新加坡我沒有遇到過好人，好人太少了。」

他揚起了拳頭要朝我砸下來，我閉起眼睛，胸脯立即急速起伏，這時又聽他說：「我幾乎又要打你了，但我這人的習慣是不打女人，誰告訴你說新加坡沒有好人？沒有好人你怎麼會來到這裡？」

他說完就走，這個人是誰呢？我覺得他說話的口氣特別像一個人。他走了幾步，又轉回來，看著我，問：「你想不想知道我叫什麼名字？」

我說你叫郁敬一。

說出了這個名字後，我的眼淚慢慢流了下來。

可他卻說不對，我不叫這個名字。於是他從懷裡掏出一張名片，以一種低沉的聲音說：「當你覺得新加坡沒有一個好人的時候，拿著這個來找我。」

我沒有去接，只見那白色的紙在空中悠悠晃晃地落在我的胸口，然後他一揮手，召集著他的同夥走了出去。那些死去的人依然回頭看著我，臉上都帶著幾分滑稽可笑的神情。我分辨不出哪些是現實哪些是夢境。只覺他們走了之後，周圍籠罩了一片蔚藍色。呵，我的眼前猛地出現了波濤洶湧，呼嘯有聲。「這裡究竟是什麼地方？」我開始尋找落在我身上的名片，我分明看到那上面寫滿了黑字，輕輕地像是蝴蝶一樣附在我的胸上。我聽見男人的說話聲。漸漸地我發現他們只是兩個人，接著就分手了，後來又相聚在一起，他們相互交談著，談到我時旁若無人，似乎我並不住在這間房子裡。

似乎過了很久，我聽明白了，一個說孩子流產了，一個說得要向醫生交一筆錢，一個人說我只負責他的房費，一個說她現在已經是黑身分，不許你告訴任何人，她要讓人抓去坐牢，那麼我會把你跟她的事情告訴你太太……他們大聲吵了起來。

我皺起眉頭。

我想難道我還活著？我還在這個人世間而且頭腦清醒？他們也許以為我昏睡著，在片刻間，我睜開眼睛，想努力看清我面前的這些面孔。我忽然想，一個女人是不是只有依靠男人的聲音和他們的面孔才能活下去？

他們倆站了起來，慢慢經過我的床邊，向外面走去。我終於睜開了眼睛，感覺這是一間悶熱而又略有霉味的房子。窗外天色暗下去了，晴朗的天空中映現著月亮的影像。我盯著那白色的月影，彷彿在這一刻，所有的事物都停住了，一切都凝滯了，只有自己一個人趕著生命的歷程。其中一個男人返回來，伸手拉亮了電燈，我看見他臉上斑斑點點，鼻子不住地歙動。

我看著他，可是仍然沒有意識到他是誰，我只是感覺到心裡有些疼痛，因為我還活著。這是可怕的事情。

他走到床前，居高臨下地望著我，他忽然低下頭。

「你醒了？」

我點頭，又搖頭。

他說：「你已經這樣躺了三天，我沒有讓你在醫院耽擱太久，僅僅一天就花掉了我所有的錢，那一千塊坡幣呢。你知道讓我這樣的人，去掙一千塊錢，有多難，你知道天上的月亮……」

「這是哪裡？」我問。

他蹲下身子坐在床上，說：「第一句話你應該說謝謝我，因為是我把你救了，我把你打撈上來的那一刻，覺得你真是沒有救了。」

我搖搖頭。

他說：「還不信？真的是我救的，我又不是雷鋒，我作好事當然要留名，還要拿好處，別人如果不知道感謝，那我就得自己要，你不信？」

我看著他，恍若隔世，這個男人為什麼不停地說話，我認識他嗎？他是誰？他是雷鋒？不，他是雷四，想到雷四和雷鋒，我突然想笑了，只是還沒有笑，就先咳嗽起來，震得我胸口疼痛。我還是想笑，但是眼淚卻流了出來。

雷四在床沿上坐下來，說：「說救你，也有些過了，那天我正好在那兒，我不過是順手把你從海裡揪上來了，你當時渾身都是濕的，沒錯，我說的是廢話，哪有身上不濕的，從海裡上來，我的意思是說，你全身不是被海水打濕的，而是被眼淚泡濕的。」

他說著，掏出一張紙，為我把淚水擦了一下。

我咳嗽著，突然笑出了聲，我說：「雷四，你就會吹牛。我想起你來了，你吹牛。」

雷四輕輕地為我擦著眼淚，說：「真不該救你，我吹了牛，你就完了。」

我心裡在那時突然感到陣陣憂鬱，我仍想著給我名片的那個男人，是他救了我。只有這樣的男人，才有可能救我，只有那個男人他救了我之後，我才有可能像人一樣地去問：「我是不是能活下去？你真的希望我死嗎？」

我望著天花板，睜著眼看著一個強有力的新加坡男人離我而去，越走越遠，他身前身後都是隨從還有保鏢，他的臉上刻著殺人的字眼，他真的有力量，有權力殺人呢，他為什麼要走，他走得太快了。

雷四從床沿上站起來，把他淡淡的影子橫擱在我的臉上，他又一次居高臨下地望著我，說：

「你不希望我救你？讓你浮出海面？」

我問：「剛才是不是有很多人在這裡？」

「你不喜歡我用救你這樣的字眼？可是，你在水裡幾乎連呼吸都沒有了。」

「剛才這兒是不是有很多人？」我又重複了一遍。

雷四慢慢地在屋裡轉著圈子，彷彿是自言自語。

「一個人沒有了呼吸，她還能幹什麼，她實際上已經死了，你呀，你實際上已經死了。」

我突然大聲地打斷了他，問：「剛才這兒是不是有很多人？」

雷四開始聽我說了，他被我嚇了一跳，說：「很多人？」

我說：「是不是有很多人？」

雷四驚愕地看著我，他摸摸我的額頭，說：「你還迷糊著呢，還在說夢話。以為新加坡真的有那多人？在你快被海水淹沒的時候，真的有很多人？他們來到你身邊幹什麼呢？是看你死，還是看你活？對了，他們為什麼要到你身邊來，你是電影名星嗎？還是剛出了名的政治領袖？」

「可是，我覺得自己身邊有很多人，也許，我真的要死了，為什麼那麼多人一下子都從各個角落裡出來了，小學的，中學的，大學的，還有作股票的，教政治學的，博士後的……好多人，他們都來了，他們圍在我的身邊，有人還握著我的手，他們臉上的表情嚴肅，就好像我真的是一個要死的人，我當時真想讓他們笑一笑，那樣，就說明我還有希望，可是他們誰也不對我笑。」

「我對你笑。」雷四笑了，然後說：「你真會說假話，你睡著，哪能想那麼多，看來你的思維還沒有被海水淹沒，這是好事。你慢慢地就會想起來，是我把你從海裡……」

「我真的就那麼孤單？到死的時候，身邊都沒有另外的人？」

「我才孤單呢，我死的時候可能身邊沒有一個人，連你都沒有。」

我說：「你說什麼？」

雷四提高聲音，說：「對不起，我已經忘了你已經是個快死的人了，聽覺已經不靈敏了，我說，你不孤單，最起碼有我，可是我才孤單，我要是死了，比如說我跳了海，新加坡的大海，或者有人用刀捅了我，那我最可憐，我身邊不會有一個人的，連個男的都沒有，更別說哪個女的了。」

我再次笑了，輕聲說：「你身邊最起碼會有一個女的，她會看著你死的。」

雷四顯出了高興，說：「你是說你嗎？」

我搖頭，再次咳嗽起來，說：「不，不是我。」

「那會是誰？是你嗎？」

我不說話。

「如果是你的話，那我就死的值得了，要知道，那是在新加坡呀，沒有親人，沒有哪個人會陪著我的。你要是陪著我，那我……」

「想得美，肯定不是我，是那個你經常找的某一個妓女，她會陪著你的，對嗎？」

雷四的臉一下子拉長了，他走到窗口看了看又折回來，說：「你開這種玩笑，開得大了。」

我再次笑起來，但是笑使我的胸口一陣陣疼痛。那裡有傷嗎？肯定有。我閉了閉眼睛，忍不住又說：「那些妓女其實挺可愛的，她們如果把裝束變一下，別人會覺得她們都是正常女人。」

「她們不正常嗎？」雷四的聲音含著那麼多委屈。

我一時不知道該說什麼。

「不正常的人是你，你現在就不正常。」

我睜開眼睛看了看他，問：「一個妓女陪著你去死，你不高興？」

「不高興。而且，你說她的時候，口氣不對，你不要瞧不起她們，她們挺好的，她們的打扮也用不著你教，她們那樣穿，是因為工作需要，有一次我看見她們中的一個穿著一身白，頭髮用手絹隨意地紮著」

我望著他說：「我只是開了一個玩笑。你為什麼這麼嚴肅？」

「你別拿妓女開玩笑，在新加坡，你們這些女人都不理我，我找誰？只能找她們，對嗎？」

我點頭。

我們好長時間都沒有說話。我不知道為什麼話題是這麼的沉重，而且居然是跟那個叫混子的雷四，而且居然是我剛活過來的那一刻。我歪著頭去看窗外，那兒完全地黑了，只是路面的街燈照得它發黃，像是北京深秋的樹葉，我再次閉起眼睛。

雷四開始抽煙，他的煙卻把我嗆得再次咳嗽起來。他滅了煙，用腳在地上踏了踏。他的這個動作使我再次想起這是一個幾乎沒有什麼裝修的破舊的組合屋區。我歎了口氣，對雷四說：「沒事，你抽吧。」

雷四站在我對面，看著我，又說：「我理解你，我想任何人在快死的時候，都希望身邊人多一些，沒有哪一個人想獨自一個人靜靜悄悄地死去。」

我委屈地說：「我真的覺得剛才我身邊有很多人。」

「可是今天除了我就沒有人，只有章先生來了那麼一會兒。他太小氣了，他租這個房子一個月才三百塊錢。」

「可是，剛才給我那張名片的男人呢？」

我掙扎起身子想尋找那張名片，它明明就落在我的身上，但是我怎麼也動彈不了。

雷四止住我說：「你現在太虛弱了，別動，好好閉著眼睛，你想吃東西嗎？我這兒只有麵。」

我搖頭。

雷四看了看我，搖搖頭，轉身開門，要出去。

「你去哪兒？」我突然大聲問。

「我想在外面抽煙。」

「別走，就在我身邊，你抽吧。」

「你會咳嗽的。」

「別走，別走。」

他猶豫著，關上了門，回到我身邊，輕輕在旁邊的一個椅子上坐下。

我說：「你能不能別沉默，說些話，讓我聽聽，說些有意思的話，我們不要談什麼妓女。」

雷四沒有抽煙，突然笑起來，說：「剛才你在夢裡，說夢話，你知道嗎？你竟然說到了一本書，那可不是一本普通的書，你知道你說到了什麼書嗎？」

我說：「書？我的夢裡還有書？」

雷四哈哈大笑，說：「你說的竟然是《聖經》，當這聖經從你口裡出來，那一會兒，我差點暈過去。」

「我說什麼了？」

雷四：「你說一個女人死的時候應該好好洗洗。」

我說我說的對，在夢裡說的，就更對了。

「可是，我覺得你在演戲一樣，開始我以為你不是在夢裡，當我發現你沒有演戲，而真的在說《聖經》，就覺得你真是被海水泡傻了。」

「沒錯，我這樣的人哪能想到什麼《聖經》。」

「對呀，又不是演話劇，說得那麼讓人肉麻，其實中國人是不信那些的，那本書不是中國人的東西。」

我問那什麼才是中國人的東西。

「中國人跟中國人也不一樣，需要的東西也不一樣。」

「我還說什麼了？」

「記不清了，說了很多，只是記住了《聖經》。

「其實女人的罪惡都是因為男人造成的，對嗎？」我睜大了眼睛望著雷四問，我突然覺得雷四的臉在日光燈下顯得那麼可怕，彷彿那已不是雷四。他不是雷四，那他是誰呢？

他感到了我的驚訝的目光，說：「看看，我說《聖經》不是你的東西吧，自己的罪惡是別人造成的，那什麼才是屬於你們自己的？美麗？天生的好皮膚？聰明？純潔的大眼睛？操她媽，我操所有的女人她媽，你都到這會兒了，還說這話。男人造成了女人的罪惡？真是操她媽的，那是誰造成了男人的罪惡？女人嗎？聖經在那裡早就說女人有許多毛病，難道只是屬於少數女人嗎？操你媽的。」

我不再說話，對，他就是雷四，沒錯，無論他怎麼變換著面容，一個人骨子裡的東西是不會變的。而且他越拼命說髒話，他罵得越下流，我越是沒有感覺。漸漸地我覺得他說話的聲音離我遙遠了，再也不聽到了，我累極了。

我又跌落在夢裡。

雷四之情

第二天，我的精神好多了。雷四從外邊買了麵包和香腸。我拿了一根香腸，慢慢地嚼著。雷四看我的目光顯示出了愉快，他的嘴唇很紅，像是偷偷地抹了女人的口紅。

我說你昨天罵我了。

「罵你？」他猛地停住咀嚼：「噢，對了，我罵的不是你，是你們女人。」

「為什麼？」

「我性壓抑，全是女人造成的，她們不讓我搞她們。」

「以後，等我病好了，身體正常了，你性壓抑時，就來找我，只是別罵女人了，無論是誰你都別罵，她們活得難，你知道的，對吧？」

雷四睜大眼睛，問：「我性壓抑時，找你？好呀。我等著你病好，我盼著你病好。我真是受不了了。」

他放下了手中的麵包。

我說：「那昨天晚上你為什麼不跟我躺在一起？」

「昨天晚上我恨天下所有的女人，別說跟她們上床了。」

「就因為我說了那一句話？」

「你說什麼了？」

「我說女人的罪惡是男人造成的。」

他又拿起了麵包，然後對著窗外，說：「對了，操他媽的，怎麼是男人造成的呢？你們女人就是這樣。」

我笑了，說：「你說髒話的時候最可愛。」

「你再吃點兒吧。」

我張開了嘴。

他說：「真要我餵你呀？」

我點頭，說：「今天舒服多了。」

他把一根香腸伸過來，作起了下流動作，來回地抽動著，臉上非常嚴肅。

我笑了，沒法吃那香腸。

他仍嚴肅地說：「你笑什麼？」

「你這是幹什麼？」

他說：「你笑什麼？」

我仍是笑個不停。

他快速地抽動著香腸，說：「快，快，快吃呀，張開嘴。」

我還是笑。

「你為什麼要笑？我什麼也沒說，什麼也沒作。我只是把香腸以這種方式遞給你，你就笑，這說明什麼？」

「說明什麼？」

「說明女人跟男人一樣，下流，罪惡。」

我說罪惡滔天。

「這才叫人話。」

他把香腸放在桌上。

我望著那放在桌上的用紅色塑膠紙包裹著的香腸，想了想，對他說：「不過，你比我下流。」

「你比我下流，要不為什麼你先笑了呢？」

他把那根香腸遞到了我的手上。我抓著，卻半天沒有吃。

「為什麼不吃？還覺得可笑？」

我搖搖頭，說：「我突然回憶起了這一切，我想起了郁敬一，想起了那天晚上他給我買的雨衣。」

「是不是還想起了那個被風雨籠罩的懸崖？」

我讓雷四幫我墊高了枕頭，我望著窗外說：「謝謝你救了我。」

「怎麼謝我？男人都是有罪惡的，面對女人。」他忽然像演戲一樣地說。

「等我好了，我會儘快回北京，等我回北京，我就等著你。」

他一楞，看看我，又說：「等著我？乾脆嫁給我吧。」

我轉回頭看著他，沒有笑，而是認真地說：「這輩子因為你救了我，所以什麼時候你想發洩一下都可以來找我，無論是在新加坡還是在北京。」

「真的？」

「真的。」

雷四的眼眶一下紅了，說：「我開始一直以為你跟我開玩笑呢。」

「這種話怎麼能隨便開玩笑說呢？我是認真的。」

「可是，我覺得你還是在開玩笑。」

「我知道你需要我這樣說，這樣做。」

「你真的把我看得這麼無恥？」

我笑了，轉頭望著他，看著他逐漸失落的面孔，我說：「你怎麼有時也裝腔作勢？這跟無恥有關嗎？

「當然有關。我只是想證明，我不是一個無恥的男人，我從沒有想過要占你的便宜。對了，還有，你跟我不配，你們女人比我們男人多長了一樣東西，所以，我們總是不如你們。」

「所以，你才應該在壓抑的時候來找我。」

「僅僅是在性壓抑的時候嗎？」

我點頭。

「不對，真的，你說的不對。」

「因為你是個性壓抑者，你是個窮人，你沒有錢，你搞不起妓女。」

「過去在國內我怎麼樣也是開理髮店的，我還做過電腦生意，還在搖滾樂隊裡敲過鼓，我當過皮條客，賺些錢了才來新加坡。女人多了，我為什麼一定要找你？」

我說：「你跟我說這些，有意義嗎？我只是想報答你，你就對我說這麼多。」

「報答我？怎麼報答？就跟我睡？你們女人總是這樣想嗎？以為自己把腿一叉開，欠的所有的債就都能還嗎？」雷四說到這，把手上的那根香腸狠狠往地上摔。

我臉紅了。

「告訴你吧，幾天前我就約了馬來西來妓女，可是沒想到你突然發生那樣的事情，所以也耽擱了。待會兒她就會上我那兒去。現在你也醒過來了，好好躺著，我馬上就走，因為我已經付給她一半的錢了。」

雷四說著找開門，把門摔得匡匡響，走了出去。房間突然靜了下來。

他為什麼要這麼生氣呢？如果我再沒有個雷四這樣的朋友我真是一無所有了。不，不對，我在心裡對自己說，女人有時什麼都沒有，她就是只能把腿一叉開，那就是她的全部了。

我又轉頭去望窗外，不知怎麼，我的臉上灼熱起來。我看到了窗外那一片發白的海洋，陽光跳躍著，閃閃爍爍，好像飛鳥飄落的羽毛。這些羽毛在空中旋轉著，飄盪著，每到高處又跌落海面。

這時門卻又一下子推開了。我把頭轉過來，還是雷四，這時他眼睛裡卻又閃著異樣的光輝。他猶豫地走到我的面前，說：「昨天我路過那幢海邊別墅時，看見那裡大興土木，燈火輝煌，那兒已經裝修了。」

「裝修了？在我死之後？」

雷四默默地望著我。我卻轉頭望著窗外那一片光，說：「也許就讓他在我的記憶中消失，就讓我在他的記憶中死掉更好些，誰讓我來新加坡呢。」

雷四又走了，當他走到門口時，我突然把他叫回來，說：「你吻我一下。」

雷四停下腳步，楞著。

我說：「我的額頭就那麼髒嗎？」

他猶豫著，走過來，吻了我的額頭，只是輕輕一下。

「不行，你還要吻我的嘴。」

他叫道：「那可不行，一吻我就射了，待會那個妓女來了，我無法向她交待。我已經給她付了五十塊了。」

我伸出手來握住他的手，眼淚突然盈在我的眼眶裡，他在我的眼皮上輕輕地吻了一下。而在我的眼前全是裝修過的海邊別墅裡的燈光，明晃晃的，全是音樂和笑聲，好像還有葡萄酒的泡沫，郁先生的琴聲在響著，琴鍵每動一下，我的心都被抽動著疼了一下，就好像醫生在為我的傷口縫針，然後又開始拆線，我的疼痛是一絲絲的，但是鑽心的，雨又下起來了。

我站在外邊，淋著雨，裡邊的人沒有意識到外邊下雨了，我大聲說：「下雨了，外邊下大雨了。」裡邊的人沒有理會，他們仍在聽著郁先生的彈奏。

他彈的是蕭邦嗎？不是，蕭邦從來不是這樣的風格，好像蕭邦沒有這麼高興過，那是誰呢？是李斯特，對，好像是，芬曾給我說過這個人，他一生愛情不幸，可是琴彈得並不投入，斷斷續續，很久還沒有進入正題，他應該彈得更激烈一些。

笑聲傳來了，雨聲更大了。

我從夢中醒來，發現小屋裡只有我一個人。

夢醒，仍在夢中

我一躺就是二十多天。

二十多天對於一個人的一生來說，有多麼重要？不重要。

二十多天對於一個女人的一生來說，有多麼重要？不重要。

一個女人，一個像我這樣的女人，無論有多少天，對她來說，都不重要，她已經在等死了，她的心已經死了，沒有希望，絕望和仇恨使她感覺不到時間，她有時在鏡子裡看到自己，那完全不是她，而是她的一張皮，那上邊沒有化妝，只有青灰色的塵土。

我不斷地想到了關於幸福，關於愛情，關於幻想，關於北京，關於新加坡等等問題，然而想來想去沒有任何結論。誰說當一個人失意的時候還可以在詩歌中尋求激情和勇氣？我真的曾經寫過詩歌嗎？我彈過鋼琴，我的父親真的曾在下雪天背著我，去那個說著上海話的女人家裡上鋼琴課？她對我說什麼呢？她說得跟郁先生比，誰更準確？對於開發我的智力而言，他們誰更成功？只是我那個可憐的父親，他背著我的時候有些吃力，我七歲時是我一生中最胖的時候，他累得直喘氣，而我還在心裡說：我今後會比他有出息，我會從他的肩膀上走向另一個美好的世界。

我想起了大學的時光，我真的曾經喜歡過詩歌嗎？我是裝的吧，可是我真的寫了很多詩，我把寫的詩歌抄在那個筆記本裡，並把日記給極少數的男生看，有時就直接把詩夾在那個美國詩人的詩集裡邊，他叫什麼？他曾在街頭朗誦詩歌，對了，是他，是金斯伯格老頭，他懂詩歌嗎？他不懂，因為他不懂女人，他完全不懂女人。他如果知道一個二十多歲的女孩她才二十多歲就已經明顯地老了，或者是變成了一個幽靈，他在街上朗誦詩歌的表情會是什麼樣呢？ 他朗讀給誰聽呢？如果女人不聽，那他還會有激情嗎？

我時醒時睡，或者不如說一些零亂而不連貫的表相在腦子裡飄忽，那些在童年裡見過或者在什麼地方只見過一面，包括那些死人的面孔，一些哭聲，一家小酒店，一個用得發舊的電動小玩具……這些東西影影綽綽的像旋風似的，有些我想抓住，可是倏地它們都忽然消失了。

窗外的陽光有些懶惰，它灑在我的身上，我看著天空，我是一個有欲望或者說欲望過強的女人嗎？我反對這種說法，然而在最後，我的思緒總是不得不停留在那幢別墅上，每當這時，我的渾身都在顫動。

他是怎麼裝修的？他在實現他的諾言嗎？他又對誰表達了他的新諾言呢？那個搖晃得很厲害的樓梯他會換掉嗎？那幢別墅的女主人到底是誰？我曾無數次遐想我將會穿什麼樣的衣服在一

個重要的時刻走進那個別墅，在我到達那裡的時候，有很多僕人，或者說是下人，已經準備好了，他們列好了隊，都站在那兒，領班很謙虛地樣子，是新加坡人中最得體的那種人，我走在他們面前，旁若無人，因為，我就是主人呀，主人回到了她應該擁有的家，那時，我將以什麼樣的表情參加為我舉行的盛典，我將怎樣接受他表示愛情的一吻，我不只一次做這樣的夢，記得剛來新加坡那時，我對一個新認識的老太太說過類似的夢，她十分吃驚，並說讓我一定要看心理醫生，許多天她在另一個場合見了我，並說，我對一個心理醫生說過了，他說你可能有病，具體是什麼病得他見了你，為你作了檢查再說。

我說：「你真的認為我有病？」

她說：「不是挺厲害，但是肯定有。」

我說：「那你有沒有病呢？」

老太太生氣了，她說：「你不能這樣，把人們對你的愛隨便對待。知道嗎？我跟心理醫生說，那是要花人情的，儘管我只是順便說說的，那可也是人情呀。」

我說：「有病的是你，而不是我。我只是對你說了一個夢，我的一個夢而已，你卻為我去找心理醫生，你想，一個女孩子她是不是能想像一下她未來的美好的生活？」

老太太提高了聲音，說：「所以，我說你有病，病得這麼重，自己不知道，別人幫了她，她還恨別人，你們是什麼人？中國人嗎？」

今天我又再次得了病了，我想起了那棟別墅，想起了自己曾有可能成為那棟屋子的主人，這說明一個女孩子的內心是多麼可怕，她竟然還在想，在她已經為了這種想法死過一回之後。

我把臉背對著陽光，我看著牆壁，那上邊的污垢正朝我沖過來，與我的夢想融化在一起。

我似乎又睡著了，我別無選擇。

別墅裡的獵槍

雷四終於再次出現了。

他坐在我的床前，像是犯了錯誤一樣地，有些不好意思看我。他沒有注意我今天是二十多天以來頭一次化妝，我以為他會說幾句的，可是他就是沒注意。而我聞到了他身上有股香水味，於是問：「那是什麼牌子的香水？」

他不好意思地笑了，說：「CD的，聽說過這牌子嗎？」

我說我在芬那兒曾經用過一點。

「不過，味道跟你這種，好像有差別。」我又說。

雷四笑了。

「是一個妓女的，她說是從馬來西亞帶來的，可能是假貨。」

我拉著雷四，仔細地聞著他身上的假香水，然後抬起頭說：「她走了？」

雷四點頭，說：「她有別的客人，還沒走。」

「她比我更吸引你？」

他點頭，說：「她畢竟是外國人。」

我笑了，說：「不花錢的女人你不來找，偏找花錢的，看來你還真大方。」

「怎麼樣，這些天過得好嗎？」

我說挺好的，想了很多事，可都是沒有用的事。

「很難說什麼有用，什麼沒用。」

「這不像你說的話。」

「你主要想什麼了？」

我說不告訴你，你會害怕的。

「那還是別說好，我這人天生膽小，怕事，最近剛有了點好日子……」

他走到窗前，又說：「你每天從這兒看大海嗎？」

我點頭，說：「看別墅。」

他回過頭，說：「別想那些了，你好了嗎？身體狀態怎麼樣？」

我說我現在身體完全恢復了，明天我就去自首。

雷四歎了口氣，說：「這也許是最好的結局，你早點回北京，等著我。我從小是在北京胡同裡長大的，許多胡同的牆壁縫裡都有我塞進去的小紙條，用塑膠紙包著的，一層又一層。我要和你一起去把它們拿出來，我家從崇文門又搬到了護國寺附近，那兒有一個四合院，現在當然是在雜院了，那屋子聽說是張學良的秘書建的，也不知道是哪個秘書，反正現在還有看到舊式的門，畫框，我現在有時真是懷念北京的大雜院，其實中國今後有錢了，把人都清出來，把張學良的秘書請回來，假如他還活著的話，讓他把那個院整理好，我們搬到郊區去住，跟美國人一樣，只要懷舊了，就去那個四合院落，我帶著你一起去，北京在我的想像中很乾淨……」

我打斷他說：「不過今晚，你能陪我去一個地方嗎？」

「去哪？」他問。

我說去別墅。

「為什麼要去那？」

「他那有一把獵槍，我想把他那把槍拿出來，把他打死。」

雷四一聽急了，連忙說：「這不行啊，這可真犯法，而且打死他你不僅回不了北京，你也活不了。」

我從床上起來，走到了地上，來到了窗前，當我站在窗口，望著遠處的大海時，我說：「我本來就是一個死人了，我只是希望他跟我一樣，這樣我們就公平了。」

雷四走過來攬住了我的胳膊，我感覺出了他眼睛裡的灼光。

「你不是說過不報復他了嗎？

「我說過嗎？不報復他嗎？」

「當然，你說到了《聖經》，還有懺悔的話。」

「臨死的人想起懺悔，可是活著的人要作事。」

「作事？是殺人嗎？」

我點頭。

他像受了驚訝：「你怎麼突然來了興趣？你不知道這樣做的後果嗎？」

「你如果不願意去，我自己去。」

我轉身挎起早已準備好的包包，打開門往外走。

雷四走過來，拉住了我，他仔細地看我，這才發現我已經化好了妝。

他笑了，說：「你今天畫的妝真像個妓女，你不該戴這個帽子，這樣，讓你看起來太特別，引人注意，咱們在新加坡又不是主人，讓別人都看你不是好事。」

我說從現在開始，我要一直戴著這樣一頂帽子。

雷四把帽子摘了去，說：「別戴了，好嗎？」

「頭髮亂了？」

「對，你得再整整。」

我走進浴室，在鏡子裡看著自己。

雷四很快跟了過來，他站在我後邊。鏡子裡有兩個人，後邊的那個男人看著我。

我梳理著自己的頭髮，然後又把帽子戴上了。我覺得我戴上帽子並不怪異。我通過鏡子看著雷四，想聽他再說什麼。

他不說話，只是看著我。

我說：「你還想批評我的帽子嗎？或者批評戴帽子的人。」

雷四說我陪你去。

我轉身抱住了他。

他渾身僵著，沒有任何反應，就像我是他的同性朋友。

再探別墅

陽光不知道什麼時候就沒有了，黑暗漸漸來臨。天空中的月光越來越明亮，可是空氣好像越來越悶熱。我的身體被汗水打濕了。

「要不，我們回去吧，好嗎？」雷四邊走邊說，「我感到你很虛弱，你還沒有真正恢復，你再休息幾天。」

我說我沒有權力休息。

雷四看看我，就像是我爺爺在世時看我的那種眼神。我說你讓我想起了我的爺爺。

他說：「那就叫一聲。」

「爺爺。」

「哎，幹嗎？找爺爺有事呀。」他把聲音弄得那麼蒼老。

我笑了，說：「你真是不知道羞恥的人。」

四周圍像往常一樣人來人往，更多的都是無所事事，在閒逛。我以這種無聊的方式盡可以地緩和著自己內心的壓力。我知道自己最少能有兩種選擇，一種是想辦法回北京，像弱小的魚一樣，悄悄游回去，身上留著從海裡帶回去的傷痛，不對別人說，然後面對親人和朋友只是說：新加坡是一個花園城市。很好，好極了。我的第二種選擇也很簡單：復仇。把郁敬一殺了，讓他死。可是，我怎麼樣才能讓他死呢？決心很好下，只是路很難走。越接近那幢別墅時，人越來越少，我和雷四都摒住呼吸一聲不吭。

我突然抓住雷四的胳膊說：「我害怕。」

他看看我，說：「我知道你會害怕。你是太緊張了，你又出汗了。」

我說：「我覺得是害怕了。」

他說回去吧。

我點頭。

我們轉身朝回走著。

他說：「這兒本來就不屬於我們，如果過於貪求得話，可能忍受得就不僅僅是窮了。」

我問還會有什麼。

「死。」他回答道。

也許「死」這個辭彙又一次刺激了我，使我想起了仇恨。我突然站住了。

雷四問怎麼了。

我說我還是要回去看看。因為我已經死過了。

「你呀。」他說。

我們又轉身朝回走，雷四說：「其實活著很好，再差的活著，也比死強。你說呢？」

我什麼也不想說。活著又怎麼樣？死又怎麼樣？

月亮從雲裡飄出來，好像有聲音一樣地引起了我的注意，我看著天空，感到自己緊張得渾身都在發抖。

「你怎麼了？」

「我又怕，又恨。」

「我光是怕，不恨。」

我們沿著海邊的公路，走到那片樹林，四周沒有任何人。

他說：「為什麼從這兒走？」

「這兒有條小路，是他帶著我常走的。」

很遠就看到了那幢屋子，它被月光還是什麼光輝映著，為什麼那麼亮？我的心在看到它的一剎那就緊縮起來。那真是一座城堡，是皇家的，最少也應該是貴族的，要不它為什麼那麼顯赫？它矗立在夜色的遠景之中，像是國王的居住地，可是僅僅在二十多天以前，它還是屬於我呀，最少是在夢裡它屬於我。是郁敬一為我編織的那個夢。

我走得快了，雷四跟在我的身後，說：「別那麼激動，他是別人的。」

我臉紅了，我有些氣憤地看著雷四，說：「不，它應該是我的。」

雷四看看我，沒有再說什麼。只是突然笑起來。他的笑聲嚇了我一跳，我說他為什麼要笑。

雷四說：「可笑。」

我說一點也不可笑。

我們來到了離它很近的地方，我們站在一片樹林裡望著別墅。我發現別墅裡面有燈光。是電燈光，很亮。過去這兒沒有電，只有蠟燭。

雷四和我一起望著那燈光，沒有說什麼。

突然我渾身再次開始顫抖。

「你怕了？」

我說不怕。

他說：「可是你渾身打顫。」

我轉過頭望著他的眼睛，問：「你理解這個世界上有仇恨這樣的字眼嗎？」

他沒看我，只是看著燈光。

我說：「有一剎那我忘記了我究竟是來幹什麼的。現在我忽然已經明白了，我是因為仇恨而來的。」

「你別這樣，你的身體還沒恢復。」

我的目光定在了那窗口的燈光上，我看到那房屋的幾個窗口都拉上了白色的窗簾，窗簾裡人影綽約，隨著夜風的吹動，我看見有人在走動。我心怦怦直跳。遠處傳來了打雷的聲音。我和雷四相互看了一眼，目光裡的焦慮混成一片。然後我們又向前移動腳步。不知是我領著雷四還是雷四領著我，我們來到了別墅旁邊的那個狗洞。雷四一進去忍不住笑了起來，他的再一次的突然的笑又使我嚇了一跳。他說：「這個狗洞，我過去鑽過好幾次，裡面只有一個小門，用什麼東西一撥，門栓就掉了。我從他們家酒窖裡面偷過好幾瓶特別棒的紅葡萄酒，這種紅葡萄酒我一輩子都沒有喝過，真是比法國波爾多的葡萄酒還要好，回北京我可以去吹牛。」

他的話讓我驚奇不已。

我問：「你來過這裡？」

「不過，不是雷鳴閃電的下雨天我是不來的，那天晚上又是雷鳴閃電，我就去了，結果在那就看見了你，那是我第一次救你。那天你鑽進去了以後又往外跑，然後我看見了燭光，我知道你跟那燭光有關係。可是當時我想一個女孩居然跟我一樣會爬狗洞，怎麼會跟我一樣呢？那我想這個人肯定是跟我一樣的人，我們一定是有天大的緣份，我操他媽，這就叫緣份啊　要不然我那天晚上怎麼會救你？不是我把你攔腰抱住，你早就自己跳下去死了……」

我深深地喘了一口氣，順著洞向前摸索著，裡面有一扇小門，我想門裡面就是酒窖。

這時雷四說：「你先不要從裡面鑽進去，你先等等。」說著他向上看去，一絲隱約的光照著他的臉，好像照著一塊大理石，我從來沒有發現雷四的臉也會在一瞬間變得跟死屍一樣白。順著他的目光看過去，在牆壁的上方，有一個窗口，隱約閃著亮。但是窗口太高了，搆不著。雷四說你踩著我的肩。我輕輕地踏著雷四的身體，扒著窗口朝裡看，我彷彿一下如夢初醒，看見裡面高朋滿坐，音樂聲歡笑聲從那裡襲來。四周角落擺滿了鮮花。但是家具似乎沒有換。我再一次看見了郁敬一的臉，他穿著一件白色的西裝，端著一杯酒，正說著什麼，由於聽不見他的聲音，似乎覺得他在竊竊私語。旁邊還有那天我見過的他的兒子。衆多的人群之中我還看到了麥太太。

他們是一群幸福的人，而我原來還以為這種幸福與我有關呢。

我從雷四的肩上輕輕滑下來，眼淚又一次出來了，我哽咽著說：「我已經死了，可是他們還活著，他們還那麼好地活著，你說這個世界公平嗎？」

雷四把我緊緊抱著，說：「走吧，我們不要再待在這裡了。」

我蹲在地上，不走，他卻是硬把我往外拉，裡面的聲音越響，我的心跳得越厲害，眼淚越是沒有完。雷四幾乎是哀求著我走開。

我抹淨臉說：「能陪我再去看一看那個懸崖嗎？」

第17章 浴火鳳凰

我蹲了下來，把自己的鬼臉貼在他的臉上，
不，我說得不太準確，我是說我離他很近，
幾乎是貼上了他……

夢魘

我們再一次到了懸崖，大海已經不像那天猛烈地搖晃，而是一片寂靜，像是睡著了一樣，藍色的月亮投射在海裡，那麼深，那麼遙遠。我想在那天晚上，就連大海就連那鳥叫聲都為我設好了一個圈套，要讓我那天去死。為什麼我得要去死呢？是因為我不該來新加坡嗎？我望著腳下的石頭，對雷四說：「也說不定那天晚上我們站在這裡，並不是他把我推下去的，僅僅是一個浪猛地襲過來，然後打傷了我們倆個人，他會游泳，而我不會游泳，他只是沒有救我而已。」

雷四說你應該這麼去想。

「可是這樣，我只是自己騙自己。」

「如果能把自己騙得很快樂很幸福，那也未必是一件壞事啊。不過，那天我一直在跟蹤你們，你看跟蹤這樣的事情不一定就是章先生才做得出來。我那天一直跟著你們，雖然有一點預感，但是更多的是我想知道你們究竟會有多親密，結果我看到了那一幕。我沒有抓兇手，我只能去救你，我要抓完兇手，你就死了，可是我救了你，兇手就跑了。」

「你能肯定真是他把我推下去的？」

「要不要我試一試？」

他把手放在我的背上，說：「這種感覺可能不錯。」

我立即搖晃起來，身子前傾，我的全身顫抖著，反身一把抓緊雷四。

「你仔細回想一下你是怎麼掉下去的，那浪真是撲上來了嗎？他要真心想拉你是能拉得住的，更何況你還被踢了一下。」

我低頭看著下面的石頭，那不是圓滑的鵝卵石，而是一塊又大又方的石頭，平得像一塊玻璃。我知道在這樣的石頭上自己不會平白無故地掉下去的。在旁邊的石頭縫裡長滿了帶著枝葉的草類，我用腳碰了碰，立即響起輕微的聲響。我靜靜地站著，久久地站著。我抬頭看了看月亮，月亮依然是蔚藍色的，已經偏向了西邊。我想這時也許是深夜了。我從包包裡拿出化妝包，從裡面拿出一面小鏡子，讓雷四拿著。雷四用它向大海照去，映出一條條細長的光，隨水浮動。

我說：「這麼多天，今天是頭一次化妝，可是我在這兒發現那妝化得不夠味，沒有達到水準。現在我要補一下妝。」

雷四高興地應聲說我看著你化。他拿鏡子對準了我的臉。

在月亮下，我看見的眼睛那麼大，那麼空，就連我自己都冷得不禁地打著寒顫，我的確被自己嚇了一跳。我說：「在今天這個晚上，我想把自己化得像鬼一樣。你怕不怕？」

雷四笑了一聲，他說：「在你被打撈上來我把你送到醫院時，你在裡面搶救，我坐在外面的椅子上打了一會兒盹，就那一刻，我看見了一個女鬼，嚇了我一跳，醒了，那時我就在想，你如果死了，我要在你的墓碑上刻著什麼字呢？愛人海倫，可是我又想著你是我的愛人嗎？你在陰間看到我這麼稱呼你會生氣，然後變成那個鬼來嚇我的。」

我勉強地笑了笑，問：「你夢見的女鬼是什麼樣子的？」

雷四說：「你先化給我看看。」

於是，我先在自己的眉毛上、頭髮上、鼻子上、嘴唇上撲了很多白粉，然後又拿出口紅在眼睛周圍畫了個圓圈。

雷四看著我說：「跟我夢見的差不多，真的，如果再把嘴唇弄得白一些。」

我按他的話去做了。

雷四說：「還不夠，這兒，這兒，對了，不，還有那兒，都讓它們白一些，再加些粉。」

他說著，拿過粉撲又拼命地在我臉上抹了些粉。然後說：「你可以再看看鏡子。」

我一看，感覺到自己真是一個成功的女人，因為我在黑夜深處真像一個活著的鬼魂。

「這下你看起來真像一個鬼，也像一個幽靈。」他說。

我又望著大海，說：「這個鬼這個幽靈應該出現在那個別墅裡面。」

說完，我就從懸崖上往下衝，我穿著高跟鞋使我的腳有些使不上勁，身體止不住地扭著。

雷四在後面抓住我，說：「不准你去，你不能偷那把槍，殺人是要償命的。」

「償的是我的命，不是你的命。」我大聲喊道。

他死死抓住我，使我稍稍靠向他的肩膀，我看見他的兩片厚厚的嘴唇有點哆嗦。一瞬間，我發現在他的身上沒有香水的味道，在他的脖頸間沒有漂亮的領帶，甚至他的襯衣的領子還泛著油污的光。

我說：「我要的是另一個人，包括這個人的命。你只不過跟我一樣，是一條中國狗。」

他的聲音低低的，卻是那麼堅決，他說：「那你一個人去，我不奉陪。」

我摔開他，獨自下了懸崖，朝遠處的別墅跑。只聽雷四在後面悄聲喊：「海倫，海倫。」

我只顧向前跑，自己的腳步聲使我心驚肉跳。我停下腳步，周圍的寂靜使我躊躇了一下。我凝視著那個在夜色中顯得模糊的建築物。它是那麼親切，卻又讓我那麼憎恨，它曾經是讓我那麼溫暖，現在卻是我孤獨的源泉。我開始輕輕地往前進，到了別墅的窗口，透過白色的紗簾，突然發現客人似乎全都離去，只有一盞昏暗的燈點著，光線中郁敬一一個人的影子在那兒晃動。我想起了他在其他時候的姿態，他說過的話，說話的聲音，他整個的人……我的心怦怦地跳了。

只見他慢慢地坐在沙發上，好像在看書。我悄悄地從後面繞到了那洞口，躡手躡腳地向前進。越往裡走，我的身體就抖得越厲害，甚至心都懸得痛了起來。周圍依然一片寂靜。我先推開一扇門，裡面果然是酒窖。忽然我聽到一聲轉瞬即逝的翅膀的飛動聲，像什麼東西被折斷了一樣，我迅速蹲下身子，嚇得頭也不敢抬，這時一切又靜了下來。我想起也許那是一隻蝙蝠，被我驚醒了。通過酒窖，我意外地看見那門敞開著，也許是剛才宴會時誰進來拿酒時忘了關門。慢慢地，我走到了通向客廳的路。我聞到了一股煙和酒的混合的味道。我發現腳下的地毯換了顏色，過去是藍色的，而現在是深黃色的。快到客廳時，我停下腳步，靜靜觀察著，我發現坐在沙發上的郁敬一全身佝僂著，聳拉著腦袋，他好像閉上了眼睛，手裡的書也滑落在地上。我開始向前走，在客廳的一角，有一件好像是女人的長裙掛在牆上。

「這裡怎麼會有女人的衣服的呢？」我想：「過去好像沒有這件裙子……」而在裙子的旁邊還有一架黑色的能照見人影的鋼琴。我通過鋼琴，悄悄地走到了他的跟前，他正在睡。在鋼琴的反光中我清晰地看見了自己塗著白粉和畫著紅眼圈的臉。我又看了看他，他睡得很香，這時，這個老人有些像是個孩子，是女人們經常珍惜的孩子的睡像，他可能今天太累了，要不為什麼正看著書，就在客廳裡睡著了呢？

我蹲了下來，把自己的鬼臉貼在他的臉上，不，我說得不太準確，我是說我離他很近，幾乎是貼上了他。他的臉有點浮腫，也許是勞累的緣故，他似乎也比二十多天前蒼老了許多。而在他的像雜草一樣混亂的夢境中會不會夾著一具海面上的女屍？一個殺了人的人會那麼輕鬆地進入夢鄉嗎？我跟他一起呼吸，倆人的氣息相互噴在對方的臉上。我剛想站起來，到客廳的四周轉一轉，這時候他把黑色的眼睛睜開一半，從裡面射出一道細微的光，照了我一下，又立刻閉上了，但是很快他又微微地使人看不出來地抬起了眼瞼，看見了我，然後嚇得「哇」地大叫了一聲。他的慘烈的大叫盤旋在整個別墅裡。

我被他的慘叫也嚇得不輕，幾乎暈過去。可是我仍本能的衝到他的面前。

他再次發出慘叫，大聲地說著英語，他在說耶穌，他用的是英語，這說明他真的是一個英國人，在最關鍵的時候，他說的不是中文，而是英文。他在拼命抓著自己的臉，揉著眼睛，他是不是想證實這是夢境還是現實。他很可能真的把我當成夢境中的活鬼了。

說不出什麼原因，我呆呆地站著，突然感到害怕，我好像沒有力量再面對他。我蹭地一下，像貓一樣地朝門那邊滑著，然後發現自己又走錯了，還是應該回到酒窖裡，我又從原路退出。

我本能地支撐著僵硬的身子順著來路跑出去了。我已經感覺不到了自己，我不知道他的那種叫聲為什麼會那麼恐怖。剛從狗洞裡爬出來沒走幾步，踉蹌一下就倒了下去，恰恰倒在一個人的懷裡。

雷四把我抱住了。

我倒在他懷裡的一剎那，看著他，呢喃道：「真是你？你來救我？」

雷四緊緊把我摟著。

然而我的耳邊一直是那聲慘絕人寰的叫聲。

雷四摸著我的臉，讓我平靜下來，然後，他摟著我的腰，拖著我，朝黑暗中的樹林走去。

我說我走不動。

他說：「我們必須離開這兒。如果他報了警，那都完了。」

我說：「他肯定以為他看見了一個人鬼，一個女鬼。」

「騙誰呢？他又不傻，說不定現在已經報警了。」雷四緊張地推測著。

「不會，他很可能以為自己做了夢。」

「我不信。」

我們就這樣走著，走出樹林，走上了大路。對面來人時，雷四用身體擋住了我的臉。然後，他說：「把你臉上的白粉擦掉一些吧。」

我看看雷四，說：「我可怕嗎？」

雷四搖頭。

我們回到了小屋，雷四開始泡速食麵了，他說：「你吃點嗎？你這樣裝鬼是很消耗體力的。不過，你剛才化的妝真是光彩奪目，開始把我都嚇得夠嗆。」

「我這個『鬼』，剛才卻被他那聲叫嚇得魂飛魄散。本來我想偷那桿獵槍，打死他，最後自己卻逃了出來。」

「你會用槍嗎？」

我說不會。

他說：「我也不會，這不就完了嗎？你拿著槍也不會打。我們都是不會打槍的人，而且那是把獵槍。我們不會殺人，我們只是可憐的角色，如果說到槍，那只有一種可能，就是別人把我們打死。」

我倔強地抬起頭，問：「那我們還有什麼骨氣呢？」

我趴在床上傷心地哭了起來。

雷四拿著一塊濕毛巾替我擦臉。他說：「我的骨氣就是從中國跑來像要飯的樣子，你的骨氣就是跑新加坡來連賣淫都沒有人要。」

不速之客

第二天一早門外響起了敲門聲，我以為又是雷四，然而打開門一看卻是章先生。他對我笑著，手裡拿著一束花。說：「這是很美的花。」

說著，他把花遞來。

我沒有接，只是本能地朝後退。

他說：「從你的眼神中，我看到的是恐懼，我就這麼可怕嗎？我們新加坡男人就這麼可怕嗎？」

我楞著，只覺得這個陌生面孔給我帶來的恐怖，像一塊濕布迎面打在我的臉上。

他手裡除了花而外，也提了很多食物，他走了進來，坐在唯一一張椅子上，我逆光坐在床上，說：「謝謝你，你幫我租了這間房子。不過也許從明天開始我就不再需要了。」

「為什麼？」他仰著臉凝神看著我的眼睛。在他的眼睛裡，我看得見我自己的聚成了一小點的形象。

我望著那一小點說：「我想去自首，按照你們的法律服役，然後回北京。」

不知道為什麼，他臉上掛著一種得意的笑容。他說：「我今天來不是想讓你來跟我說這些。我知道你不愛聽這些話，但是我還是要說，那個男人他確實還有另外一個女人，她住在一個公寓裡，你們兩個人雖然同是他玩的女人，但是你們的待遇卻千差萬別。我帶你去看。」

我沉默著望著地面，一會兒我反問他說你怎麼會知道。

「我怎麼會不知道？」他臉上現出諷刺的神情，說：「我是反對黨，而他是行動黨裡的重要人物，不怕你笑話，我有個嗜好就是跟蹤，我的這個嗜好是我的老婆教會我的，我老婆跟我認識的第一天起直到以後她經常跟蹤我，因此我也學會了跟蹤。」

我說你真了不起。

「我知道你們有些瞧不起跟蹤者，但是政治要求跟蹤，你懂政治嗎？」

「我不懂政治，但是我沒有瞧不起跟蹤。人是很壞的動物，他們可以殺人，也可以跟蹤。」

「你也不能說得那麼絕對，殺人是犯罪，新加坡人是不會幹的，有法律，你不能違法，只能鑽漏洞，懂嗎？」

「不懂。」

他停了停問：「你們中國人跟不跟蹤？」

「有的時候也會。」我說，腦中突然浮現起那天跟蹤芬的場景。

他站起身來在房間來回踱步，皺著眉頭，好像他是個思想家。一會兒，他用一種堅定的語氣說：「我現在也是幫我的一個朋友收集資料，他是郁敬一的競爭對手，因此跟蹤，我不光是跟著我的老婆學，我的工作有時候需要我去調查瞭解許許多多行動黨裡面人的問題，我這次發現了郁敬一的很多問題，因此揭露他的醜聞就是我的目的。」

「但不是我的目的。我不想讓他再打攪我的生活。我將要忘記在新加坡的一切，然後回到北京去。」

「可是他騙了你。」

「如果跟你在一起，難道你不會騙我嗎？」他被我的數落驚訝得睜大了眼睛。一會兒他說：「你真的不想看看那個女人是誰？」

「她是誰？」

「你自己去看吧。」

第18章 揭穿

確實，她跟芬有著一樣的蒼白。這種蒼白的臉不止在一個地方邂逅過，比如在西方人體雕塑裡面看到過，也在歐洲人拍的一些電影裡邂逅過。今天，這張臉又在這個女人的身上看到了。然而不管怎麼樣，那不是芬。芬應該去死，即使不是她，至少是那個男人也應該去死。

梅心樓

我不知道他怎麼就開車拉著我到了一個我所熟悉的地方。在一座大廈的停車場，章先生說你自己上去吧，在樓上的第十六層，你去敲1601這個房間。

我一邊觀察著四周一邊回憶著，我想我來過這個地方。這到底是哪裡呢？我看到挨在公寓下面的一條閃亮的大路，路邊聚集著成群的烏鴉。我的目光盯著它們，耳邊只聽章先生說：「你自己上去了吧，我就不去了，我幫你的忙只能幫到這兒，萬一你們打起來呢？我可不是個愛打架的人，你看臺灣，稍給他們一點民主就打起來，我們不這樣，我們只是把他們最需要攻擊的地方揭露出來，我們是君子相交，你上去吧。」

「這是哪裡？」我問。

「梅心樓。」

「梅心樓？我突然想起這是芬住的地方。

章先生問我：這地方你熟悉嗎？

我點頭。

他說：「他也給你在這兒包過房間？」

我搖頭。

他說：「這兒挺不錯的，很方便，我可沒有錢讓你住這兒。」

我想起那天我曾跟蹤芬來到這裡。

他說：「其實，住在這兒的女孩子很多都是別人出的錢，她們不需要出什麼的。」

我說：「怎麼不需要，也要出東西。」

章先生說：「不，她們什麼都不需要出，你說她們需要出什麼？」

「身體。」我說：「她們需要出的就是身體。」

章先生一楞，說：「身體？」

然後，他開始笑起來，就好像我這話非常幽默。

我問：「你見過那個女人嗎？」

「怎麼沒有見過？他們倆個經常在外面逛商店，那個女孩披著一頭長髮，長得很漂亮，我看你們中國女孩唯一的長處就是長得不錯，另外一個特點就是愛逛商場。她好像很愛逛，每一次都興奮地跟他說這說那，有時她還在一家酒店彈鋼琴，每一次郁敬一都在酒店門口等她。你應該見一見她，說不定你們還會成為朋友呢。」

章先生臉上露出冷酷的表情。他催促著我：「走啊，下車啊，她肯定在家裡，說不定你還會見到他們兩個呢。你們要是三個人一起見，那個場面肯定很有趣。」

我說不用了，我們回去吧。我已經知道是誰了。

「回去？你要回去？你不見她了？你竟然一點也不生氣？」望著他又突然漲紅的面孔，我說：「你放心，我現在不僅僅是生氣，我是仇恨？懂嗎？是一個女人對另一個女人和她身邊男人的仇恨。」

章看著我，說：「真的，人是應該懂得恩和仇。」

我說：「我們的目的已經一致了。這也作為你幫我租房子的報酬。」

「那麼我們一有行動你就配合我們，把他的醜聞揭露出來實際上就是在揭露行動黨的醜聞，他將是行動黨的笑話。看吧！」他竟然得意地笑出了聲。

「我的行動跟你們無關，我的報復也跟你們無關，我不需要你們，我有我自己的方式。」

我說了這話，他又不放心地側頭仔細地觀察我，看我說的是真話還是假話，我說我很快就會解決他。

「很快？解決？你不是要殺人吧？那可不好，我可不願意你殺人。那是要犯法的，你可以讓他出醜，但是不能殺人，懂嗎？你還小，生活對你來說還有好事在後邊，可不能走得太遠，知道嗎？」

我沒有說話。

他又發動車子，說：「不過，看你這樣，也不是一個能殺人的人，弱不禁風的，你的皮膚好白呀，上回真是的，沒有好好看看，都怪我那老婆，她太粗魯了，她在大學時沒有好好上過課，沒有畢業就離開了，所以她的文化不夠，她沒有受夠教育，她……」

在隆隆的聲音中，我打斷他，說：「我還有一個要求，你得給我一筆錢，買我所有需要的東西。我現在身上除了這套衣服，一無所有。」

他猶豫著，想了想，然後又看看我，點頭答應了。

耶和華之手

當車到達繁華的烏節路上時，我下了車。臨走時，他笑著說：「這下你就知道我和郁敬一究竟誰是騙子了吧？」

我漫無目的地一個人逛著。我發現四周突然靜了下來。我穿著一條軍綠色的長褲，上面是一件橘紅色的無袖吊衫。我走得很快，頭也是低著的，我不願意讓某個熟人發現我居然還活著，或者是還在新加坡。其實即使是過去所認識的同學或是老師，他們都像流水一樣急急地趕著自己的路。但是，恰恰在這樣的場合，在這樣的心情之下，你所看見的面孔總又像是熟面孔，他們的臉猶如一條條游動的魚，在你的記憶中晃一下，很快又潛入深處。這時，街旁的某一個咖啡館裡似乎有鋼琴聲傳來。我走過去，看到了有一個女人在彈鋼琴。我站著，目光落在那張臉上，想起芬也是這樣彈著鋼琴的。而且奇怪的是，這個彈鋼琴的女人，長相跟芬有點像，也有芬的高個兒，也有那樣的長頭髮，甚至也有芬那樣的白淨或者說是蒼白的臉。

那個女人低著頭，垂著目光，一心沉迷在那喧噪的音色中。我很想湊近挨著她的臉看看，看看她究竟是不是芬。確實，她跟芬有著一樣的蒼白。這種蒼白的臉不止在一個地方邂逅過，比如在西方人體雕塑裡面看到過，也在歐洲人拍的一些電影裡邂逅過。今天，這張臉又在這個女人的身上看到了。然而不管怎麼樣，那不是芬。芬應該去死，即使不是她，至少是那個男人也應該去死。可是像郁敬一這樣的男人，有時卻活得比天空更長久，比大海更長久。

一陣悶熱的風迎面而來。我的長髮飄起來了。我總能在此刻想像自己飛翔的姿勢，越過雲彩漸漸消失得看不見，就像那天落入海中那樣。我原本就應該去死嗎？從此杳無音訊？而他真的會倒楣嗎？就是說那些作了惡的男人，無論他們跟上帝對話的時候，語氣會突然變得多麼溫柔，他們也仍然會背運的。我相信。不過……一切發生可能沒有那麼快，而且面對他……我會產生一種寬容的情感嗎？是不是只有淡漠了才能寬容。我怎樣才能淡漠？我不僅思考起這個問題，《聖經》裡說當一個女人死之前才給她塗聖油，讓她不要貪戀浮華虛榮，讓她不要流連纏綿的愛情，讓她不要開口說謊……為什麼是死之前，應該是在每一個女嬰出生之時就把聖油塗在她的眼睛上，嘴唇上……

這時候一個男人停在我的面前，我下意識地嚇得面色緋紅。一看居然是雷四，他正盯著我笑。我一把抓住他說：「你能陪我去教堂嗎？」

雷四驚愕之餘更加笑了。

我說：「走，好嗎？教堂。」

「我們還能去教堂，就好比說小偷、妓女、流氓、畜生、豬、狗、貓……怎麼能往人的教堂去跑呢？」

「那我還是要去。」

「你的意思是讓我陪著你去？」

「你可以不陪。」

雷四說：「你好意思，可是我不好意思。咱們去教堂？有沒有吃錯藥？」

「教堂。」我說。

雷四笑了，攤開兩手說：「那好吧，那你就自己去吧，我不陪你。」

我獨自往前走，沒有回頭，也許雷四是對的，我不該去那種地方，因為我的精神和我的身體都會髒污了那兒，可是，我仍在朝前走。我在心裡想，難道去教堂的人就沒罪人了嗎？

我走得更快了，我相信雷四會回來的，他也許今天就一直在跟蹤著我和章先生呢。

可是在我走了一百米時，覺得雷四應該跟上來了，但是走了一百五十米，雷四也沒有來，二百米也沒來，三百米也沒來。我失望了，但我絕不回頭，繼續向前走去。在我看來，整個烏節路成了一個黑色的無窮的隧道。我覺得自己的眼睛也挺空洞的，空洞使我不覺得自己淒慘以及不覺得自己渺小，空洞使我忘卻了自己究竟在什麼地方，是在夢裡還是夢外。直到五百米我覺得自己都走完了整個隧道，都快消失了，突然聽見後面有人呼哧呼哧地喘氣。我回過頭去，雷四臉色緋紅。

我心裡突然很感動，我衝過去，拉著他的手。

他喘著氣說：「那好吧，一個公豬和一個母豬兩個一塊去教堂。」

我看著他額上的汗，說：「你真是這麼看自己的？」

「難道我們還是別的什麼東西？好了，我們先別說是什麼，你沒看到嗎？今天我正好穿著西裝。」他咧開嘴笑了，要是沒有人知道他是從中國來的雷四，一定會把他看作是有身分的人。

我看著他的西裝，說：「雷四，我今天可以教導一下你嗎？」

「你天天都可以教導我。」

「你知道我會說什麼嗎？」

他仰著頭望著天空一邊眨著眼睛一邊說：「像我們這樣命運悲苦的人，在新加坡處於這種境地的人，應該依靠上帝，應該依靠耶和華。是這樣的嗎？」

雷四低下頭望了望我的臉，突然又笑開了。

我說對，我好像就是想說說這些。

「那我的荷爾蒙過剩該怎麼辦？我現在就荷爾蒙過剩，也沒有錢去找妓女了，所以啊，以後我得依靠你了，你依靠耶和華，我依靠你。」

我認真地說：「沒問題，我還是那句話，你救了我，只要你想發洩，任何時候你都可以找我，無論是在新加坡還是在中國。」

「絕不反悔？」我堅定地點點頭。

教堂真的到了。

新加坡的教堂風格在我看來有些怪異，它跟歐洲一些國家不同，是色彩上的問題呢，還是造型上的問題，我把這個想法告訴了雷四。他說：「這不應該是你這種人關心的，咱們到這兒來都很勉強，你以為你真的是新加坡的聖徒呢？」

我看著教堂的穹頂，和在陽光下閃光的塔尖，突然有些猶豫起來。

雷四說：「你怎麼了？」

我說：「也許你是對的。我們本不該來這兒。」

「你又錯了，既然來了，為什麼不進去看看，全當旅遊了。」

我們竟然走進了教堂院外的大門，我感到從裡邊透過來溫熱的濕氣，大門裡很安靜，儘管人也不少，可是很平靜，每個人似乎都很小心地走路。

他一直拉著我的手，這時，我卻把手從他的手中抽出來，我突然意識到了一種安全感，這是我最近從來也沒有過的安全感。我知道自己沒有特別的信仰，我們這一代人有信仰嗎？無論小偷，妓女，還是知識份子，我們都沒有信仰。但是，進了這裡邊，我為什麼又會產生一種安全感，我可能是個不好的女人，但是我卻畏懼上帝，要不我在這裡怎麼會既有安全感，又有壓力呢？我不好意思對任何人說這些，但是它們的確是我的心理活動。面對這裡的一切，我能說什麼呢？我只是感到自己有了另外的身分，是動物還是人？我不知道，可是，我知道這麼站的人，他們在這時，在這個場合裡邊，肯定不殺人的，殺人的事只有可能在那懸崖邊上發生，不會在這教堂裡的燈光下，陽光中，而只能是在黑夜中。

彌撒還沒有開始，許多人站在教堂的外面。大家看到我，感到驚訝萬分。

雷四拉著我的手想進門去，卻被攔著了。

一位滿臉皺紋的婦女說：「小姐，我們這裡不是商場，也不是夜總會，所以你的穿著……」

我穿的是吊帶背心，我沒有想到這種穿著在這裡忌諱的。

雷四看著我，有些幸災樂禍的樣子。

只聽那婦女繼續說：「主只恩典那些端莊、自重的人們。」

「我只是沒有來得及換衣服而已，但我是真心想進去。」我解釋道。

那女人看了我一眼，沒有說話。我卻大聲說：「上帝不僅僅是屬於你，他也屬於我。」

幾個人好奇地圍過來。雷四拉著我朝回走。我還想對那個不讓我進的女人再說點什麼。但是腦子裡一片空白，也許只要那個女人讓我進了教堂，我看到了那些我永遠也不可能真正懂的東西的時候，我的仇恨就會減輕，我就會把平和引入自己的內心，我就會原諒那個想殺我的人。我會對他說：「你騙了我，但是我無所謂，因為你騙我是可以理解的，因為你老了，以正常的方式獲得不了正常的愛情，你只有以這種方式，不斷地與中國女孩子交往，利用她們想嫁給你的心態，一次次地與她們上床，然後，在有一天，突然說：對不起，我們不合適，我們之間有問題，而且，這個問題無法解決。你望著那些絕望的眼睛，還在說：『可是你無權怪我，如果我利用了什麼的話那就是利用了你們中國女孩子的貪婪。你們出國是為了什麼？是為了替新加坡或者世界作出貢獻？不對，你們是想住進現成的花園裡，那些栽樹人本與你們無關，他們栽了樹，並且已經死了，可是你們來了，你們直接走進了花園。能說什麼呢？一般的女孩只能悄悄地走了，她們承認自己貪婪，自己的確沒有栽過樹，她們的父母也沒有到這兒來栽樹。

是的，可是自己是為了不那麼明確的理想而來的，理想是什麼呢？是盡可能地發揮自己身上的長處，這在國內幾乎不可能，只能去國外，那兒的環境是國內所沒有的。於是我們來了，我們走進了新加坡，走進了紐約，走進了巴黎，走進了倫敦，我們在這兒或是那兒苦苦地工作，而且那兒的人對我們非常好……可是，在這個新加坡，我卻想嫁給這個郁敬一，芬也想嫁他，我們在爭奪嗎？沒有。他把我們分開了，他分別地打發我們，讓我們分別為他服務，可是我為什麼會懷上他的孩子呢？我為什麼要跟他說那些讓他深感壓力的話？一個男人，如果他被一個女人壓得喘不過氣來的時候，他就想讓這個女人消失，這有錯嗎？他想殺了這個女人，自己獲得輕鬆，這種想法不對嗎？

我離教堂越來越遠了，我回頭望著那棲房尖頂在天空的表情，突然想：他為什麼要殺我？他不應該殺我。我想喊出來：你沒有權力殺我呀——

我們走在教堂所在的這一條街道上，很安靜，只有我們兩個人的腳步聲。我以為雷四能安慰我，可是他卻一直在偷偷笑。

「我說過了，那是人去的地方，而我們是豬。」

我不說話。忽然一種強烈的悲戚感從我的胸腔裡湧出來。在一顆高大的樹蔭下，我停住，捂住臉哭泣。

我的哭泣幾乎是無聲的，眼淚順著手指滴落在胸前。這時雷四也不笑了，靜靜地站著，等我哭夠了，等我終於把手從臉上拿開，他突然感傷地說：「在你想哭的時候還有一個人聽著，不像我啊。」

我定定地看著他，說：「那你以後想哭也可以在我面前哭。」

「可是男人哭，讓人看見，太噁心了。沒意思。」

「那也不是的。男人跟女人一樣。」

午後的夕陽透過樹枝縫照在雷四臉上，他忽然臉紅了，說：「哪天我要跑到你身邊哭一哭，你可要對我好一點，我這個人敏感，我要看出來你是假模假勢的話，我會受不了，我只有真正感覺到你能接納我的哭聲的時候我才會哭的。」

「好，那我們現在就回房間。」

「幹什麼？」

「哭。」

「除了哭，還有什麼？」

「跟我做愛。」

他一拍頭，一副悔喪和後悔的表情，說：「你也不早說，今天上午我剛剛搞了妓女，把所有的錢都花光了。」

我忍不住笑了，我說：「你這個流氓，那個馬來西亞的妓女還住在你那兒？」

「換了，早換了，今天我確實是搞不動了。今天我也不想哭。」

天空傳來飛機陣陣的轟鳴聲。

我和雷四都抬起頭向那兒看去，只見飛機閃著蔚藍色的光緩緩地向前駛去。

望著那飛機，我不由地說道我必須儘快報復，然後回北京。

「報復？怎麼報復？」

我低下頭，開始緩緩向前走去。在風的吹動下，樹影在晃動。我沒有種過樹卻又要來乘涼，這本身就在犯罪嗎？

跟在後面的雷四突然問：「你是因為想找個幫手才願意免費跟我上床的嗎？」

「你可以這麼想。」我說。

「我就喜歡你這樣，把目的跟我說清楚了。我也好盤算一下，看看你值多少錢。」

「你願意幫我嗎？」我停住，望著他問。

「幫你幹什麼？」

「殺人。」

他一楞，說：「殺人？我們是軟弱的人，我們殺不了人。」

「你必須正面回答我。」

他看著我，似乎想了半天，才一邊眼睛瞄著我一邊冷笑著說：「能不能不要說這些，我感到有壓力，我討厭說殺人這樣的話題，我救了你，並不是想讓你去殺他。」

「雷四，你必須正面回答我。你願意跟我去殺人嗎？」

他盯著我的眼睛，裡邊沒有絲毫躲閃的意思，只是唇邊的冷笑沒有了，他說：「不願意。」

「那你願意跟著我去放火嗎？去燒了那幢別墅？」

他轉身朝相反的方向走去，邊走邊說：「我他媽的不願意，你這個傻逼。」

第19章 復仇

我眼看著那輛輪椅直接撞在汽車上面，只是發出了很小的一點聲音，即使是在月光很亮很靜的晚上，那輛車與一輛輪椅撞在一起發出的聲音卻也是那麼含蓄，和聲是屬於平衡的和協的，而且帶有強烈的終止意味。

別墅裡的騙局

我最大的願望就是把那桿獵槍偷出來。

有好幾個夜晚，我像一塊陰影般向那個別墅移去。然而那狗洞通向酒窖的門已被牢牢地栓住了，裡面漆黑一片。有時我從外面搬來一些石頭之類的東西墊在那個小窗戶底下，然後爬上去，透過玻璃朝裡看。有時月亮把裡面的一切照得清晰異常，我可以分辨出客廳中牆壁新刷的塗料，那是一種淡黃色，地下是顏色稍深的黃地毯。這是誰喜歡的顏色呢？是他還是她？那架原本沒有的鋼琴靜靜地佇立著，拖著深色的影子，在月光下發出葡萄紫的光芒。我好像看見芬的手指在上面輕快地飛動，也看見了他看著她時顯得年輕的目光。我彷彿還看見了他們在明亮低垂的月光下，從海邊散步回來，芬不小心一個踉蹌，他立即抓住她，她裝出很害怕的樣子緊靠在他的身上，一動也不動。他兩隻手擁抱住她，一遍一遍地吻她……我趴在窗口，整晚就這樣過去了。雖然我沒有偷著獵槍甚至看都沒有看見過，但是趴在窗口上的夢境使我暫時忘記了仇恨。有一次趴著，遐想著，忽然一道亮光照亮了客廳，有人按亮了壁燈，隨即傳來一陣嘻鬧聲。我渾身緊張得差點從窗口上摔下來。緊接著我聽到了郁敬一的說話聲。他說明天絕對不可以，沒有時間，明天是我母親的生日，每年的這一天我都要推著她在外面看月亮。他也曾經跟我說過這樣的話，他還無限深情向我朗誦過：慈母手中線，遊子身上衣……但那是過去，現在是在跟誰說呢？我拚命往上看，但是只有一盞燈孤獨的亮著，隨即我聽到了從樓梯上傳來的吱吱的搖晃聲。

他們直接上樓了，那樓梯他們沒有加固嗎？為什麼仍然有這麼大的吱吱聲？

從我這個窗口，很難看到他們。只能通過那個沒有換的樓梯感覺他們的位置，一會兒，吱吱聲消失了。他們上樓幹什麼了？是在我曾經躺過的那張床上嗎？我失魂落魄地往回走。是的，二月三十日是他母親的生日，在那個晚上他會推著他母親看月亮。他說他是個孝子，在那一天他總是要推著他母親坐著的輪椅在他家門前的那個林蔭路上散步。

一條裙子的騷動

那天晚上我失眠了。

我現在很難想起自己想的是什麼？想起了童年嗎？我在家鄉城郊的稻草田裡跑著，陽光透過雲和風朝我灑著，像水花一樣的，一切都是透亮的，地平線上處處閃著光，那些遠處的東西是什麼？是好東西嗎？我朝遠方的天邊走著，我想自己總是能把那些閃著光的東西找回來。我拼著命地朝前跑著，可是那些亮點卻總是離我很遠……

我被敲門聲驚醒的時候，天已經完全亮了。

我開了門。

雷四站在門口，他說：「你睡得很死，我一直站在外邊。」

我告訴他昨天晚上失眠了。沒想到的是他說他也是。只見這個面色紅潤全無鬍鬚的臉蛋笑瞇瞇的，他說他想起了自己的童年，想起了曾被他混過的各式各樣的小胡同，有一個晚上，他把一個女的嚇暈了，還有一次在小胡同裡他親了一下他不認識的小女孩，那是他第一次親女孩子……如今它們都像是牆上的老漆在他的生活中紛紛脫落了。

他還想要說什麼，被我一盆冷水止住了，我說我對你的童年沒有興趣。

「那你這兒有什麼吃的嗎？」

然後，他開始煮麵了。

當他問我你要吃幾個雞蛋時，我說：「知道嗎？今天是他母親的生日，他是個孝子，他要推著老人走在林蔭道上。」

「那又怎麼樣？」

「你想我會怎麼樣？」

雷四敏銳地看著我，說：「我不願意想這樣的事。」

我說我的想法很簡單，去買一條新裙子。

雷四疑疑惑惑地把我打量了半天，說：「難怪你失眠，想得太多了，你是想在今天晚上再次出現在他的面前？」

我感到厭煩。於是不說話。

「你真的要做這件事情嗎？」雷四不相信地看著我。

我說我就是想要一條裙子。

「可是你現在的臉色白得真像是個死人，你已經真的是一個鬼了。我不能相信鬼話。」

「我臉白是因為夜裡沒有睡好覺，看你緊張成這樣。」

「可是你有錢嗎？」

我說：「想找你借，如果能回北京，就在北京還你，如果還不了，只有你自己承擔了。」

「我把身上的錢都給你。」

我看著他在自己身上翻著，從每一個口袋裡都摸出一些錢，漸漸地那錢多起來。

汗從雷四的腦門上沁出，他把錢遞給我說：「看，我這人，不能提錢，一提錢，就出汗。」

「誰讓你真出錢了？我有，上次跟章先生要的。」

「章先生給你錢？難道你跟他又那個了……」

雷四驚詫地叫著，我啪地對準他的胸就是一拳，說：「你還要替我做一件事情，就是通過這個章先生知道郁敬一的家究竟住在什麼地方。」

雷四摸了摸被打疼的胸口，說：

「走吧，去買裙子。」

「你不是罵我是傻逼嗎？」

「我比傻逼還傻。」

我們轉了很多商場，雷四摸著一件黑色的裙子，說：「你應該就穿這件，在夜色中跟一顆樹一樣站著，然後大聲地喘氣，他聽過一顆樹的喘息聲嗎？」

我說我不喜歡黑色。

「那麼你就買白色的長裙子。他見過一顆白色的樹在喘息嗎？」

我站在白色的裙子前猶豫著，想起了大學的最後一年，好像是慶祝七一的晚會，我們宿舍裡的女生，每個人都買了件白色的裙子，當我們像傻瓜一樣的，大家一起穿著裙子朝外走時，確切地說我們一起走進了學校的食堂時，好像全校都驚呆了。以後，有人好像寫了詩：青春的鬼魂激動，她們都是白色的……

「就買白色的吧。」雷四說。

我說問為什麼。

「你的眼神，讓我相信，你需要白色。」

「好的。」

我買了這件白色的，然後緩緩地離開櫃檯，走了幾步，突然，我又朝回走去。

「怎麼了？」雷四問。

我說我要把那件黑色的裙子也買了。

「你不是喜歡白色嗎？」

「我喜歡白色，但是我也需要黑色。」

「有必要嗎？」

我轉過身，揚著臉對他說：「告訴你，我有一個決定，在今晚他母親生日的時候穿白裙子，然後穿黑裙子去自首。」

「我以為你跟我唱歌呢。你看你說這話時臉上還帶著笑。可是你不是老想著那桿獵槍嗎？」

「那桿獵槍？槍……噢，我已經忘了。」

雷四莫名其妙地笑了，居然露出了裡面的齦齒。商場門口的一大塊空地上，坐滿了很多在新加坡打工的馬來妹、菲律賓女傭以及一些男建築工們。

我對雷四說你走吧。

他倏地收起笑容，好像我又打了他一拳，問：「為什麼？」

「這些事最好與你無關。」

「本來就與我無關。好吧，我走。我向北，你向南，有陽光的地方讓給你。」

「你有原則嗎？」我問。

「沒有。」

「那為什麼我說到殺人，你立即對我有了距離？」

他望著前方密密麻麻的人群，說：「我是一個和平主義者。沒有那麼大的攻擊性。」

「那你為什麼又陪著我？」

「因為我昨晚失眠了，不好意思。」說著他用兩根手指放在腦門上向我敬了個禮。

我笑了，說：「今後如果回到北京，跟別人說這些事，別人會信嗎？」

「我們應該這麼說，我們誰也沒來過新加坡，無論是你還是我。」

是天意？

當我回到房間時一眼看見了放在角落裡的那件雨衣。

我把它放在陽臺上稍微晾了晾，然後穿上了身。我彷彿再次聽到郁敬一在對我說：「人生也不知有多少下著暴雨的日子，但是下著暴雨的時候，你只要是自己有一個家，出了門有一件雨衣，感覺就會好得多。」我鎖上門走下樓去，沒有人覺得我有什麼驚奇。我摸著身上的雨衣，心想，確實，一個人出了門有一件雨衣，感覺就會好得多。

依照章先生的地圖，我很快到達了目的地。

暮色中，我看到了一個微微隆起的長滿了草坪的小丘中，坐立著一個暗紅色的別墅，別墅門前停著兩輛車，我看到了那輛熟悉的曾經把我從新加坡機場載出來的白色小車，於是我的心臟再一次驚慌失措地跳動起來。我彷彿又看見了他，聽見他在說話，把臉緊挨在我的臉上……

馬路上迎面走來幾個路人，我低下頭裝作走路，塑膠雨衣發出了很響的摩擦聲。我感到了他們向我投射來的莫名其妙的目光。一會兒，我又站定，那是他的家，他的出生地，他的母親和他的所有的親人就在這裡度過。我甚至嗅到了一種親切的氣味。我想，本來他們都應該是我的親人，但是現在全部是我的仇人了。

我四下張望，在別墅前，確實有一條林蔭小路。路上很靜，幾乎沒有人，我一邊向那兒走去，一邊仰起頭透過茂盛的樹葉，看見一輪幾乎是白色的月亮，但是一會兒又鑽進黑色雲層裡。而這條小路是多麼靜啊，甚至靜得可怕……

我慢慢走著，自己的腳步聲和身上雨衣的嗦嗦聲都弄得我心慌意亂。走到一個恰當的地方，我停下來，躲在一顆樹的後面，觀察著別墅門前的動靜。我久久地站著，等了好半天，月光越靜，我的心跳得越厲害。周圍依然一片寂靜。我不知道他們什麼時候會出來？也許他們並不在這條路上散步呢？也許他從來都不是這樣的，他們不會散步，而他也根本不是一個什麼孝子？

他對我說的所有的話，都是謊話？他這個人會什麼呢？除了彈鋼琴，就是會說話。他的語言是我最愛聽的東西，也許超過貝多芬或者別的什麼人，比如蕭邦的音樂。可是他說的都是謊話嗎？他不是孝子，他只是對我有一種藉口，好在我那兒，做完那事之後，不要耽誤任何時間而離開我，他已經累了，不想再對我多解釋什麼，他只想把一切都鋪點好，省得再多說什麼。比如，當他想去見另一個女人了，他就說我母親病了，我是一個孝子……

雨停了，要不為什麼所有的一切都那麼平和安靜？天空透亮的像是從來沒有過黑夜，那種暗色也僅僅說明了晚上是另一種陽光的總結。

忽然我聽見一陣劈哩啪啦的翅膀的振動聲，隨即是烏鴉們的尖利的叫聲。就在這時候，我看見郁敬一推著他母親坐著的輪椅走過來了。沒錯，就是他們，他們正小聲地說著什麼事。他的確像個孝子，他對母親的態度很溫和，他與母親說話時，把嘴湊到了她的身邊。我的眼睛不知道為什麼會這麼好，那個老女人的面目和藹，有種貴態，她安祥地聽著他說什麼，臉上光彩照人，輝映著月光。

也許這是我的錯覺，他們沒有出現？我狠狠地捏了一下自己的臉，感到了疼痛，這種刺心地疼讓我想到了那個他把我推向懸崖的晚上。同樣是一個人，為什麼會如此不同，看著那個老人的笑容，你怎麼能相信就是同一個人幹出的事情？

他們正在向我這個方向走來，走得平穩，閑逸，跟這個晚上的月光還有無風的空氣融在了一起。這時，我聽見了郁先生的笑聲。月光漸漸地淡了，天空似乎又再次進入了暗色中。

幾乎是在郁先生發出笑聲的一瞬間，我的眼淚再次流出，我知道自己不是因為他笑才哭的，我是絕望著，為什麼善良的關愛不是對著這個世界的每一個生命，而是有親有疏？也就是在我擦拭掉眼淚的剎那，我突然從樹後面鑽出來，一直朝他們走過去。

那輪圓月已經又一次從雲層裡走了出來，越來越明亮。但是郁敬一沒有抬頭去看，他顯然看見了穿著雨衣的我。路燈從地面清晰地反射在我的身上，我的腳移動著，快了，靠近了，我覺得小路在動搖，在上升，我幾乎懸在空氣中。但我始終微笑地著看著他，朝他走著。

他的眼神開始是自然的，他沒有意識到是誰朝他走去。他仍是推著車，說著什麼，笑聲也在像水一樣地流淌。

我看著他，走得更快，而且我的眼神不平和，我自己希望它能像刀一樣的指向郁敬一的眼睛。我離他很近了，這時，他的眼睛突然定住了，他的笑容停止了，他的笑聲止住了。他看著我朝他走去，他的眼光裡頓時充滿了恐慌，他的臉被月光照得像是塗了一層油彩，我感到自己似乎伸手就能摸著他的臉時，就把手伸了出來，作了一個像鳥一樣要飛的動作，這使他嚇得有些亂了，他的眼睛裡先是疑問，然後又是驚慌，接著露出了不解地乞求，他沒有說話，好像只是用眼睛說：「上帝呵，這是夢嗎？」可是，我又再次作出了要飛翔的動作，他想停住腳步，不與我面對面。可是我朝他走著，一直到與他面對面，還作著動作。也許我不像個夜晚出現的天使，但是，我最少是一個夜間的靈魂，從海裡鑽出來之後，就朝人群中走去，身上充滿海的風味，還有死魚的浪花，我慢慢地和他擦肩而過時，沒有用手去摸他的臉，因為我突然意識到這張老臉是那麼骯髒，即使他是一個新加坡男人的老臉。

他彷彿也感到了整個天空在朝他傾斜過來，這時，只見他嚇得停頓了片刻，停下了腳步，在他母親的疑問中，他雙手一下放開了，那是一個很長的斜坡，她母親坐的輪椅，就緩緩地往下滑，越滑越快，越滑越快，可是郁敬一卻似乎不知道發生了什麼事，還在回頭看著我。我也回頭看著他，朝他笑著。我知道我的頭髮已被汗水打濕了。這時，郁敬一彷彿回過神來了似的，掉頭去追他母親的那輛車，而這時已經來不及了。我從來沒有看見過他跑得這麼快過，他像是在比賽的運動員一樣，一直朝前衝著，他很年輕，不是一個老頭的姿態，在救他母親的路上他似乎發了瘋，我聽不清他在喊著什麼，是不是在叫著媽媽，媽媽這個詞是最好的辭彙，據說全世界的人都叫媽媽，在這種時候，沒有任何別的詞，只有媽媽。可是，眼睛裡的媽媽正在無奈地隨著一輛輪椅朝下運動，那個坡似乎越來越陡，媽媽隨著車的速度越來越快，可憐的母親，不，可憐的媽媽沒有任何辦法，只能無助地朝前朝下衝著，恰好這時候，過來一輛汽車，突然那汽車也開始逃跑一樣地晃起來，它想避開輪椅上的媽媽，可是它躲閃不及，我眼看著那輛輪椅直接撞在那個汽車上面，只是發出了很小的一點聲音，即使是在月光很亮很靜的晚上，那輛車與一輛輪椅撞在了一起發出的聲音卻也是那麼含蓄，和聲是屬於平衡的、和協的，而且帶有強烈的終止意味。郁敬一飛奔著，撲向那個車，在一片像死一樣的沉寂之後，從那裡立即傳來了揪心的痛苦的哭喊聲，這聲音立即被撕碎，在樹林周圍短促地回蕩。

我昏睡著，卻又久久回味著那揪心的淒涼的哭聲，它使我獲得了溫暖。

溫暖與死亡有關，儘管這一切有可能是意外，不是我海倫安排的，它是上帝安排的，是天意，要不為什麼會那樣呢，我只是想看看一個男人在月光明媚的夜裡看到了天上的月亮的同時，又看到了人間的鬼魅，鬼是女人，是陰性的，而那個看的人，是男人，是陽性的，他臉上的表情應該是什麼樣的？我對他被驚嚇的表情感興趣。可是，意外出現了，於是溫暖與死亡聯在一起了。

這是不是說，我也成了殺了犯？

那麼我願意成為這樣的殺人犯，我希望這一切都是由於我安排才得以實現的。

是的，我願意是一個殺人犯。

一個男人因為你的緣故而發出這樣的聲音，我的人生是不是應該獲得滿足呢？郁敬一在他媽媽撞向車子時發出的聲音，那可能是最動聽的交響樂吧？不，不是交響樂，應該是協奏曲，當然不是小提琴，也不是大提琴，是什麼呢？不是木管樂器，對了，是長號，是那種大傢伙，聲音粗野的大聲的樂器，也是撕心裂脾的，也是高亢的。

第20章 葬禮

我的眼淚流了下來。我對我的眼淚感到莫名其妙，只是有一點我確實清楚了，那個晚上不是夢，是真的。他推著母親的那輛輪椅，是真的撞在車子上。

醉

我看見了那把獵槍，從酒窖的牆壁上，然後我拿下來一直走到客廳裡面，郁敬一正躺在一個女人的裙子裡邊，他全身佝僂著，耷拉著腦袋，於是我把槍口對著他，但是槍響了一聲又一聲，郁敬一卻沒有倒下去，而是在聽不見地輕輕地大笑，我又在他頭上猛烈地開了幾槍……我忽然驚醒過來，剛把眼睛睜開一半，又立刻閉上了。我一動不動地仰面躺著，心想，自己是不是還在做夢呢？這樣想著，又微微地抬起眼瞼，看了一下，郁敬一正站在床邊注視著我。我想肯定是章先生出賣了我。我心裡一陣驚慌。

月光的晚上不過是個夢而已？不對，他的確發生了，已經過好幾天了，沒錯，那晚我回來之後，約了雷四，我們喝了酒，我沒有對他說任何過程，可是我那天喝得很多，直到我醉了。

的確有個男人站在我面前，他低頭看著我，說：「是我呀，是我呀。你怎麼了。」

我沒睜眼睛，似乎眼皮是一個特別沉重的東西。

只聽對方說道：「我就知道你是在裝睡，告訴你，真正報復郁敬一的機會來了。」

我仍在朦朧中，報復？報復是什麼意思？是說殺人嗎？還是被殺？

那個男人說：「聽到了嗎？報復他的機會真的出現了。」

我閉著眼，似乎漸漸體會到報復的意義。於是心裡為這個辭彙而愉快起來。

他說：「你真能睡，我幫你租房子，給你錢，是有目的的，我們之間是作生意，不是我這人心好。」

我睜開眼，說話的正是章先生。我四處望著，這個屋子裡確實沒有郁敬一。

他笑了，說：「別一聽到是作生意，就老是這麼緊張，我又不是那個意思。」

我說：「你是怎麼進來的？我沒有鎖門嗎？」

章先生說：「我敲不開門，以為你出事了，所以就進來了。」

我看著他，沒有說話。

「你以為我砸開了門？那不是我，我只不過悄悄地留了一把鑰匙，我是用自己的鑰匙打開門的。」

見我仍然不說話，他又說：「我可是沒有惡意，你看，這麼些天，我從來沒有在晚上來過，也沒有自己開過門。你太嚇人了，幾天不開門，光是躺在床上，我以為你真的出事了。」

我問：「有什麼機會？」

「先告訴你有意思的事。」他邊說邊坐在了一張椅子上。「郁敬一家裡前兩天正在辦葬禮，很隆重，他的母親死了，據說是被他自己用車推著撞死的。你說，他老是表白自己是一個孝子，他哪能是孝子？他一定是覺得母親讓他累了，聽說他的葬禮辦得很隆重。我想，他這個人，真是能抓機會，不放過任何時候表現自己。連媽媽死了，這種事，都要表演，那天我最後去了，看到了他在哭，唉，他真是一個好演員，哭得讓我聽了都心酸，都想起了我媽媽的葬禮。郁敬一這個人，有時讓人想不通，說他在演戲吧，為什麼那麼能哭？哭了一整天了，還是那麼傷心，真有意思……」

我的眼淚流了下來。我對我的眼淚感到莫名其妙，只是有一點我確實清楚了，那個晚上不是夢，是真的。他推著母親的那輛輪椅，是真的撞在車子上。

他媽媽是真的死了。

「有時，人的死真是說不清，不過，郁敬一是個孝子，那可是全新加坡人都知道的，這次他把葬禮利用得太好了，你不服他不行。」

我說：「真的，他媽媽真的死了？」

章先生點點頭，說：「都埋了。」

我說：「你真的聽到他哭了？」

章先生點頭，說：「他哭的比唱得都好聽。」

我擦擦臉上的眼淚，突然笑起來。

不料，章先生說：「你的笑很可怕。」

我說：「是不是笑的不是時候？」

「不是，只是你的表情有些可怕。」

我看著他，他被我的目光逼得有點發抖，他說：「如果現在是晚上，如果現在下著雨，還閃電，我真是不敢看你。」

我再次笑起來。我的笑容再次給章先生帶來了恐懼，他說：「看起來，你們這些中國女孩子的便宜不好占，說不定就要倒楣的。」

我說：「為什麼？大家都在等價交換，問題是交換經常不是等價的。」

「那姓郁的，為什麼要躲你？原因是什麼？雷四不肯對我說，他的嘴挺嚴的。」

我說：「沒什麼。」

「現在你的眼神好多了，剛才我的確是怕。」章先生感歎道。

同謀共計

章先生把我帶到一個餐廳裡吃飯。飯桌上擺了許多菜，我一邊吃一邊說：「我好多天都沒有吃過這樣的飯了，這菜做得味道真好，有些像我媽媽做的菜，每吃一口我都感到了渾身上下裡裡外外的舒服。」

對面的章先生說：「知道嗎？郁敬一還沒有當上院長，現在他為了獲得更多的資本，一直打算要在新加坡開一次他個人的鋼琴演奏會，以此希望得到各個方面的人的捧場。如果不是他母親去世，那前天可能音樂會就開了。我都不知道，前兩天我去了馬來西亞，就讓他悄悄地開了，那就放過了一次好機會。這下好，他媽死了，死的真是時候，他推遲了，在葬禮上，雖然他作足了秀，可是個人音樂會對他來說更重要。在那個晚上我們想把你和他之間的醜聞能夠揭露出來，你看怎麼樣？」

我沒有說話。

「你為什麼不說話？難道這不是一次機會嗎？」

我只顧吃。

他說：「他騙了你，他同時跟好幾個女孩子好，那個女孩子跟著他得了不少好處，光我就看過他為她買了衣服，還有包包，他們經常在一起，他上她那兒去的時間比上你這兒多多了。」

我聲音有些顫抖地說：「那又怎麼樣？」

他說：「你是愛他的，對嗎？這點，我看得出來。儘管他老了，可是還沒老到那個年紀，女人比男人小許多是常有的事，他有許多優點，女孩子喜歡他，非常正常。可是你愛他，他卻不在乎，他騙你。我是一個你不喜歡的人，可是，我沒有騙你，對，我老婆打了你，她粗野，可是，我沒有騙你，我從沒有說要娶你，我也沒有說我只愛你一個人，我只是想跟你作生意，我從來沒有當著你的面一套，背著你，又去找那個女孩子，你們都來自中國，他這樣傷你，你還猶豫什麼？」

我放下筷子，說：「你跟我說這些，沒有意思，我也早就不想聽了。」

「我們是在作生意，我想讓他臭，你說你恨他。我花了錢，讓你玩，讓你住，讓你吃，你忘了？我掙錢也不容易，新加坡人活得也難，這你應該知道，可是，你用了我的錢，卻跟他談什麼愛情，你不覺得自己可笑嗎？」

「你的錢？對，我用了。」

「生意忘了？」

「沒有。」

「那你明天就必須去。」

「如果我不去呢？」

他說：「那你和雷四可能都跑不了。雷四可能還會挨鞭子，他違反了法律。你知道嗎，他收藏你這樣一個非法居留者，也是同罪。」

「這一切跟雷四沒有關係，你們可以懲罰我，但是，雷四沒有拿你的錢。」

章先生笑了，說：「沒有關係？他愛你，他對你那麼好，你不知道嗎？像雷四這樣的中國混子，一看就不是什麼好東西。可是，他能對你作出這麼多，不是愛情是什麼？」

我看著章先生，然後把目光移向了別處。

章先生說：「怎麼樣？你想讓雷四挨鞭子嗎？」

我不吭氣。

他走到我的身邊，說：「自從那次公園事件以後，我就再也沒有碰你，不是說你比原來乾淨了，高貴了，而是說，我沒有忘記我們在作生意，我們共同的敵人是郁敬一，他是一個真正的壞人，是一個當了婊子還要立牌坊的人。今天不毀了他，明天他就有可能得勢，那時大家都不舒服。那個女孩子，她比你活得好多了，我剛才說了，他對她完全不像是對你，你看，你看，你穿的這衣服，哪有什麼好牌子？」

我站起身來跑出了小餐廳，章先生在後面緊緊跟著，嘴裡還說著什麼。我在四周轉了幾圈，又走回了房間。

章先生一起跟了進來。他一眼看到我新買的掛在牆上的白裙子，便走過去，拿下那裙子，說：「一看就不是太好的東西，不過，做工還馬馬虎虎，你穿上讓我看看吧，說不定，你去音樂廳時，就可以穿這件。」

他說著走過來拉我。一會兒又止住手，說：「你現在也可以不穿，但是，我說過，你如果違約，那你可能跑不了。」

我說：「我不會違約的，我恨他，我知道他。」

「這就對了，他的確是個招人恨的男人。」

我點點頭，說：「那麼，現在請你滾吧，我會去的，不過，像你這樣的男人也不比他好。」

「你這樣說不公平。」

我提高了聲音，幾乎是叫著：「你滾呀，滾出去。」

章先生被嚇著一樣，朝外走。他開開門，輕輕把門鎖上了。

我在屋內，感到頭突然疼痛起來。

這時，門又敲響了。

我說：「滾呀。」

門開了，是章先生自己打開了門，說：「對不起，我又用了這把鑰匙。」

我沒有看他，等著看他又會有什麼事情。

他拿出一個小紙袋，說：「裡邊是音樂會的票，最好的座位，你可能會跟部長或者是一些國會議員們坐在一起。」

門又關上了，屋內進入了黑暗。

第21章 音樂會

下半場終於要開始了，從來也沒有這麼漫長的音樂會。我的內心因為焦慮而變得像著了火一樣，我感到自己的臉更腫了，這次不是因為羞愧，而是因為恐懼。

赴約

我無意複述那天在維多利來音樂廳的情形，只是記得在穿那件白色的裙子的時候，我的眼淚出來了。那時，我已經化好了妝，眼淚破壞了我的妝。我又不得不重新化著，我在鏡子裡看著有些鬼魅的我，我突然感到白色有時是骯髒的。

我好像是戴了墨鏡，我的臉可能有些變形，因為我一直感到發燒，章先生給了我兩張票，我本來想叫雷四，可是我猶豫了，這些天他顯然在躲我。而我所作的一切，也的確是有拉他下水之嫌，我不能這樣作，讓雷四平安地留在新加坡，或者去別的地方，或者回北京吧。

報復永遠只是我自己一個人的事。

那無疑是隆重的，熱烈的。

人們聚集在門口，我發現全世界的音樂會都是一樣，他們在這之前，不坐到自己的坐位上，而是站在門口，這是聚會，是重逢，是大家多年多日不見的相會。人們穿著禮服，興高采烈。

我低著頭走著，終於到了音樂廳門口，我在遠處看到了芬、麥太太以及一些我所不認識的人。芬穿著一件拖地的紅色的花裙，臉上抹著亮晶晶的淡妝，她似乎在笑，但她沒有朝我笑，甚至她都沒有朝我看。我明明看到了她，她也應該看到了我，可是她卻像是根本沒有我這個人一樣。

麥太太更是在和一群人說笑著，她沒有回頭。她背對著我。

我在遠處久久地盯著她們，芬，你知道嗎？看到你，我心裡面所有的不僅僅是仇恨，更多的已經是厭惡了，我還想告訴你，鋼琴是黑色的，然而「鋼琴」這兩個字是腐朽的。

我沒有在門外停留，而是走了進去。

我坐在自己的坐位上。

當第三遍鐘聲響過之後，郁先生走了上來。他到了鋼琴前，下邊掌聲響起，他對大家致意。

我的心都抽起來了，自從我死去之後，還是第一次這麼清楚地看他。我甚至於有點不敢看他，在這種場合裡，我像是蒼蠅一樣地落在那兒，面對文明，面對鋼琴，面對人們的文化……而我卻與這一切都是對抗的，我是來報復的。

他獨自彈了起來，有蕭邦的，李斯特的，還有貝多芬的奏鳴曲。

場上的每一個人都顯得很投入。

我一直低著頭。

終於上半場結束了，大家都起身，到外邊去喝點什麼。

而我，卻仍坐在原地，我不能出去，我怕遇見芬。我能想像出她興奮的樣子，我嫉妒她，她因為高興而臉紅了，她是一個新加坡人了，她有了工作，有了愛情，有了真正的生活，而我呢，為了報復來到這兒，明天在哪兒過，都將永遠是個謎。

「你應該把墨鏡摘了，別老是戴著它，這樣顯得不自然。」

我被說話的人嚇了一跳，抬頭一看，是章先生。

他站在我旁邊，正看著我笑呢。

我說：「我不願意被熟悉的人看到。」

「她們沒有心思注意你，但是，到了最後，我想，你一定是今天真正的明星。」

我笑了，說：「真的？」

「真的。我以人格擔保。」

我從墨鏡裡看他，說：「你這樣的人還真的有人格嗎？」

他笑了，說：「不，只有他那樣的人才沒有。」

「可是我緊張，手上出汗了，還有些心裡不安。」

「你只要想著，正義，力量，信心，還有……還有宗教。」

我不再吭氣了。

他又說：「本來想給你買個霜淇淋的，可是你老是坐在這兒，我又不能把它拿進廳裡來，所以，你只好這麼坐這兒了。」

我看看空著的舞臺，對章先生說：「你說，那個女孩子現在是跟他一起在後臺嗎？」

「當然。她肯定會上去的，中國女孩膽大，不像別的地方的人。」

我突然臉紅了，說：「可能我不是這樣的，並不是每一個中國女孩子都這樣。」

他說：「都一樣，你們都一樣。」

說完，他站起身，看見了我放在一旁的玫瑰花。

「是獻給他的？」他問。

我點頭。

「對，他是音樂家，應該獻給他。」

說完他走了。

我摸著自己的臉，發現我的臉因為羞愧而有些腫。

獻花

下半場終於要開始了，從來也沒有這麼漫長的音樂會。我的內心因為焦慮而變得像著了火一樣，我感到自己的臉更腫了，這次不是因為羞愧，而是因為恐懼。

樂隊坐在上邊了。

指揮上來了。

郁敬一在熱烈的掌聲中走了上來，他在輝煌的燈光下像一個年輕的王子，我在他臉上似乎看不到喪母的悲哀，不知道為什麼，這讓我還是有些失望。我坐在前排，我覺得他應該能看到我。可是，他並沒有注意我，只是在一瞬間，他朝芬坐的位置看了一眼，那眼神裡帶著微笑。

指揮在期待著他。

郁敬一把微笑移向了指揮。

他們互相致意。

樂隊開始了，是拉赫瑪尼諾夫的第二鋼琴協奏曲。他似乎專注地聽著樂隊的演奏，就好像他是來坐在這兒專門聽樂隊演奏的，他沉思地愛撫地向著面前的那架深色的三角鋼琴凝視了一會兒，接著用手輕輕拍它一下，好像對待一匹就要開始一次長途馳騁的好馬一樣，嘴唇輕輕啟動，似乎在溫柔地向它說話。突然琴鍵發出一聲低沉的吼叫，整個樂器便跟著它一起狂奔。

臺下坐無虛席，所有的人都靜靜聽著。

我閉著眼睛，在我的眼前似乎出現了芬，她看著郁敬一的眼神裡充滿了淚花。我睜開眼睛，坐在偏僻的黑暗中忍耐著，並且恐懼地預感到即將在音樂會上發生的一切。

芬坐在哪裡呢？一定是郁先生總是愛看的那個方向。她今天穿得那麼隆重，似乎今晚也是她的節日。於是我睜開眼睛，一張臉一張臉地尋覓起來。但是我的東張西望引起了別人的注意。

我只好停止，只覺背部有一股冷颼颼的風。

我陷入了深思，那裡有我走過的路，有我的歷史，有我母親的眼睛，有我父親背著我學琴的風雪，有新加坡好吃的麵條，有那天晚上懸崖邊上我的掙扎，有雷四拉著我的手時看著我的眼睛，還有郁先生跑向他母親時的慘叫……

一陣掌聲熱烈響起。郁敬一站起來向觀眾致意。

我突然從座位上起來，穿插過去，捧著那束早已準備好的紅玫瑰，直逕走上了台。一路上，我摘下墨鏡，摔在地上，身上那件白色的裙子，似乎開始飄動了。

我走到郁敬一的面前。

他轉頭望著我，立即像是被子彈擊中了身體，猛地變得有些僵硬。

我又朝他靠近了一點。

這時，台下的掌聲還在持續著，大家似乎沒有意識到我為什麼會是第一個獻花者。

我拿著花，朝他遞了過去。

他已經被嚇得面無人色，看著我，竟然朝後退起來。

我望著他，再次逼近他，並微笑著問：「你說這束花開在陰間還是開在陽間？」

他楞著，驚詫得差點想叫出聲來。

我說：「好，那我再問你第二個問題，你說我是人還是鬼？」

他依然呆呆的，嘴唇卻在哆嗦著。

樂隊的人已經停止了喝采，他們是最先意識到發生了事情的，他們先是竊竊私語，接著他們安靜地看著我跟郁先生的對視。

舞臺下邊的人這時似乎明白了什麼，他們變得安靜了。

我說：「你真的不知道，我是人還是鬼嗎？

他仍是楞著，太突然了，他無力正視與思考眼前的這一切。

「那我再問你第三個問題，你猜猜我將會對你幹什麼？」

他楞著，嘴唇開始動了，但是喉嚨裡沒有發出聲音。

還沒有等他反應過來時，我「啪」地一個耳光對著他的臉打過去，然後回頭把手上的玫瑰花朝觀眾席狠狠地扔了出去。

台下的觀眾全體譁然。

這時，記者們紛紛走上台對著我們拍照片。

郁敬一下意識地用手擋著。

這時，從右側的通向舞臺的樓梯上，穿著一身拖地紅裙子的芬也上來了。她好像是在叫著，像是瘋了一樣。

我想下臺了，我感到自己的事已經做完了。

記者們在問我：「你為什麼要這樣？小姐，這裡邊是不是另有隱情？」

有的人用中文問我，有的人用英文。

我沒有看他們，只是朝舞臺下走去。

然而，我的路被芬擋住了。

我們互相看著。

她漸漸地走到了我們面前，對我說：「你為什麼要這樣？」

我說：「為了報復。」

她說：「你沒有權力報復他，他不欠你的。」

我說：「他欠不欠我的，你去問他吧。」

「可是你這樣，我今後該怎麼活？」

我笑了一下，說：「我沒有想那麼多，有時，我想的就是讓你和他一起死。」

我們在舞臺上像是一對演員，對話是由導演和編劇安排好的。

郁先生就站在我們後邊，他不說話，只是站著。

樂隊的人很老實地看著眼前的一切，他們很清楚，這一幕新戲真是比剛才的音樂激情多了，他們顯得異常愉悅，新加坡音樂廳的歷史上從來沒有過這樣的場面。

她又轉過頭，朝著郁敬一走去，她看著郁敬一說：「你就那麼怕她？」

郁敬一束手無策，似乎還在楞著。

芬說：「你看著我的眼睛。」

郁敬一不看。

芬又說：「你就那麼害怕？你怎麼連我的眼睛也不敢看了？」

聽了這話，郁敬一開始正視著芬的目光。

芬突然也學著我的樣子抬手一個耳光打過去，全場又是一陣轟叫聲。

芬幾乎是哭喊著說：「在見到你之前，我和海倫無論如何還是朋友，現在只要我還多活一天，我們就永遠是敵人。」

芬說完發瘋一樣地朝臺下跑。下樓梯時一腳踩空摔在地上，人們上來扶她，她把別人推開，一個勁朝外跑。然而就在這個時候，劇場裡突然安靜下來。

我知道人們在等待著我的表演。我呆呆地望著，似乎突然進入了昏迷狀態，我不記得自己怎麼出現在這麼多人的面前，我下意識地從芬走過的樓梯上慢慢地下來，也朝外面走。然而這時劇場突然響起了一大片掌聲。

只聽章先生站起來大聲喊：「海倫，我們為你喝采，我們為北京喝采。」

對峙

劇場外的高度的聚光燈使我睜不開眼睛。但是我走得很快，我聽見我的鞋跟踏在新加坡馬路上的奇怪的聲響。路上只有像流水一樣的車潮在行進著，燈火穿梭著，雖然一切都過去了，但是這樣的夜色對我而言仍然充滿著躁動不安。忽然我看見一個人站在對面的街道上，定定地看著我。我穿過馬路，向那人走去，我想也許是雷四，也許是章先生。

但是那人卻又轉過身去，低著頭，頭也不回地向前走去。

我忽然認出那是個女人，而且不是別人，正是穿著拖地裙子的芬。

我的心怦怦直跳，很快走過去，但是芬忽然不見了。我停住，左右張望著，左側有一條小路，我剛要拐進去，芬卻突然不知從哪裡鑽了出來，並且用兩隻手死死地抓住了我的頭髮。

我說：「你放開，你要不放開我會殺你的。」

還沒有等我反應過來，我聽到了一陣劈哩啪啦的聲音，隨即我感到臉上火辣辣的刺痛。

我立即伸出手，使出全身力氣向她臉上抽去，指甲深深地陷進她的肉裡，她尖叫一聲並且鬆開了手。

我也鬆開了手。

我們像兩隻受了傷的母狼仇恨地看著。

只聽她說：「你還敢說你還沒把我殺死嗎？你把我的一生都毀了，你精心策劃的晚上，就是殺我的一個晚上……」她突然轉身跑了，在路邊打了一輛出租車遠馳而去。

我自己沿著那條路慌慌張張地走著，直到一輛車停在我的面前，雷四坐在車裡，我糊裡糊塗的上了車，我問你為什麼來？

他說：「我一直都在，我跟在你的身後。」

我不說話，只是讓車慢慢地開著。

雷四又說：「我在音樂廳門口碰到章先生了，章先生告訴我說，他今天跟過節一樣的高興。」

我突然覺得累，我把頭靠在雷四的身上。

雷四說：「這次你肯定能成功，郁敬一肯定當不成院長。」

我說：「章先生還說什麼？」

他想了想，說：「他還說啊，他回頭一定要重重地謝我們。」

第22章 死亡

這時，突然，芬衝出來，跑到電梯口，把我緊緊抱住，並且大哭起來。她說：「我不想打你，但是即使是被我打了，你這張臉還是可以回中國的，而我已經沒有臉回去了。

毀滅

車走著，我坐在車裡感到有些頭暈，我說：「今天我已經完成了在新加坡最後的事，該回祖國了。」

雷四一楞，我用了「祖國」這個詞，使他有點吃驚，他說：「祖國？」

我笑了，說：「你以為我不能說這樣的話呀，我還能說共和國，大中國，對了，我是共和國妓女，你是共和國混子。」

雷四也笑了，說：「你一點也沒有頭暈的樣子呀。」

我朝車窗外望去，街道平靜，人們都像平時一樣地走著。一點也沒有發生什麼大事。可是對於我來說，這是一個重要的晚上，它將進入我的歷史，成為我生命中最值得誇耀的一部份，我認為我成功地毀滅了一個優秀的男人，一個著名的新加坡男人，他是英國人，又是漢人，是個音樂家，同時也是個政治家，但是他也是個騙子，新加坡共和國的騙子。

我說：「現在我們去梅心樓，我要去看芬。」

「不行。」

「為什麼不行？」

「你現在已經曝光了，移民廳馬上就可以把你查出來。你不能跟任何一個熟人聯繫，今晚上你就先在我那邊待一個晚上，明天我們再想辦法。」

「我要找芬。」

「不行。」

「停車。」

雷四的臉變得煞白：「你是不是瘋了？」

司機緩緩地把車停在路邊。

我一下衝了出去。

芬已經不再像母狼的形象，她仍然穿著那件紅裙子，平靜地打開門，她說我還以為是他呢。說完她還笑了一下，如果不是她臉上的被我抓過的傷痕，根本看不出她和以前有什麼不同。

我終於走進了這間我曾經想過多次的屋子，這是一間極大的房子，客廳很大，四面牆壁包著粉紅色的牆紙，正對著大門的是一面鏡子，我被自己的形象猛地嚇了一跳。

「怎麼了？看見自己了？你應該好好地照一照鏡子。」芬在一旁挖苦道。

我愣愣地盯著自己，突然發現這幾個月來，我變成了另一個人，一個我不認識的人。這時，芬說：「麥太太曾經跟我說過，你還在新加坡，但是我不相信。」

我說：「是的，我是應該回國了，不過，你的房子真是比我的好了許多，你不知道我住得有多糟糕。」

芬走過來跟我一起朝鏡子裡看著。過去在麥太太的家的浴室裡，我們無數次地一起站在鏡子面前，互相看著對方的眼睛、鼻子、嘴巴，比較著，嬉笑著，我還記得那次她曾對我說過的話：「我的乳房是蘋果型的，你的乳房是鴨梨型的，女人和女人不一樣。」

不一樣嗎？是的，她住得比我高級多了。

此刻，她看了看我，又看了看她自己，然後說：「當然這得感謝我爸我媽培養我，我所受到的教育都在這裡起了作用。我值得他花這麼多錢。」

她說話的口氣竟然那麼平靜，我也學著她的口吻，望著鏡中的她說：「沒錯，我一直以為你是成功的女人，而我是失敗的女人，你是乾淨的女人，我是骯髒的女人，可是沒有想到的是，他從你的床上離開之後又恰恰跑到我的床上。」

她怔怔地盯著我，無言以對，一會兒她說：「我知道他在外面還有一個女人，但是絕沒有想到會是你，是你把我的生活毀滅了。」

「他在我的床上，不知道跟在你的床上是不是一樣的，你以為我願意毀滅你的生活嗎？我嫉妒你，但是我原來從來沒有想過要害你，可是，你知道他對我作過什麼嗎？他會對你說嗎？」

她像沒有聽我說話一樣，思考著，慢慢從鏡子跟前走開，坐在沙發上，然後開始抽煙。她的打火機好像出了問題，半天才打著，吸了一口煙之後，她說：「但是你現在把他毀了，也把我毀了。」

我看著她，也走過去，拿過煙，抽出一支，點著後，吸了起來。

我扭頭一看，發現鏡子裡有兩個醜惡的女人在吸煙，儘管她們都盡可能地養成了吸煙的姿態，想優雅一些，但是她們真是很噁心。她們為什麼要到新加坡來吸煙呢？北京有的是吸煙的地方，比如三里屯酒吧，比如在後海的某一個地方，再比如是某一個北京富人的床上，對了，還有自己家裡的床上……

芬的眼睛卻向相反的地方看，那兒是陽臺。陽臺外面是新加坡輝煌的夜景。

我不禁站起來走到那兒，說：「實際上，也是你把我這一生給毀掉的，你知道嗎？我曾經懷過他的孩子……」

「一個？還是兩個？還是三個？」她問。

「難道一個還不夠嗎？」

「可是我為他不僅流產了一個孩子，現在又懷了一個，我們打算很快結婚。但是現在什麼都泡湯了。你知道嗎？他不過是想臨時玩一玩你而已。作為一個女人，你看到他在玩你，你看到自己的目的沒有達成，你為什麼就不自己退卻？」

「為什麼退卻的是我而不是你？」我轉過身衝動地對她喊道。

她蹭地站起來，我以為她又要打我，便嚇得往後躲。

她漲紅了臉，張開兩手說：「我們中國人在這裡已經夠丟人的了，他不愛你，你就應該退回家去自認倒楣，這不是很好嗎？你為什麼要對他進行這樣的報復？你以為一個優秀的新加坡男人身上僅僅繫著的是他自己的生命、自己的榮譽嗎？不是的，他繫著好多女人的生命，好多女人的榮譽還有她們的基本的生存，無論是新加坡女人還是中國女人……」

「可是我就是把他殺了，也都是應該的，他對我所做的事情我不願對你重複。我才不去管新加坡男人的身上究竟繫著哪幾個女人，但是只要是他欺騙了我，只要是他讓我去死了一回，那麼我要讓他死上十回……」

我把手上的煙往地上扔去，用腳在上面踩著。

「可是他根本就沒有愛過你，你失敗了，你應該怪你的爸爸媽媽，誰讓他們沒有把你教育好，讓你的音樂修養那麼差，郁敬一就是這麼評價你的，你知道嗎？他從來就沒有看得起你……」

我撲向前，伸出手一下抓住她的頭髮，她的臉扭曲著。

我抓得更狠了一些。

她說：「你把手放開。」

我不放。

她又重複了一遍，我仍然一動不動，只是緊緊地抓住她。有好幾分鐘我們就這樣一動不動。

芬看著我，但是她的目光開始變得游離。

我對她說：「今天的事還不夠，我還想親眼看著他死，我也想親眼看見你也死。」

聽我說了這句話，她的目光從游離變得集中起來，看著我，她說：「你真的希望我死嗎？你如果希望我死，你就放開我。」

我猶豫了一下，放開了手。

她鬆了一口氣，用手理了理頭髮，她抬起頭，再次問：「你真的希望我死嗎？」

我仔細地看著她，她彷彿在下決心似的，臉色再次漲紅起來。

「我只要從你身後的陽臺跳下去就行了。」她說。

我猶豫了一下，搖了搖頭，我說：「不，我只希望他去死。」

她的臉上顯得很沉靜，沒有了剛才的激動。她默默地望著我，問：「為什麼你希望他死？」

「這難道還用問嗎？他騙了你，他也騙了我，他也許還騙了很多中國女孩或者是新加坡女孩，也許他還騙了英國女孩。但是她們不像我們不堪一擊，她們不像我們這樣的生存沒有保障……」

「你也不用說那麼多，你所說的這些我也不能同意，我們是兩種完全不同的人，可是現在我只是關心的是：你打算怎麼樣讓他去死？」

「我們倆可以聯合起來，我現在已經是黑身分，也許明天我就得被別人帶走進監獄，進完監獄就得遣送回北京，如果我是男人，我將會挨鞭子，但是你不一樣，你是有身分的女人，你有權利跟他們去拚。」

芬久久地沒有說話，臉上露出一絲冷冷的微笑，最後她問：「你讓我做什麼呢？」

「郁敬一有很多政敵」我繼續說道，「他有一個對手就是章先生，章先生不過是個小人物，在他身後還有大人物，他們之間的關係現在是你死我活，我們可以充分利用這一點，可以把郁敬一搞得身敗名裂，叫他也活不了，如果說你要想得到什麼財產的話你甚至可以威脅他，我可以讓章先生給你提供一些可以跟他交換的籌碼，但是這些事我一個人做不了。」

「還有呢？」

「你真的可以跟他去分財產，因為你懷著他的孩子，你應該擁有他享有的東西，因為他對你說過，他愛你，他就必須對他的話負責，因為他讓你懷著他的孩子，他就不能騙你，他就應該為自己的行為而付出。」

「還有呢？」

「還有，我想看他死的那一天他究竟是什麼樣子，我要看看他臨死的時候，他還會不會說音樂，他還會不會說蕭邦就是白居易，而柴可夫斯基就是杜甫這一類的廢話。」

芬這時向我走近了一步，她的臉挨得我那麼近，我看見她眼睛裡斑駁的圖案，那幽昧的光隨著顫抖和痙攣在交換。

她問：「你還有什麼可說的嗎？」

「我還有很多要跟你說的，但是我最希望告訴你的是：我們過去是朋友，我們永遠是朋友。」

「你說完了？」

「我還想說」

「你最好不要說了……」她的話沒有說完，就抬起手來狠狠地往我臉上打了一個耳光，說：「我告訴你，你是這麼卑鄙，我認為他無論是怎麼騙了我們他都很高尚，這一巴掌打了你，希望你永遠記住，有的女人和你這樣的女人是永遠不一樣的，而且這一巴掌也讓你知道，有的女人愛一個男人她是無條件的，無論她是受了騙還是沒有受騙，無論她遇到什麼樣的情況她都會愛這個男人。」

我摸了摸被挨打的右臉，搖搖頭歎了口氣，對她說：「現在我把左臉也給你，你可以繼續往這個左臉上打，你打了我，而且這巴掌是一個中國女孩打了另一個中國女孩，儘管她們完全是相同的女孩，卻被另外的一個中國女孩說是不同的女孩，你打。」

沒有想到的是，芬毫不遲疑地又往我的左臉上打了一個巴掌。

我問：「你打完了嗎？」

「你可以滾了。」

訣別

我含恨帶怨地看了她一眼，立即走出門去。我出了門，把門重重的關上，眼淚滾滾落下。我像一隻被鬥敗的母雞心裡面屈辱難當。為什麼我沒有打她？我應該打她呀，為什麼不還擊？我按了電梯，摸著正發紅的臉頰等待著。

這時，突然，芬衝出來，跑到電梯口，把我緊緊抱住，並且大哭起來。她說：「我不想打你，但是即使是被我打了，你這張臉還是可以回中國的，而我已經沒有臉回去了。」

我撫摸著她的背，警惕著她是不是在演戲。「你能回來嗎？我要送你一樣東西。」她抬起那張哭泣的臉問。

沒容我說話的餘地，她抓住我的手，領著我直通客廳，走到了她的寢室。我看到了一張桃花心木的船形大床，白綢帳子從頂上掛了下來。腳下是厚厚的黃色的地毯，牆壁也是黃色。這樣我想起了那幢別墅，這裡和那裡幾乎一模一樣。旁邊有一個高高的衣櫃，衣櫃左旁掛著一幅凡高的油畫。最後我的目光落在一個花瓶上，我一下認出這是他的花瓶，是他擺了幾乎十幾年的那個出現在別墅房間裡的花瓶。他曾告訴我那是他愛過的那個醫生買的。現在他把這愛物送給了芬。

我心裡重又湧起一股仇恨。

芬卻全然不顧我的心情，她只是從靠近床邊的白色的櫃子裡拿出一本筆記本，然後領著我往外走。

來到客廳裡，她說：「這是我的日記，給你，作為我們永恆的訣別。」

「訣別？」

「你毀了我的一生，你也毀了我的前途。」

「那麼我的一生是誰毀了的呢？」

「但是我並不恨你，你說得對，我們是朋友，但是我對你只有一個要求，就是你不要去看著他是怎麼死去的，你就看著我是怎麼樣死去的。」

「為什麼？」

「這本日記會告訴你的。你走吧。」

我站著不動。

「你為什麼還不走？」

「我只是在想，中國的女孩果然就這麼沒有出息，為了一個行將就木的老人，兩個女孩之間展開這樣的爭奪。」

「即使是行將就木的男人，他也能給予我所要的一切，我的幻想與理想。他給我租了那麼好的公寓，還要跟我結婚，即使在新加坡結不成，也可以把我帶到英國去。」

說到這裡，她又瘋狂地把我外推，而我瘋狂地把她往裡面推。

一會兒她又洩氣地趴在沙發上哭起來。

她是真的要死嗎？我暗自尋思著。一會兒我說：「說什麼你都不能去死，按理說我沒有比你有更多的臉皮回中國。」

「你從來都是老老實實地說話，你的親戚你的朋友你的老師還有你的同學，他們從來沒有對你寄予更高的希望，而我不同，我跟他們說了很多我在新加坡的情況，我沒有後路，我把自己的前途和現狀向他們描繪得太燦爛太美好了，我說我能回去嗎？而在新加坡所有認識我的人都知道郁敬一愛我，他很快就要跟我結婚了。」

「可是你所說的這一切果真就有那麼重要嗎？難道說比一個人的生命還重要？」

「一個人的榮譽和尊嚴在很多時候比生命更重要。」

芬起身走到陽臺跟前，我站在她旁邊，我們一起從窗口向下看，那是一條像是閃著流星的馬路，無數輛車飛馳而去。

「每到晚上我就在這裡，我想，這個城市真好，它也是屬於我的城市，它也是屬於很多非常好的人的城市，可今天我突然覺得這個城市怎麼那麼舊呢？就好像是一個屋子的裝修用得太久了，變得索然無味了，沒有光彩了，它甚至於沒有了我今天上午和今天下午之前我所擁有的那種感受了。」

我默默地看著。心想，在這麼明亮的城市我是不是也把自己的黑影投射在了這裡，永遠也抹不去？

芬這時突然對我說：「拿著日記走吧，假如說回去有朋友問我是怎麼死的，你一定不要說我是跳樓死的，你要對他們說我是被新加坡馬路上的汽車撞死的。」

我說我不走。我的眼睛死死地看著她。

她突然又笑了：「你真的以為我會死啊？我不會死的……」

「但是我從你的眼神裡面看到了真正的絕望。」

「真正的絕望？」

「芬……」我動情地撫著她的雙肩，說：「我很羞愧自己有了報復心態，我不應該報復，如果說我的報復能讓你義無反顧的去死的話，那麼我沒有報復在他身上，因為說一千遍一萬遍我希望是你活著，而他死。」

芬的唇邊掠過一絲笑意，說：「我剛才已經打過你了……」

我驚愕地看著她，而她笑意加強，最後變成了大笑，拚命地笑，笑得前仰後合，足足有三分鐘，終於，她說：「我真是笑得一點力氣都沒有了。要不我還會打你一巴掌。我已經說過了，你怎麼就那麼沒有記性的？你怎麼就是那麼不知道我是那麼愛他，我要維護他，難道你要讓我破這個底線呢？」

我又用手拉住她的手，她的手是那麼冰涼，她卻摔開了我。

我說：「我沒有這個意思。我只是希望你活著。」

芬又哭了起來。她低下頭，用手捂住臉，一會兒，她抬起頭說：「我已經沒有力氣笑了，也沒有力氣哭了，我的眼淚也沒有力氣往下流了。」

她止住話題，從鏡子裡面看著我，又說：「老實說在今天這樣的時候，你是我最不願意見到的人，我最不願意是你來聽我最後的哭泣，我覺得真是無聊。」

「芬……」我痛苦地叫道。

「不過，話說回來，怎麼樣我都不會死在你的前頭的。你走吧。等著瞧。」

聽到她最後的話，我說：「芬，不要跟我說這些了，你要好好休息……我運氣好的話，是死不了的，我已經死過一次了，我會很快回到北京。我希望有一天我們在北京見。」

「那好，北京見。」她說。

我走了。但是在我關門的時候，又看了芬一眼，我從她的眼睛裡似乎又看到了什麼，我不知道那究竟是什麼，但那是讓我感到全身顫抖的東西。而當我意識到這些的時候，門已經關緊了。幾乎是在一瞬間，我轉身又開始砸門，我說：「你開門，你開門。」

但是裡面沒有任何動靜，她就是不開門。

這時對面鄰居的門卻「吱呀」地開了，是一個五十歲模樣的女人，她穿著睡衣，睡眼惺忪地說：「小姐，你能夠自重一些嗎？現在幾點了？從中國來的？」

我只有慚愧地按了電梯，然後下了樓。

走到大街上，沒有一輛計程車。我在街頭站了半天，然後一個人慢慢地朝前走著。但是我突然意識到我應該到芬的陽臺下去看一看。我回身向梅心樓走去，當我繞過了一條馬路，當我看到剛才和芬站在陽臺前看的那條馬路上的時候，我發現有幾個人圍在那兒，我遠遠地看見地上有一個人仰躺著，她穿著一件白色的裙子，臉側向地面，濃重的黑髮散亂著，兩臂向下無奈地攤開。我駭怕地看著，我知道這時候一切都是冷的，包括芬的身體，而只有一樣東西是熱的，那是她留給我的日記本。

第23章 曲終人散

我好像是被警察架上車了，要不為什麼又是那種聲音，我的身體被聲音淹沒了，在海裡來回翻著，在海上出現了一對鳳凰，一男一女，它們飛著，在牠們的叫聲中，郭沫若笑著，他在對我大聲地朗頌著……

日記本

天空裡似乎有很多飛機經過，它們讓我感到自己好像又回到了夢裡，那是真實的夢，是對於已經發生過的事情的回憶。第一次聽到飛機的聲音大概是在什麼時候和什麼地方。也許只有六歲吧，在一個熱氣騰騰的電影院裡，銀幕上有兩駕白色的飛機在天空中蠕動，那叫喊聲嗡嗡的，恍如某種生物伸出的舌頭，舔著我全身的肌膚，使得我發癢地突然閉住眼睛，然後任憑它裹住全身的肌膚，從頸部到背再到腰部如流水一樣地漸漸退下去……然後我順著這樣的聲音不斷地從一個地方來到另一個地方，在這樣的聲音中我首先看到了芬的死然後是另一個人的死亡，這是誰呢？我有些看不清楚，但他分明是一張熟悉的臉，我猜測著，可是沒有結果，我邊走著邊透過黑夜朝天空望去，在那兒突然顯現出雷四的笑容。

我想躲避他的臉，還有他的笑容，我不希望這時他會對我笑，我不希望我們在這時的目光相對，可是，他卻追著我，對我笑個不停。

我走在路上，這兒沒床，甚至沒有窗簾，只有車還有燈光，還有人，還有我。

沒有覺得有太多的悲傷，我從芬的死亡現場逃離出來後，心想芬的死也就是吸引了幾個路人而已，有時人的死亡真是一件小事，太小了，就像是你走在馬路上，突然一輛汽車的胎爆了，不，連那個都不如，那種聲音挺嚇人的，而芬的死亡沒有聲響，就像是在故事裡被扔出來一樣，這個故事從此就沒有她了。

可是音樂會呢？對了，芬的死遠遠不如在今晚另一個人的音樂會，有那麼多人出來捧場。

我手裡拿著芬的日記本毫無目的地走著，幾乎走遍了整個新加坡，大概過了三個多小時，我到了雷四的房間。

我猶豫著敲不敲門的時候，湊近了門，聽著裡邊的動靜。我想，今天是個好日子，但又是個不祥的日子，今天我可能毀了郁敬一，但是，最後死的卻是芬，而現在門裡面的雷四還會願意見我嗎？

我知道雷四煩我了，我總是為他帶來麻煩，他碰都不碰我一下，我真的不如一個妓女嗎？平常，在我的房間裡有那麼多的機會，但是我就像是他的一個同性朋友。我沒有找他要錢，可是他似乎在躲我，他可能是在逃避責任，他不願意為我去冒險，他怕這個，他怕真的沾上了我，我會讓他作更加出軌的事情。

我決定還是離開，可是，我轉身走了兩步，又回來了，我想見他，今天晚上我想跟他談談。談什麼呢？什麼都行，就是不願意自己待著。再說，我沒有地方去，也許雷四不失考慮，我已經曝了光，我是一個黑身分的人，他們會來我的住處找我的。

我開始敲門。

明明裡面有燈光，但是就是沒有人出來開門。在這個快要天亮的深夜，我不敢使勁地砸門，只有不緊不慢地敲著，好半天，雷四終於出來了。

他卻裸著上身，下面僅圍著塊白色的浴巾，他看見我，露出溫和的笑，把我讓進來，說你先在那邊坐一會兒。

我渾身癱軟地撲在他的身上，可他卻把我放進一張破舊的沙發裡。沙發旁邊是一個花簾子，他一閃身進去了，我想也許他進去穿件衣服，然後就出來。但是好久沒有動靜。我頹廢地坐著，等待著，慢慢地出現一種床鋪的咯吱聲，同時響起一個女人像是笑又像是哭的呻吟的聲音。

雷四原來在做愛。

緊接著，那種聲音加強了，結實的肌肉與肌肉在互相碰撞。突然那個女的大聲說：「你折騰了一夜，你有完沒完，你是不是吃藥了？下面還有人在等著我呢。」

「少廢話。」雷四說：「也有人在等我呢。」

簾子被風吹動了，透過縫隙我看見燈光下的兩具重疊的裸體，雷四的那張面孔有些猙獰，他的牙閃爍著異常的白色。女人頭髮蓬亂。我又望著靠近我的窗口，外面仍是無邊的夜色。漫漫地我又聽見了女人的呻吟聲，隨即我自己也悄悄地呻吟起來，我不是因為快活而是因為悲傷，亦或我們都是因為悲傷。我的臉上沾滿了淚水。

在這個骯髒的沙發上，我打開芬留給我的日記，翻開了第一頁。那裡只有一行字——我和愛人郁敬一。

我翻開第二頁，那兒才是正文。

十二月二十五日

昨晚我們僅僅是在一起過的聖誕夜，沒想到第二天下午他就來了。麥太太讓我給他砌了一杯咖啡。咖啡的味道真好，和他的目光一樣有一種讓人心悅的感覺。我知道他會來的，他還順便問了問海倫的情況，麥太太說了許多難聽的話，但是他卻一直微笑著。我覺得他是一個寬容的，善良的男人。

他常常盯著我看，一直到我面紅耳赤才微微地笑起來。他問我要搬到哪裡去，我說了一個地方，他說他可以幫我介紹一個。不知道什麼時候開始，麥太太知趣地回到了房間，只剩我們兩個人在客廳裡。麥太太真好。不過我不太說話，一直在聽他說，聽他講英國的事情。

一月二日

都說一個男人愛你的唯一表示就是他的付出。古時候說禮輕人意重，古人怎麼會這樣想問題呢？禮輕人意絕對輕。他給我租了這麼好的房子，兩千塊錢一個月，算成人民幣就是一萬了，要是在兩年前，就應該是一塊二。搬進這個屋子的第一天，他還給了我一個最重要的禮物，那就是他的吻。在這個吻裡我沒有看見悲傷和離別，只有幸福和快樂。那一刻，他的臉純潔無瑕，那上面只有靜靜的月光。

窗外是多麼可愛的夜。

我闔上日記，回憶一月二日這一天我在幹什麼。我閉住眼睛計算著日期，突然想起，一月一日是我第一次跟他做愛的日子。第二天我伏在窗口上等了他一整天，他卻沒有來。芬，原來他在你那兒。

我又打開日記本仔細看起來。

一月十日

我常常問自己是不是真的愛他，這樣的疑問只是出現在瞬間。我當然是愛他的。在沒有他陪伴的深夜我無法睡著。他老了，但又有什麼關係？我的父母是不會反對我跟他結婚的。真的，我已經把一切都跟我媽說了，我媽很高興，她說真是沒有白培養你，好好地結婚吧。到時我們都會去參加你的婚禮。

一月十六日

可是今天發生了什麼事情呢？我已經顫抖得難以記述了。我們在商場裡遇見了他的兒子，他的兒子冷冷地告訴我，說他還有另外一個女人。

我幾乎哭了一整天，而他哪也不去，陪我回到房間，像一隻老狗一樣在我身邊安慰著，叫我不要相信他兒子說的話。但是我悲慟不已，直到最後他也哭了。

我累了，不要想這些傷心的事情。他抱著我哭的時候我覺得我真傻，他明明是愛我的，我為什麼要去相信他兒子的話？

一月二十日

他當然是愛我的。今天他給我送來了鮮花，我撲上去吻著他和鮮花，感覺到幸福散佈在我身上的每一處。

芬，為什麼總是在我痛苦的時候恰恰是你幸福的時候？在這前一天，也就是一月十九日我告訴了郁敬一我懷孕的事情。

一月二十六日

昨天晚上新加坡的雨下得好大啊，他沒有來。我很害怕。到了今天中午他才約我一起去吃飯。可是我有課，沒有時間。聽語音，我感到他是那麼失落，他那麼迫切地想見到我，究竟發生了什麼事情呢？他說他只是想我。

芬，下雨的時候，他把我推進了大海。我沒死，你卻死了。

一月三十日

他的情緒有時卻糟得厲害。晚上看電視他總是對那些八卦新聞感興趣，喜歡看哪裡誰被撞死了，哪裡撈起一名女屍。我跟他開玩笑說，說不定哪片海面上會浮起一具屍體，那也是個從中國來的女孩子，而且長得像我。他卻發怒了，這是我看見的他第一次向我發怒。可是夜裡他卻哭著在我懷裡睡著了，有時又猛地驚醒，眼睛愣愣地盯著天花板，問他怎麼了，他只是說他剛才做了一個夢。我不知道他為什麼會這樣。他覺得他是個偉大的音樂家，可他又是一個孩子，喜歡異想天開。

二月一日

今天是他把我帶到了他的海邊別墅。我驚訝不已，因為我從沒聽他說過他有一套這樣的房子，當我顫顫地上那個樓梯時，我害怕極了，生怕這樓梯折斷了。他看到我這麼害怕，居然笑了。我們一起進了那個房間，在那個床上我聞到了一股女人的氣息。在這之前，究竟是誰躺在上面的呢？

他說他要裝修這幢別墅，明天就開始。他說他要讓它成為我們的洞房。照理說我應該高興才是，但是不知道為什麼我心裡總有點不踏實。比如說裝修那套房子時做的第一件事情就是把那個樓梯拆了。但是他說這樓梯一定不能動，肯定不會有問題，你不要去想這個事情。我說關鍵是人命關天，你不怕摔著，我怕摔著。他說我不會摔著，你也不會摔著，我有權利來考慮這個樓梯是加固還是不加固，我從很年輕的時候就感覺到這個樓梯的顫動。這個樓梯使我想到了自己的青春，想到了蕭邦，想到了雷斯特，想到了勃朗姆斯，想到動伯格，想到了蕭斯塔科維奇，就在這個樓梯的顫動中我知道了所有這樣一種東西，你現在想要這個樓梯不晃，可能嗎？

他居然生氣了。

二月五日

這兩天我明顯地感到他在外面有女人，因為他總是心神不定。別墅已經裝修了，工人在幹活，根本不需要他，可是他在裡面一待就是一整天，或者就在海邊徘徊。他所想的那個女人是什麼樣的？只要他一不在，我就一遍遍在頭腦中遐想著，我想不管怎樣，那肯定是一個高貴的女人，她的高貴是我無法比擬的……每次想到這裡，我都會淚落滿面。

二月十日

今天去醫院檢查，醫生說我有BABY了。

我的肚子裡已經有了他的孩子，當我把這個消息告訴他時，他高興得快要發瘋了，他說他再一次證明了自己還是和年輕人一樣可以讓女人懷孕的，以前他總懷疑。什麼叫做再一次？他猛地不說話了。

最後他還是堅持讓我把孩子拿掉。他說一定要等到他的院長做成，他才能跟我結婚。

我把這樣的好消息告訴了我的爸爸媽媽，還有很多過去的好朋友們，在他們的讚歎聲中，我似乎真的成了童話裡的那個幸福的公主。

二月二十九日

那個女人究竟是誰呢？她長得什麼樣？什麼樣的女人才叫做高貴的女人？出身？教養？美貌？他讓她懷過孕嗎？否則他為什麼說是再一次證明了他有生育能力？

今天我們一起逛商場，買了一個新的輪椅，他說這是給他媽媽的生日禮物。

我問他什麼時候帶我去見他的媽媽。他說，要不明天我們一起去看她，晚上跟她一起看月亮，但條件是你必須跟我一樣喊她媽媽。我笑得前翻後仰，他真是太可愛了，不過，我想想，決定還是不去，我要等到他上任的時候……

三月五日

我不敢相信他的母親竟然在她過生日的夜晚死去了。我還沒來得及喊他一聲媽媽。悲傷使他真正地成了一個老人。我有時不敢看他。他經常在夢裡尖叫。每當這時我都輕輕地摟住他，把臉貼在他的臉上。在他的後半生裡，我會照顧他，陪伴他，愛他一直到我死。

三月十三日

後天是他的鋼琴演奏會，我盼著當院長夫人……

我一頁一頁地翻著。

天亮了，雷四終於從花簾裡走了出來，那個女人也已經收拾得整整齊齊拎著個小包包，匆匆地從我面前走過。我放好芬的日記本，沒有告訴他芬已經死了，因為芬對他來說只是一個符號而已，他能瞭解她多少？

雷四顯得很疲倦。他問：「你是不是很噁心我？」

我無心看他，側頭望著外面的景色，心不在焉地對他說：「沒有，我沒有噁心你，只是沒有想到你有這麼好的功夫。」

雷四向洗手間走去，一邊說：「我花了整整一百塊，怎麼能輕易把她放走？這是個上海女人。有句俗語叫『上海婊子，北京騙子』，沒想到昨晚搞到一起去了。一開始她以為三分鐘就能把我搞定。看誰能搞定誰。」

他咧開嘴笑了。我說你快去刷牙。他說：「不過到最後我還是沒射，就是射不出來。本來快要射了，你卻來了。你為什麼那麼晚？」

我說我餓了。

「我也餓了。」他說。

「可是我什麼也不想吃。」

從洗手間返身出來的雷四顯得不再那麼疲憊，臉上沾著未擦乾的水珠，定定地望著我說：「今天你必須得逃，這裡你可能也不能待了，也許警察局的人馬上就到。」

太陽又圓又紅，從遠處的海面上升起，它很快和海面拉開距離，上升到一片沒有雲的天空，然後才放慢速度。光線輕柔地像是春天的蔓藤，悄悄延伸過來，攀附在我和雷四的身上。

我望著雷四說：「今天，我不用他們來抓，我今天得要自首，現在你幫我做的最後一件事就是……」

話還沒有說完，雷四就喊了起來：「不，你別讓我陪你去。就此打住。」

我垂下了眼簾，看著地面，一會兒我站起來對他說：「北京見。」

接著我下了樓。

漫遊

在晴朗的天空點綴下，樹枝上落下了似乎剛剛醒來的鳥的第一聲的啁啾。我被這鳥聲吸引，抬頭仰望著，卻不料被一個人擋住了。是雷四。

「好，我陪你。」他說。

我欣然地叫了一聲，剛想要摟住他，他卻說：「是陪你再吃一碗麵。」

我垂下胳膊，說：「那麼，你請客。」

「為什麼？」

「你有錢搞妓女，就沒有錢請我吃一碗麵？」

我們去了那家經常去的麵店。裡面已經有了很多人。當麵端上來時，望著飄浮在水面上的綠色的蔥花，我卻一點也吃不下去，我再一次想起了芬的日記，芬的心思和她全部的渴望。

對面的雷四還沒吃幾口，一不小心把碗給打翻了，麵撒了一地，幾個魚丸滾出好遠。他說了句「太可惜了」之後，便盯著我的那一碗。

我說：「那你先把地上的麵給吃了。」

「你應該吃了。」

「你吃。」

「那你應該命令我讓我吃了。」

「那好，我命令你吃了。」

雷四一下子就跪在地上開始吃那碗麵，有幾個正在吃早點的新加坡人回頭看。雷四一邊吃一邊說：「我真是為我們中國人爭光了。」

我說：「你也為我爭光了。」

雷四說：「你還希望我怎麼吃。」

我說：「你趴著吃。」

他馬上就趴著吃。

我跑上去，把雷四的手抓住，說：「你會舔上土的。」

「新加坡哪有土啊，新加坡乾淨就是能用舌頭去舔的。而且你不是下了命令嗎？就是有土，舔上了又算什麼呀。」

我說你快起來吧。

這時有更多的人朝我們這邊望來。

我看見他們一邊看著報紙，一邊指點著說：「就是她，就是那個從中國來的女孩。」

我隱約看見了那報紙上的照片，是我正揮手朝郁敬一臉上打去的那張，旁邊還有一張是三個人的，那兒站著芬。

我說快走。

我們幾乎是逃了出去，走了好遠，雷四問：「你說去自首，是去移民廳還是去警察局啊？」

「我也不知道，不過憑想像，應該是警察局。」

「你知道坐監獄的痛苦嗎？我從電影裡看到，要被別的女人強姦的，用手。所以啊，我今天一定還要請你吃一頓好飯，養足精神再去。」

我不說話，想了想，說：「別說用手，就是用刀子也無所謂。」

他又問：「你怕嗎？去自首。」

我搖搖頭。

「那我就陪你去自首吧」他咧開嘴笑起來，就好像這事很好玩似的。「我還從來沒有陪過一個女人去幹過這樣的事情，也讓我長長見識，等回到北京也好跟別人吹牛。」

玫瑰色的陽光映照著遠處的海面。我忍又想起剛才報上的照片，突然站住了。我想到芬肯定再也看不到這樣的景色了，這時候她肯定已經被一塊塑膠布整個裹住拉到了一個什麼地方去，渾身僵硬著，而有誰會去認屍呢？郁敬一肯去認嗎？肯再一次俯下臉親一親那個他曾對著她說過多少甜言蜜語的那張臉嗎？

我和雷四胡亂地坐著公共汽車，不管是到哪裡的。我們總是挑那種雙層車，然後爬到上面，找一個角落坐下來。

雷四說：「這裡是最安全的，誰也找不到我們，直到你猶豫夠了，下了最後的決心。」

我在想著他的話，他說是「誰也找不到我們」，而不是說「誰也找不到你」。

我悄悄地抓住他的手，看著他越顯朝氣蓬勃的臉，問：「為什麼你寧願去搞妓女，你都沒有跟我做愛？」

他幾乎是沒加任何思索地脫口而出，說道：「因為我沒有那麼多錢給你，而妓女的錢我卻付得起。」

「你要付得起錢才會跟我做愛嗎？」

他點點頭。

「你難道真的把我看成是妓女？」

雷四側過頭來，握住我的手，看著我的眼睛說：「當然。」

我一下摔開他，朝他的臉上打了一個耳光。

他一楞，說：「你真他媽的不是東西。」

我說：「別人罵我妓女都行，只有你不行。」

他看著我，楞了。

正好這輛車緩緩地靠向一個站，我站起身咚咚地下樓，衝下門去。

雷四緊跟在身後，我又回過頭在他身上打了起來。直到我打累了，才停下手。

他把我輕輕地擁在懷裡。

一會兒，我們又一起上了另一輛雙層車。我們幾乎坐遍了整個新加坡，有時到達一個完全荒涼的地方，僅僅是幾幢破樓。

雷四說這怎麼跟中國一樣啊？

接著我們又上另一輛，到達另一個陌生的地方。我們像兩隻無法著落的飛禽。直到太陽漸漸西斜，雷四說我們去吃飯吧。

我們看見了好幾家裝修豪華的餐廳，但是我們不敢進去，儘管雷四嘴硬說沒關係，沒關係，等你進去了以後我頂多去做幾天妓男，不，男妓，不就又有錢了嗎？你也看到我也還是有些功力的。

我一聽笑了，說：「連我都賣不出去，你賣給誰啊。」

他說：「你知道上次那筆錢是哪來的嗎？不瞞你說，就是有一天，我正走到街上，好像是在那個健身俱樂部門口，一個女人叫住了我。她年紀不太大，好像有四十歲了，她問我是不是作那種生意的。我說，我哪種生意都作。她當時笑了，說我看著你就像，是中國人嗎？我說：不，是英國人。她笑得更厲害了，說：你這人很好玩。然後，我跟著她去了她家，那真是好地方，新加坡人活得不一樣，她是富人，真正的富人。我想，她為什麼會叫我，我的臉不白，還偏黑，可是她叫我，說明我這人還不是一無是處，我有優點，我的長像她不反感，她反而對我印象好。這增加了我的自信心。然後，就是到了床上。我開始了，我向毛主席保證，我那天真是太優秀了。我一邊說話，一邊跟她做。我那天說話全用英語，幾乎把從小學的，跟在新加坡學的都用上了，我那天才發現，自己的英語已經過關了，應該考托福了，我要真的去英國，不，還是去美國。」

我看著雷四，不知道他說的是真的還是假的，只是問：「然後呢？」

他說：「最後，我們完事之後，她對我說，你這人還挺幽默。我說，不是幽默，是下流。她就笑了，說：從來沒有見過你這樣的人，真好玩，真好玩。」

我忍不住地笑了，對雷四說：「今天是我在新加坡最快樂的日子。」

然後我又伏在雷四的懷裡哭得上氣不接下氣。我想告訴他芬死了，芬是被我害死的。但是只一會兒我又抹掉眼淚，一個人靜靜地望著窗外。

結果我們進了一家非常窄小的餐店。裡面人很多。

我們要了一個冬瓜燉肉，一個炒雞蛋，又要了一瓶啤酒。聞著餐廳裡的味道，我又一次露出了笑容。正有幾個男人在朝我看，其中有一個長著連腮鬍子的男人還衝著我笑呢。

我也看了他一眼，因為在新加坡很少看到大鬍子。難道說他們也看過報紙認出我就是出現在昨晚音樂廳裡的那個女孩嗎？否則他們為什麼要朝我看？

雷四笑著說也許你長得漂亮。

菜很快端上來了。

我們開始狼吞虎嚥地吃了起來。一會兒我們對視了一眼笑了，我們都意識到了我們的吃飯聲是那麼喔地響。我問：「晚上也有人值班嗎？」

「哪裡？」

「警察局。」

「你放心好了，二十四個小時都有人。」

「可是這一生我還從來沒有去過那種地方，無論是在北京還是新加坡。一想到這個，腿就發軟。真的，其實我很害怕。」

雷四從對面伸出手來安慰著我。

我低下頭喝著啤酒，想儘量在這個破落的酒店裡多待一會兒。我又起身走到店堂進到裡面的洗手間。但是當我出來時，一個男人擋住了我的路。我一看是剛才朝我笑的大鬍子。他說：

「你是中國來的小姐吧？」

我驚詫地看著他。

只聽他又說：「我能不能請你去旅館？就在外面往巷子裡一拐就是了。」

我說你恐怕找錯人了。

說完我逕直向前走去。

他一伸手摟住了我。

我抬手給了他一個耳光。

這時很多人都注意到了我們。

可是他還不放手，死死地摟住我，從他嘴裡噴出一股酒氣。雷四幾步就跑了過來，一拳砸在大鬍子的臉上。

大鬍子鬆開手，向後退了幾步。

這時又上來兩個男人，大概是大鬍子的朋友，他們一起向雷四襲去。

這是兩個職業打手，輪流著對準雷四的腹部一拳拳打去，每一拳似乎都要塞進腹腔裡。

雷四立即癱軟在地上。

我尖叫起來：「別打了，別打了。」便蹭地撲到了雷四的身上，說：「要打往我身上打吧。」

大鬍子冷笑了一聲說：「以為我們不敢打你啊，你不就是從中國來賣的嗎？裝什麼裝？打，讓這個小婊子知道點我們新加坡人的厲害。」

有人掄起腳，朝我身上踢過來，我緊緊地咬著牙。

只聽有人說：「快出人命了。」

但是他們沒有停止。疼痛使我大聲地叫起來。

「你是不是就是個婊子？」大鬍子問。

我說：「打吧，打吧，我就是個婊子，你們把我打死吧，婊子就是該死。」

只聽大鬍子說：「喲，還沒有一個女人敢承認自己是婊子的。對這種不知廉恥的女人就得打，打，打死去。」

不知他們是怎麼住的手，也許是他們打累了，也許是店主在哀求。當我們坐起身來時，門外已經是燈火通明的夜色了。

廝守

我和雷四相互攙扶著來到馬路上，但我們儘量待在一片陰暗中。

他說：「剛才你為什麼承認說你是個婊子？」

「你覺得我不是嗎？」

雷四說：「你不是。」

「其實一個女人只有她自己內心裡才知道她是誰，有時她自己也說不清楚她是誰，因為她作的事情，她自己早已經忘了，她對自己的笑容也沒有記憶，她對自己想法忘得太深。」

「你能這麼說，我真高興。」

「過去你還不信，還跟我吵，說我對妓女的態度不對，說她們比我正常，現在好了，我跟她們一樣正常了，完全一樣了。」

「你承認自己是一個妓女了？」

我點頭。

雷四因為渾身的疼痛又閉住了眼睛，好一會兒，我們誰也沒有講話。

望著面前無邊無際的燈火，最後我說我走了。

「你就這樣渾身是傷地去自首？」他睜開眼睛望著我。

「我的傷沒有你厲害，他們打的只是我的背。而你是走不動路了，叫一輛車回房間吧，我也叫一輛車去。」

「我不知道別的罪犯是不是也叫車去自首。」我又說。

雷四望著我，沒有笑，說：「難道我們就在這裡分別？」

我點點說：「北京見。」

「北京見。」

我向前走了兩步，他又叫住了我。我回頭。「其實，你不該承認，你回到北京以後，別對她們說你是妓女，沒有我在，別人不會理解咱們開的玩笑。」

我握住了他的手。

「那我回到北京，別人問我，在新加坡你都幹了什麼，我怎麼說？」

「你就說，你從來沒有去過新加坡。」

「從來沒來過？」

「從來沒來過。」

我們相視而笑，我放開他的手，向前走了，然後又回過頭向他招招手。然後獨自朝出租站口走去。我渾身疼痛，走得很慢。但是卻感到從未有過的輕鬆。一切都結束了。我想。

出租站口排了很長的隊，想到自己就這樣一個人孤孤單單地上路，我的腿又不禁地抖起來。

警察局究竟是什麼樣？他們會把我關在哪裡？會打我嗎？

想著想著，我回過頭朝雷四的方向走去，卻看到他像影子一樣正在我身邊站著。

「我送你去，這是說好的了，我不能違背諾言。」他說。

我伸開雙臂緊緊抱著他，聞著他身上的體溫，我突然抬起頭說：「不，我們回你的房間。」

「回我的房間？」

「明天我再自首去。反正警察局裡的人也沒有像親人一樣盼著我。」

這樣，我們共同打了一輛出租。在車裡我們竟像是小偷小樣偷來了這個晚上的自由和幸福。我們又禁不住地笑。

在雷四的房間裡，我說今天一整夜，我可不可以不走？雷四說好。

於是我們和衣躺在了昨天他和妓女躺過的床上。我挨著他問：「你還疼嗎？」

「不疼了。」

「那你就跟我做愛吧。」

「不。」

「為什麼？」

「因為我沒有錢給你，你今天還幫了我，我欠你的更多了。」

我說：「那個富女人給你的錢呢？」

他說：「在那些個妓女身上都花光了。」

我說：「你給她們買過衣服嗎？」

他說：「是呀。」

我習慣性地揚起手，剛要打他，他卻抓住了我，說：「別打了，你看我，渾身是傷。」

我看著他，撫摸著他身上的傷，然後扭過身去。他沒有理我，只是沉默地躺著。

我說：「你為什麼不理我？你抱著我。」

他就聽話地抱著我。

一會兒只聽他說：「你知道我為什麼叫雷四嗎？我媽生過四個孩子，雷大產下後的第二年生病死了，老二雖然沒死但是精神失常，以後跑了，老三在天安門玩時被車壓死了，我是我父母最不情願生的一個。但是就我活著了。」

我翻過身來，抹掉眼淚，問：「你不是說你還有個妹妹嗎？」

「妹妹？哦，那是說著玩的，來氣你的。不過，我小時候是確實在北京胡同裡長大的，對崇文門和護國寺那邊我閉著眼睛都能找著自己的家。太熟了，每次我媽一打我，我就跑出來在胡同裡轉，不敢回家……」

說著說著，他卻聲音大了起來：「我還想出去喝酒，剛才沒有喝夠。」

「喝酒？」

「對，喝酒。」　他一下子功夫就從床上撐起身子，說：「你看，我身上的傷沒事，我還能作伏地挺身。」

他說著，開始做起來，有些像表演。

我說我知道一個地方有好酒。

他說我也知道一個地方有好酒。

當我從床上下來時，他突然過來，抱著我，說：「我真想看你脫光時的樣子，可惜，就是身上沒錢了。」

「那我就脫給你看吧。」

他說：「別，還是喝酒吧，酒是好東西。」

幸福的滋味

我們下了樓，走在路上。

他說：「你想去哪兒？」

「你呢？」

「這樣吧，我喊一二三，咱們就開始跑，朝著自己想的地方跑。」

「好吧。」

他喊了一二三，我們開始跑。

那時感到了音樂，有種騰雲駕霧的體會，我們不約而同地往那個別墅跑。

我跑著就笑起來，說：「你也想的是那個地方？」

他說：「我沒想到你也這麼想。」

我們手牽手地來到了那個狗洞。但是裡面的門緊緊地鎖著。雷四折身從海灘上撿了一小截鐵棍，費了好大的勁才把它弄開。

在酒窖裡，雷四自己在酒架上挑了瓶酒，然後來到了客廳。我們沒有開燈，僅僅是在那裡點著了燭光。

我們在沙發上坐下來，開始喝酒。我也喝了好幾杯，臉開始發燙。我說：「雷四，我為你唱首歌吧。」

他說：「好。」

我說：「我會唱的歌不多。」

他說：「會唱什麼，就唱什麼。」

我說：「讓我想想，歌詞好像忘了。」

他把酒遞到我的面前，說再喝一口，酒能讓人聰明一些。

我跟他碰了杯，我大大地喝了一口酒，然後唱：

小鳥在前方帶路，
風兒吹向我們，
我們向小鳥兒一樣，
來到花園裡，
來到草地上。

這時，雷四竟也跟著我一起唱起來，他的聲音有些低，但是音很準，屋裡回響著兩個人的歌聲。

鮮豔的紅領巾，

美麗的衣裳……

雷四說：「歌詞我想不起來了，真是有些怪異。」

我看到了雷四的眼裡的淚，就說：「你想哭，就哭嘛，為什麼要說別的。」

雷四笑，說：「我想起了入隊的時候，是一個女生為我繫的紅領巾，她叫謝梅梅，她媽是老師，她爸也是老師。」

燭光照著他含著淚的眼睛。

他望著我，又說：「海倫，其實，你這個名字不好，很不好，比謝梅梅這樣的名字差遠了。」

我說我原來不叫海倫。

「那你原來叫什麼？」

「叫謝梅梅。」

雷四端起酒瓶，拼命朝嘴裡倒著酒。然後，他大口地哈著氣，抬起手把空瓶子朝地上摔去。

他又低下頭，等他再抬起頭來的時候，他的淚水歡快地流淌起來。他看著我，說：「我們到床上去做愛？哪裡有床？」

我們互相挽扶著走上了樓梯。

雷四搖晃著身子，說：「這樓梯怎麼這樣的晃？不會斷吧？」

我說要斷早就斷了，不會等到今天晚上。

我們進了房間，我又看到了那張大床。

我把燈光調得很暗，然後一下把衣服全脫了，躺在床上。雷四看了看我的裸體，說：「跟想像的差不多，不過，我身上的傷還是有點疼。」

他摸著自己的胸部。那兒有幾處濃重的淤血。我說：「那你也趕快把衣服脫了，跟我做愛，等你舒服了，身上的傷就不疼了。一不疼，這說明我們的友誼達到高潮，不是愛情，是友誼。」

他邊脫衣服邊說：「不，是愛情，你要不說是愛情，那我就哭。」

「你已經哭過了。」

「我還能哭。」

「別哭了，那不是你，你是個王八蛋，你這個男人是畜牲，你流里流氣，你是個流氓，你是個痞子。你快點搞我吧。」

他趴在我身上，但是我感到他那裡軟軟的。

他不好意思地笑了，說：「你說什麼都行，就是別讓我馬上搞。你也知道我昨晚幾乎折騰了一夜。而且，我的話還沒有說完呢。我覺得那葡萄酒實在太好喝了，過去我經常來偷。」他說著笑開了。

一提到偷酒，我就生氣。於是忍不住地啪地給了他一個耳光，問：「今後回北京了，你還偷東西嗎？比如說有那麼好的葡萄酒。」

他說：「每次你打我，我的心裡都特別地舒服，只是你打得太輕，像是演戲一樣，可以再狠一點。」

我笑著又打了他一下，但還是不太狠，我說：「為什麼要偷呢？」

「你們不是也偷嗎？知道你們來新加坡是偷什麼的嗎？」

我一時沒有反應過來。

他說：「連這個都不知道，你們是來偷別人的老公來的。對嗎？」

我想想，點頭，又說：「對，是偷他們的老公來的，但是，我們偷不著，我們根本不是新加坡女人的對手。可是，你為什麼要偷酒喝呢？」

雷四說：「這個別墅長久地不住人，還有那個狗洞，什麼條件都很利於我，那我幹嘛不去拿呀。」

我抬起手又要打他，只聽他很快央求道：「好好好，不說不說。以後再打吧，今天我身上有傷呢。」

「告訴我，今後這輩子絕不再偷東西。」

「這輩子絕不再偷東西。」他說完突然又說：「喲，我突然有了感覺了，我快要射了。」

我慌忙又開腿配合，說：「你們軟著也能射呀？」

他又叫道：「不行，我得忍著，慢，還得有個儀式，今天晚上這幢別墅就是教堂，儘管沒有管風琴為我們伴奏，但是你能聽到婚禮進行曲，你聽——」他嘴上唱起進行曲的調子。

我說：「你快點啊，快點啊，你現在硬了，快點，要不你又軟了。」

他說：「這次能硬起來肯定軟不了。」

他還在哼著。一會兒停住，問：「你知道為什麼嗎？」

我說不知道為什麼。

他說：「今天晚上我突然覺得我是那麼那麼地愛你，當我愛一個女人的時候，我的陽具就會發軟。」

「你這是流氓的道理，你胡說。」

「好話不說二遍，你聽見了沒有，我剛才說什麼了。」

我說我沒有聽見。

「你聽見了。」

「你就是說我愛你。」

雷四一下捧住我的臉，哈哈地笑：「你也說了，你也說了。」

我笑了，說：「今天真是高興，跟咱們過節一樣，你有這種感覺嗎？」

他卻說：「你知道什麼是鳳凰嗎？你是鳳，我就是凰。有一次我在郁敬一給你租的房間裡看到了《鳳凰》這首詩，好像是一本詩集裡的，那個人完全是在亂寫，其實很簡單，沒有什麼更生呀，更生呀，只有一個男人和一個女人，是鳳和凰的交配，當時我就是這麼想的。」

不知道為什麼，雷四的話讓我的眼淚出來了。我問雷四說：「你說郁敬一現在在什麼地方？他現在想得最多的究竟是什麼？他失去名譽，失去了芬，就因在那天他有一個念頭，他想得到我，你說，你不覺得我是一個災星嗎？」

雷四只是感歎地說：「他貪婪，他是被自己的貪婪給毀的，而不是你。我也貪婪，我現在想，這個房子是我們的就好了。我真是想占有它，我知道自己這肯定是貪婪，我忍不住地想來這裡，享受美酒，儘管我知道，這一切不屬於我，但是，我還是他媽的貪婪的來了。」

我說：「誰都會因為貪婪而受到報應的，你信嗎？」

「起碼今天晚上我們不會，而且明天，你就會自首了。你死不了，我更死不了，我們回北京去，我辦一個廣告公司，我當總經理，你當副總。不過，如果你這幾天不想自首，那麼這兒可能是最好的藏身地，知道為什麼嗎？」

我搖頭。

他又分析說：「郁敬一肯定會回英國，到時候這個別墅還是沒有人住，你就躲在這個別墅裡吧，不要去自首，這樣我們就能享受這個別墅。」

我說你就別說了，趕快進來啊。

他仍然是軟的，怎麼就硬不起來。

雷四不好意思地笑起來說：「其實平時是很好的，尤其是跟那些妓女在一起時我凶得很，你也知道的。」

我撇過臉不理他。

不一會兒，他說：「硬了，硬了。」我低頭朝他那兒看去，他說的是真的。

這時他狠狠地進入了我的體內。但是他不動。

我說：「快動呀。」

「不慌，我慢慢地享受你。」

突然，也就在那一瞬間，雷聲響起來，淹沒了我們淫蕩的聲音，恰恰在個那時後，屋內的燈突然大亮。

我們都一時沒有反應過來，雷四開始動起來，他說：「燈亮了，我看清了你，我才有了一點感覺，你睜開眼睛。」

我沒有聽他的話，我閉著眼，享受著雷四。

「聽話，你睜開眼，看看我。」

我慢慢地睜開眼睛，卻被看到的情景驚呆了：一個年輕人端著一把黑得發亮的獵槍站在我們旁邊。

雷四說：「怎麼了？」

說完他回過了頭。

我們幾乎是嚇癱了。

終曲

我認出了那竟是郁敬一的兒子。

他狠狠地盯著我們。

雷四嚇得渾身顫抖，他說：「我們這就走，我們這就走。」

「你們走不了了。」

我一下坐起身來，說：「你真的要把我們打死？你不是也一樣恨你爸爸嗎？」

「我就是要把你們打死。」對方說。

望著那黑洞洞的槍管，我請求說：「等我們穿上衣服再把我們打死。」

就在這個時候，雷四赤裸著卻冷不勝防地朝郁敬一的兒子撲過去，想把他推倒，他甚至還想搶過這把獵槍。

那個男人很迅速地退後一步，但雷四的動作很快，他竟真的搶過了槍。

那個男人馬上把手舉了起來。

雷四赤裸裸地端著槍，他對他說：「知道嗎？我知道你是這個房子的主人，我們並不想幹什麼，只是來喝一杯酒，我不會傷你的。」

那人點頭。

雷四仍然端著槍對著他。

我看見郁敬一兒子的身子竟然也和剛才的雷四一樣在打哆嗦。

雷四說：「你不要害怕，只要你放我們走，我絕不會開槍。」

對方連連點頭。

雷四說：「我穿衣服，穿上衣服我們就走，行嗎？」

對方又點頭。

雷四看看我，說：「我們穿衣服。」

我為他和自己拿衣服，我已經開始從驚嚇中出來，並有了羞恥心。

雷四把槍放在地上，開始穿衣服。那男人立刻把槍又重新搶到了手，他再次端起了槍。

雷四笑了，說：「我們說好了，你不會開槍，是嗎？」

對方冷冷地看看他，又看看我。

我說：「求你，轉過身去，好嗎？」

他說：「你想跟著我爸爸奪走這屋子是嗎？你這麼年輕，想嫁給一個老人，你是不是很無聊，很貪婪？」

我無言以對。

他又說：「我爸爸真是瞎了眼，找妓女也不應該找你們這些中國人。」

雷四從僵硬中緩過來，他站立起來，朝前走，說：「我拿衣服。」

那男人把槍端得更穩一些，他朝後退了兩步。

雷四剛要拿放在旁邊的內褲時，只聽那男人說：「你們夜闖私宅，打死你們。」

話音才剛剛落下，槍響了。一股血從雷四的胸脯濺出來，飛落在對面的牆壁上。他搖晃著倒了下去。

我大哭著撲過去，抱著倒地的雷四。

對方卻仍端著槍說：「我是一個英國紳士，我討厭一個女人赤身裸體地光著屁股地哭。」

雷四已經不能動了，他的眼神顯得軟弱，他看著我。我看著他，以目光安慰他，同時，我往身上一件件地穿衣服。

然而那人卻掏出手機在報警，他說：「深更半夜一男一女，兩個中國人，私闖民宅，我為了保護我家的財產，開槍打了他們，你們趕快來吧。」

我氣憤地說：「他沒有開槍打你，他可以把你打死，可是他沒有打，他只是想穿上衣服就走，你為什麼開槍？」

他說：「我就是想打死你們。」

我說：「你打死人就得要償命。」

「償命？打死你們中國人還不是像打死一個蒼蠅一樣啊。我是出於正當防衛。我是為了保護我家的財產。」

我抱著雷四，他一動不動。我想他肯定是死了，他的胸、腹直至大腿上已經被血模糊了，地上還有了一灘血。

那男人看我們這樣，說：「看著你們就噁心。」說完，他端著槍，朝外走去。

我小心地去翻雷四的眼皮，看他的眼睛還能不能轉。

這時雷四卻睜開了眼睛，咧開嘴笑了笑，他的笑給了我勇氣，我想他可能不會死。只聽他說：「真是的，剛硬起來，他來得不是時候。以後恐怕就沒有機會了。」

我說：「那你前幾天為什麼不要我？」

他說：「你又不是妓女，我只想找妓女，那樣簡單。」

「可是你不要死在這兒，我們回北京，就是死了也要死在北京，死在你家的胡同裡。」

「我說過嘛，陪著我死的那個女人肯定不會是個妓女。」

我說：「我是個妓女。我說過，你也同意的。」

雷四說：「你不是。」

他說完，閉上了眼睛，但是他的呼吸平穩，我想他是可以挺住的。我想等會兒警車來了，會帶他去搶救的。但是他已經不能睜開眼睛了，只是說：「你陪著我死，我真高興。」

我說：「可是，我離你的願望差得太遠了。我沒說錯，最終會有一個妓女陪著你死去。你高興嗎？」

「那你睜開眼睛看看我。」

他真的睜開了眼睛，說：「唉，這個鬼地方。真是希望這輩子沒來過。」

「可是，真沒來過，我也不會遇上你，沒有碰見你，這一生中，那我是不是白活了？」

雷四看看我，嘴角浮出一絲笑意，說：「又騙我？你為什麼老是喜歡在不該說謊的時候說謊？沒必要的。」

他說完，突然，意識到自己還沒有穿上衣服，就說：「我還沒死呢，但是這一次我是真要死了。趕快給我把褲子穿上。」

雷四說完之後，又閉上了眼睛。我把他輕輕放回地上。

我的手上全都沾滿了雷四的血。我趕緊給他穿褲子。然後跪在他的身邊。他一動不動，我想，這下死了吧？我抓他的頭髮，他突然又把眼睛睜開，把我嚇得直往後退。

他開始翻起白眼喘氣，邊喘邊說：「你幫我把褲衩穿上了沒有？我不能一絲不掛地走……」

我抓住他的手，大聲地哭起來。

雷四平靜了，喘氣聲好像也沒有了。眼皮也閉上了，他沒有再睜開眼睛聽我的哭聲。

然而，透過自己的哭聲我突然聽到了門外匡地一聲巨響，整個屋子都被震動了。

我仍然靜靜地望著雷四，觀察他的每一個反應，但是雷四真的沒有了任何反應，他閉著眼，的確是死了。他的皮膚更黑了，身體還是熱的，但是手卻在漸漸變涼。我重新抓他的頭髮，他沒有像剛才那樣睜開眼睛。我大聲說：「雷四，你不能死，不能死，求你了，別死，你這個流氓，你跟我睡了，還沒有給我錢呢，你別死……」

雷四沒有動靜，他沒有再聽我的任何語言，我的沒有任何意義的語言。

遠處警車似乎在響，我輕輕地放下雷四的手，然後跑出去一看，我楞了：那年久失修的樓梯斷了，郁敬一的兒子被重重地壓在下面，他翻著白眼，舌頭吐了出來。我似乎感到了他也是一個死人。

這時警車進了院子，它們的響聲像是火葬場的馬達，又像是飛機的嗡嗡聲，我彷佛又一次感到這樣的聲音像舌頭一樣舔著我的肌膚，所到之處所激起的冰涼快意，那就是死亡的感覺嗎？

我不知道雷四最後去了哪兒，在隱約的亮光中，我看到了那支獵槍，還有一道道的閃亮在槍後邊海邊的別墅來回搖晃著，我好像是被警察架上車了，要不為什麼又是那種聲音，我的身體被聲音淹沒了，在海裡來回翻著，在海上出現了一對鳳凰，一男一女，它們飛著，在他們的叫聲中，郭沫若笑著，他在對我大聲地朗頌著，好像是四川口音：除夕將近的夜空，飛來飛去的一對鳳凰……突然，這鳥被一片哭聲嚇得躲進了海浪裡，那哭聲中是郁敬一淒慘地歌聲，還有鋼琴伴奏……

兒子，我的兒子，他們殺了我的兒子

我跟郁敬一在天空中互相看了對方一下，我發現從他眼裡流出的不是眼淚，而是汽油，我聞到了汽車發出的這種強烈的味道，然後，我搖搖晃晃地睡著了。

廣 告 回 信
臺灣北區郵政管理局登記證
北 台 字 第 8719 號
免 貼 郵 票

106-□□
台北市新生南路3段88號5樓之6

揚智文化事業股份有限公司 收

□□□-□□
地址： 市縣 鄉鎮市區 路街 段 巷 弄 號 樓
姓名：

PUBLICATION
生智

書號 D9011 書名 鳳凰

新思維·新體驗·新視野

PUBLICATION

新喜悅·新智慧·新生活